La Celestina
Tragicomedia de Calisto y Melibea

Fernando de Rojas:
La Celestina
Tragicomedia de Calisto y Melibea

Introducción de Stephen Gilman
Edición y notas de Dorothy S. Severin

El Libro de Bolsillo
Alianza Editorial
Madrid

®

Primera edición en «El Libro de Bolsillo»: 1969
Decimoctava reimpresión en «El Libro de Bolsillo»: 1993

© Alianza Editorial, S. A., Madrid, 1969, 1971, 1974, 1976, 1977, 1978, 1979, 1981, 1982, 1983, 1985, 1986, 1987, 1988, 1989, 1990, 1991, 1992, 1993
Calle Juan Ignacio Luca de Tena, 15; 28027 Madrid; teléf. 741 66 00
ISBN: 84-206-1200-6
Depósito legal: M. 34.306/1993
Impreso en Fernández Ciudad, S. L.
Catalina Suárez, 19. 28007 Madrid
Printed in Spain

La Celestina ha dado muestras en los últimos años de alcanzar de nuevo una altura internacional. Dejando España aparte, se han hecho tres nuevas traducciones al inglés, una revisión en cinco actos de la traducción clásica de Mabbe, así como nuevas versiones al francés, al alemán y al ruso. Los estudiosos de varios países e idiomas han mostrado un creciente interés por el autor, el texto y su calidad artística; ha habido intentos cada vez más frecuentes de llevarla a escena, particularmente en francés. *La Celestina* ha sido un clásico por mucho tiempo, superada, en su propio idioma, sólo por el *Quijote;* pero en vista de su vuelta al mercado internacional de valores literarios, en esta introducción trataré de evaluar de nuevo su importancia y el atractivo especial que tiene para nuestra época. Es para mí una tarea muy grata presentar con estas palabras la edición nueva y muy esmerada que mi alumna de Harvard University, la ya insigne hispanista Dorothy Severin, obsequia a los lectores de lengua española.

Un espectrograma provisional de la importancia de

La Celestina descompondría aquélla en tres áreas o aspectos. Es, en primer lugar, un hito central en la historia de la literatura del Occidente. En ella podemos ver, como quizá en ninguna otra obra, no solamente cómo empezaron la novela y el teatro modernos, sino también lo que tuvieron que superar para poder empezar. En la frontera entre las formas didácticas y alegóricas de la Edad Media y los géneros modernos, *La Celestina* es un triunfo del descubrimiento literario, tan sorprendente y, a su manera, tan importante como cualquier descubrimiento geográfico o tecnológico. Pensar en su autor —un hombre no tanto olvidado como todavía no recordado— como un Gutenberg literario o un Colón puede parecer exagerado, pero eso es exactamente lo que es. En segundo lugar, *La Celestina* es una obra maestra por derecho propio, lo cual equivale a decir que valora la vida humana en una forma permanentemente llena de significado. Su visión del hombre en casa, en la sociedad y en el universo —del individuo en peligroso enfrentamiento consigo mismo, con otros y con las dimensiones de tiempo y lugar— ha aumentado en relevancia a través de los siglos. Finalmente, en el ámbito de la creación imaginativa, presenta no tanto una experiencia literaria como una inmersión directa en el baño ácido de la vida. La palabra demasiado empleada de los recensionistas de libros, «inolvidable», es engañosa aplicada a *La Celestina*. Indeleble sería mejor. El conocer a Celestina misma tan íntimamente como el lector llega a conocerla es algo más que perturbador; las ondas de la conmoción pueden penetrar muy por debajo de la superficie del pensamiento y la costumbre.

Cuando el primer lector abrió por la primera página *La Celestina* en 1499 (o posiblemente el año anterior) [1] y empezó a leer el resumen incluido por los impresores al principio (estos «argumentos» eran las contraportadas de la época) [2], probablemente quedaría algo decepcionado. Se encontraba ante una común trama de amor y seducción, una trama usada en la Edad Media y basada en tipos heredados de la comedia romana. Calisto, joven fogoso, mal aconsejado por sus criados corrompidos, se sirve de Celestina, una alcahueta profesional, para seducir a Melibea, a quien había conocido por casualidad y de quien se había enamorado violentamente. El señor, los criados y la alcahueta, todos consiguen hacer lo que se proponen. Y entonces, como castigo por su inmoralidad e imprudencia, todos hallan muertes súbitas y violentas. Hasta aquí no había nada que sorprendiera mucho a aquel primer lector, y sin embargo, al empezar a hojear su nueva compra, seguramente quedaría desconcertado. El signo externo de la singularidad y originalidad internas de *La Celestina* eran sus veintiún actos de ininterrumpido diálogo. Un libro de tal aspecto nunca había sido editado o visto hasta entonces. La familiar historia había sido extrañamente remodelada. Es preferible que empecemos con el examen de esta transformación en diálogo.

El diálogo, naturalmente, había sido usado antes. Boecio, en sus *Consolaciones,* había dejado un modelo de diálogo didáctico y ejemplar, imitado por gran número de escritores medievales. Enfrentada con la anarquía, con el surgimiento anárquico de la cruda vida humana, la Edad Media se refugió en el orden y en la doctrina. Y los debates dialogados —entre la filosofía y el Yo, entre el agua y el vino, entre el alma y el cuerpo, y tantos otros— eran los recursos preferidos para explicar el orden y enseñar la doctrina. Cualquier ilusión de coloquio que el diálogo pudiera dar, servía (como los brillantes colores en las vidrieras de las iglesias) de agradable revestimiento para un núcleo menos sabroso de instrucción moral. Incluso cuando los lectores medievales encontraban un dramaturgo tan ameno y a menudo juguetonamente cínico como Terencio, se esforzaban por convencerse a sí mismos de sus estrictas intenciones morales, como está demostrado en las ediciones esmeradamente comentadas que fueron impresas una y otra vez en tiempos de *La Celestina.* En cuanto a los Misterios y los Milagros, sus discursos eran sobre todo doctrina hablada, encajada dentro de caracteres y personajes tradicionales. Había excepciones, por supuesto. Había momentos de tensos encuentros, cara a cara, en ciertos poemas épicos y sobre todo en algunos de los episodios más conmovedores de la *Divina Comedia*[3]. Pero antes de *La Celestina* no había existido un uso sistemático del diálogo mismo, no había nada que se pareciese a las dos formas principales dialogadas que hoy día damos tan por supuestas, el teatro y la novela. Los escritores medievales, en otras palabras, no podían producir, o no les interesaba producir, un intercambio continuado entre individuos, cada uno hablando al otro desde su propio punto de vista y desde su propia vida[4].

La Celestina cambió todo esto de un golpe. A partir de *La Celestina,* la literatura será de un tipo más familiar para nosotros; antes nos había sido mucho más ajena. No quiere esto decir que todo diálogo, tal y como lo conocemos hoy, derive de *La Celestina,* sino que en sus páginas el diálogo fue perfeccionado y usado sistemáticamente por primera vez. Tras muchos siglos de escritura, aparecía una obra en que un «yo» habla desde dentro de sí mismo a un «tú», al que espera influenciar en su pensamiento, acción o sentimientos. Por primera vez podemos oír[5] a unas vidas que se rozan, conviven y luchan entre sí en un continuo intercambio oral. Por supuesto, después de este logro, la creación de personajes completos (a diferencia de los tipos que sirven sólo para entretener o para conseguir y comunicar la idea del narrador) se hace posible. Aún más, esa misteriosa y viva independencia, esa capacidad para separarse de su autor, que es privilegio de las grandes creaciones de personajes en la literatura está favorecida por el dominio del diálogo. Concretamente, *La Celestina* proporcionó a Cervantes la tradición de diálogo que usó en el *Quijote,* que es la primera verdadera novela precisamente por sus conversaciones entre caballero y escudero. También está —de una forma igualmente decisiva— en las fuentes del drama, suministrando un flujo de diálogo que todavía correrá con fuerza en los teatros españoles cuando Lope de Vega (un ferviente admirador de *La Celestina*) perfeccione su fórmula definitiva. Los escritores —está más de moda admitirlo en nuestros días que en los de nuestros abuelos— no crean de la nada. Trabajan con y en una tradición, y *La Celestina* es una raíz principal de la tradición europea del diálogo [6].

Como ya he sugerido, es interesante advertir que el diálogo fue descubierto y explorado conscientemente por primera vez en la misma década en que a América se le impuso la misma operación. Esto puede o no ser una coincidencia, pero por lo menos indica otra coincidencia sugerente. Cuando Colón vino de Italia a España, como sabemos, se hispanizó y cortó todos los contactos con su pasado. Incluso cambió su idioma por otro. Era un indicio del traslado del centro creador de la historia, a fines del siglo xv, de Italia a España, donde se mantendría hasta desviarse hacia el Norte en la segunda mitad del xvi. Y de una manera similar, también parece haber emigrado de Italia a España el nuevo interés por la vida interior del individuo, tan perceptible en el diálogo de *La Celestina*. La preocupación por la interioridad, la exploración consciente de la psique propia, encontró su primera expresión literaria concentrada en la lírica de Petrarca y su primera exposición extensa (después de San Agustín) en sus tratados latinos. Fueron estos últimos los que influyeron tan decisivamente en *La Celestina*. Petrarca, usando y renovando el diálogo educativo de su época, hace revivir la noción estoica de la interioridad del hombre sitiada por fuera tanto por las tentaciones como por los infortunios. El hombre es un sujeto, «sub-jecto», es decir, el blanco de todas las flechas que le son lanzadas («*jecto*» proviene, como nos recuerda García Bacca, de *jactare*). Los que hablan inglés están más inmediata y vivamente familiarizados con este sentido de conciencia como estado de guerra (conciencia asediada), por la lectura de Shakespeare. Y si los italianos lo piensan en términos petrarquistas, los franceses lo conocen por Montaigne. *La Celestina* es muy diferente de las obras de cualquiera de estos tres autores (no es trágica, no es lírica y desde luego no es ensayística), pero a pesar de todo, el mismo neo-estoicismo está presente en casi todos sus parlamentos y escenas. Esta versión de la lucha estoica es principalmente verbal: la incesante agresión oral de una vida contra otra tanto en forma de discusión como de atracción. He aquí la ventaja intrínseca de *La Celestina*. Precisamente porque el choque dialogado de vidas es todo lo que sucede, puede mostrar la conciencia activa sin matarla o congelarla, no sólo en profundidad, sino también en su duración.

¿Qué halló *La Celestina* en ese primer sondeo de este extraño y enorme lugar? La mejor contestación a esta pregunta sería leer el texto, pero a mí me corresponde dar aquí por lo menos una respuesta esquemática. Luis Vives, el filósofo y humanista español, profesor de Oxford (durante su semi-exilio), dice en su *De anima et vita* (1538):

> «No nos concierne saber *qué* es el alma, sino
> más bien *cómo* es y cuáles son sus operaciones…
> y es imposible definir de una manera absoluta
> todo lo relativo a sus operaciones, porque se
> manifiestan a nuestra inteligencia poco a poco,
> por partes y fragmentos.» [7]

Esta es precisamente la forma en que *La Celestina* presenta sus almas. No les interesa el «qué» de sus virtudes o vicios. En cambio, persigue el «cómo», la transformación de cada alma al adaptarse a circunstancias siempre distintas, su dinámico avance y retirada en la guerra verbal con otras almas. A través del diálogo vemos el alma viva en el tiempo, cambiando de una situación vital a otra, recordando hacia atrás, proponiéndose hacia adelante, y constantemente olvidando —a medida que continúa la vida [8].

El modelo formal para el diálogo de *La Celestina* fue la comedia romana, un género que estaba «renaciendo» —es decir, siendo releído de una manera en cierto modo inapropiada— en la segunda mitad del siglo xv. Se puede sentir la presencia de Terencio y en menor grado la de Plauto tanto en los nombres como en la trama. Pero, si esas comedias usaban el diálogo como intercambio divertido y despliegue verbal de tipos teatrales, *La Celestina*, dentro de la tradición de Petrarca, lo convierte en un medio para expresar la interioridad. Pongamos ahora entre paréntesis las fuentes y sus combinaciones, y resumamos el asunto de esta manera: al enfocar intensamente, no el «yo» aislado e inmóvil, sino el «yo» hablando al «tú», envueltos los dos en un proceso de vida verbal consciente, *La Celestina* dio la primera respuesta literaria importante a la pregunta terriblemente sencilla de Luis Vives: «¿Cómo funciona la vida?» Cada una de sus frases está dedicada a una única cosa: la comunicación de la intimidad transitoria del momento. Ahora ya estamos acostumbrados a esto. Desde *La Celestina* éste ha sido el Nuevo Mundo de los más grandes autores-exploradores, es decir, de los novelistas y dramaturgos de los siglos posteriores. Pero también es cierto que estamos acostumbrados a vivir en América [9].

¿Cómo era el hombre que emprendió esta expedición literaria a lo desconocido? Estaría fuera de lugar discutir aquí los increíblemente complejos argumentos relacionados con la paternidad de *La Celestina*. Sea como fuere, los estudiosos en número cada vez mayor estamos llegando a creer lo que afirman los comentarios preliminares [10]: que el extenso primer «auto» es de un escritor desconocido y que los otros veinte fueron completados en dos etapas sucesivas por un estudiante de derecho de Salamanca. Su nombre, Fernando de Rojas, fue revelado, de un modo extraño y complicado, en las letras iniciales de unos versos añadidos a la segunda edición (1500). Pero ¿por qué este acróstico y por qué la precaución y la incertidumbre que un acróstico parecería implicar? Aquí vienen en nuestra ayuda ciertos documentos aparecidos en este siglo, sobre todo el proceso del suegro de Rojas ante la Inquisición. El autor de *La Celestina* pertenecía a aquella numerosa clase de judíos conversos que fue tan activa intelectual y creativamente a través de todo el siglo XVI, y con tanta frecuencia víctima de la Inquisición. Sólo en época reciente [11] Américo Castro nos ha llevado a apreciar totalmente la enorme contribución con que estos conversos forzosos han enriquecido la cultura española. No sólo hubo un Rojas y aquel mismo Luis Vives cuyos comentarios sobre el «alma» son significativos para *La Celestina,* sino toda una lista de los mayores escritores, juristas, teólogos, humanistas e incluso santos [12].

Lo que interesa resaltar en el caso de Rojas es sencillo. Pertenecía no a una clase, sino a una casta [13] que era a la vez un elemento *activo* de la sociedad y a la vez estaba excluida de ella, mirada con desconfianza y antipatía. El y otros como él estaban a la vez dentro y fuera, completamente conscientes de todo lo que ocurría en la estructura social —hipocresías, intrigas, mecanismos de poder, corrupciones— y, sin embargo, al mismo tiempo alejados de ellas, a una cierta distancia intelectual. Además, habiendo abandonado una fe y aún (en muchos casos) no habiendo adquirido enteramente otra, al converso le era difícil compartir la estructura de creencias que un miembro del todo aceptado de la sociedad podía emplear para volver inocua toda conciencia de injusticia o fracaso social. Vivía al margen: observaba desde fuera; tenía una perspectiva y una capacidad de evaluación clínica de motivos que era poco probable que se dieran en personas nacidas como miembros integrados en su sociedad.

En otras palabras, yo relacionaría la cáustica ironía de *La Celestina* (el que no acepte los *face values)* con la ambigua existencia como converso de su autor. A cierto nivel, la obra puede interpretarse como una especie de «exposé» confidencial. Como un digno predecesor de la novela, nos muestra lo que sucedía en el interior de una comunidad española —dicho a lo Fielding, escándalos en «los agujeros y rincones del mundo». Pero esto no es todo. La agresividad mental de Rojas y su nihilismo axiológico llegaron hasta el punto de negar aquello que creían importante todos los que le rodeaban, incluso el gran acontecimiento épico de su tiempo, la cumbre de

la historia medieval española: la conquista de Granada.
Todo está sujeto al tiempo, desgastado o arrastrado por
su flujo. Como dice Sempronio:

> «El mal y el bien, la prosperidad y adversi-
> dad, la gloria y pena, todo pierde con el tiem-
> po la fuerza de su acelerado principio. Pues los
> casos de admiración, y venidos con gran deseo,
> tan presto como pasados, olvidados. Cada día ve-
> mos novedades y las oímos y las pasamos y de-
> jamos atrás. Diminúyelas el tiempo, hácelas
> contingibles. ¿Qué tanto te maravillarías si di-
> jesen: la tierra tembló o otra semejante cosa que
> no olvidases luego? Así como: helado está el río,
> el ciego ve ya, muerto es tu padre, un rayo cayó,
> ganada es Granada, el rey entra hoy, el turco es
> vencido, eclipse hay mañana, la puente es lleva-
> da, aquél es ya obispo, a Pedro robaron, Inés
> se ahorcó, Cristóbal fue borracho. ¿Qué me dirás,
> sino que a tres días pasados o a la segunda vista,
> no hay quien de ello se maraville? Todo es así,
> todo pasa de esta manera, todo se olvida, todo
> queda atrás.»

La precaución del acróstico y esta semi-jovial elegía sobre la fragilidad de los significados se combinan en un
patrón único: el formado o fijado por la conciencia de
un hombre desterrado en su propio país.

Pero el tiempo no pasa sólo externamente en *La Celestina*. No se da por satisfecho con arrasar con sus días
y sus años todo lo que para los hombres tiene importancia en el mundo que les rodea. También fluye incesante-
mente dentro del alma. Rojas no aplica al examen de
la mente de sus personajes ningún tipo de teoría o mé-
todo psicológico. Más bien, a través del diálogo, permite
que los personajes mismos dejen traslucir irónicamente el
contraste entre sus pretensiones y racionalizaciones, y lo
que nosotros al leer juzgamos como verdadero. Siente un
ansia perversa —y resentida— por remover las motiva-

ciones radicales y, debajo de ellas, ese subsuelo del alma,
el tiempo. Es decir, sus personajes pretenden poseer propósitos y virtudes fijos, intentan proyectar caracterizacio-
nes fijas en beneficio mutuo. Pero, como sabía Luis Vives,
en realidad no tienen esencia, no tienen absolutamente
ningún «qué». Existen en una serie de estados variables
y momentáneos a lo largo del curso temporal del diálogo
y para cada uno de los cuales la pregunta «¿cómo?» es
la única apropiada. Así, cada personaje tiene una sucesión,
no de máscaras, sino de enmascaradas caras: un «yo» pro-
yectado, dependiendo cada uno de la situación del momento. El ejemplo más evidente es Calisto, que se considera a sí mismo como un amante ideal y fiel y, sin
embargo, no tiene escrúpulos en utilizar o incluso en
adorar a Celestina: «la más antigua y puta tierra, que
fregaron sus espaldas en todos los burdeles». En general,
los personajes pueden pasar de ser buenos a ser malos, de
ser virtuosos a ser viciosos, y a la inversa, sin preocuparse
por sus contradicciones. Igual que las cosas que ellos
consideran importantes, los personajes son las fieles criaturas del tiempo.

Así, pues, Rojas era un hombre entregado a una tras-
posición corrosiva de la vida en todos sus niveles. Sin
embargo, no era un satírico —por lo menos no según
la admitida definición de John Middleton Murry: aquél
que condena «la sociedad por referencia a un ideal» [14].
Si Rojas no tenía bases para su vida, tampoco su «crítica» tenía una base ideal. Era un anatomista dedicado a
la autopsia de la vida humana o quizá sería más correcto
decir, un viviseccionista sondeando al hombre en su más
profunda intimidad, en su auto-proyección social, y finalmente en su desvalida relación con el cosmos.

Esto que acabo de hacer es parafrasear lo que me
parece ser el tema de La Celestina. He intentado osten-
siblemente relacionar su peculiar presentación del hombre en el mundo con una posible biografía del presenta-
dor, Fernando de Rojas. Pero sabemos tan poco sobre
él que tal relación es puramente imaginaria. Yo sí creo
en lo que he dicho acerca de Rojas, pero al mismo tiem-

po reconozco que, en vez de explicar el libro en términos de la vida del autor (como hace el crítico biográfico), he invertido el sentido usual y he imaginado la vida de la manera que el libro sugiere que podría haber sido. Por tanto, todo lo que se ha dicho sobre la vida de Fernando de Rojas como judío converso puede considerarse como una especie de recurso ilustrativo para llegar al tema de *La Celestina*. En cualquier diseño de una visión temática, puede ser de gran utilidad para el crítico reconstruir (o incluso imaginar) la existencia y la perspectiva del vidente. A esta altura, no se puede prescindir de la crítica biográfica. Pero ha llegado el momento de abandonar ese recurso y de sumergirnos directamente en *La Celestina,* el único lugar donde el tema y la visión son importantes o puede realmente decirse que existan.

La situación vital básica en *La Celestina* es la domesticidad. La vida es vivida dentro de casa en cerrada convivencia. La acción principal tiene lugar en tres casas: el domicilio de soltero de Calisto, con sus criados de excesiva confianza; la residencia familiar de Melibea; y la casa, burdel e infernal depósito de Celestina, «allá cerca de las tenerías, en la cuesta del río, una casa apartada, medio caída, poco compuesta y menos abastada». Cada uno de estos establecimientos domésticos es concebido como una especie de célula de intimidad. Pero al ir leyendo, en seguida descubrimos que la lealtad de los criados hacia Calisto es débil o fingida, y su afecto hipócrita. En cuanto a Melibea y su madre, las secretas meditaciones de adolescente de la una y las superficiales preocupaciones de la otra (¡qué bien se las arregla Rojas para que Alisa se revele en unas cortas frases como una burguesa despreocupada!) impiden la verdadera comunicación entre ellas. Sólo Celestina y su compañera, Elicia, ostentan alguna forma de armonía doméstica (en esto despliega Rojas todo el veneno de su ironía), una armonía extraña y violenta que es mantenida cínicamente por ambas [15]. La domesticidad, pues, no es sólo una serie de engaños, sino también una situación de seudocompañerismo. El individuo no tiene compañía y sin embargo

nunca está solo. Mezquinas guerras y riñas de puertas
adentro, ignorancia del estado de ánimo de los más próximos y los más queridos, caracterizan la soledad coti-
diana de todos los que viven entre cuatro paredes. Y
cuando Melibea, al fin, descubre toda su interioridad a
su padre, lo hace desde una torre en que está sola, en
contacto con él solamente a través de un frágil puente
de palabras. Ella salta y él, a su vez, se queda solo. A
través de esta última escena, la palabra «solo» ocurre y
recurre como una especie de resumen final del tema de
la domesticidad. Si la vida humana es nada más un fluir
interno, —nada más el tiempo de su propio estado consciente— el verdadero contacto con otra persona es breve,
y no puede darse por supuesto. El engaño de la domesticidad es precisamente dar por supuestos estos lazos de
convivencia.

En cuanto a esa compañía más amplia llamada
sociedad, tampoco hay crítica o sátira directas [16]. En vez
de observación social e indignación, se nos hace percibir
la completa corrupción moral de la comunidad. Todos los
habitantes pretenden detestar y temer a Celestina; sin
embargo, todos acuden a ella secretamente. Ella es la
alcaldesa de una anti-sociedad de la sensualidad, lo que
Mann llama en *Felix Krull* «el cálido e inarticulado reino
de la naturaleza» organizado por los cosméticos, las mi-
radas, las exclamaciones y los gestos, ocultos bajo las
«tibias» palabras del intercambio social. Celestina es, de
hecho, la única persona en la ciudad que puede reunir
estas formas antitéticas de diálogo. No es que Rojas sea
un moralista que considere corruptor el impulso erótico
(aunque pretende serlo en parte del prólogo). Más bien,
observa con incansable ironía el espectáculo de los seres
humanos, juntos en una sociedad, donde conviven tan falsa, inauténtica y artificialmente como lo hacen en su casa.

A pesar de que el concepto de clase social tal y como
aparece en las novelas realistas del siglo XIX o en la
sociología del XX sea equívoco aplicado a *La Celestina*,
hay por lo menos dos categorías sociales entre los personajes. Por un lado: los señores y las señoras, Calisto,

Melibea y su familia, que son ricos, de buenos modales y bien vestidos, y de alto linaje. Por otro lado: todos los demás que, no poseyendo estas ventajas, viven vidas que son caricaturas a veces brutales, pero más a menudo ineptas o amargas, de la forma de vida de sus superiores. La reflejada pasión de Sempronio por Melibea o la escena del banquete en el noveno acto son dos ejemplos entre muchos. Hay una especie de humor sardónico en la muestra que se nos hace de este comportamiento paralelo pero desviado. A fin de cuentas, las dos llamadas clases en realidad no son más que una y la misma. Los modales y el dinero son realidades que canalizan las relaciones humanas de modo especial. Puede incluso resultar en racionalizaciones de más o menos altura retórica (como en el caso de la muy culta rendición de Melibea en el Auto X). Sin embargo, los problemas de los personajes no son de especie diferente, y sus soluciones no son más dignas e importantes en un caso o en otro. Todos, salvo Celestina, escogen el camino más fácil. En cuanto al amor, a pesar de todo el lenguaje sublime y la peculiar conciencia mutua de Calisto y Melibea, su exigencia y su práctica son tan físicas para ellos como para sus criados. Las matemáticas sociales de Rojas siempre vuelven a la misma ecuación: no hay diferencia esencial entre las categorías de personas. Es una noción que en este caso nada tiene que ver con ideas democráticas o con la dignidad del hombre. Calisto y Sempronio son iguales en su falta de dignidad. El soliloquio de Calisto en el acto catorce manifiesta una cobardía moral tan despreciable como la cobardía física de Sempronio en acto doce. Leída detenidamente, *La Celestina* expresa tanto desdén por las pretensiones de clases como por la pretensión social —es decir, la hipocresía organizada de la sociedad vista en su conjunto.

No es, por cierto, en la sociedad, sino cara al cosmos donde los habitantes de *La Celestina* descubren toda la amplitud de su insignificancia, su vulnerabilidad y su soledad. Rojas subraya explícitamente este pesimismo en el soliloquio final de Pleberio, que es una especie de epí-

logo y resumen temático. Pero a pesar de todo el interés
histórico de este amargo *planctus* (tan revelador de los
sentimientos de Rojas como judío converso), la mayoría
de los lectores se han interesado más por la expresión
de la condición humana de *La Celestina* en el curso de
sus diálogos. Como lectores, nos interesamos menos por
las ideas pesimistas que por su representación de carne
y hueso en la vida misma. Pero en esta afirmación hay
una presuposición que debemos invertir. La noción de
que las ideas son traducidas a literatura, primero pensadas y luego formadas poéticamente, es equívoca en lo
que concierne a una obra tan profunda y duradera como
lo es *La Celestina*. Más bien, las ideas pesimistas surgen
al final como una especie de conclusión consciente, una
llana esquematización final de un sentimiento trágico o
visión de la vida que previamente era un elemento inse-
parable del acto creador.

¿Qué es este trágico sentimiento o visión? En sentido
específico, *La Celestina* es una obra en que todos los
personajes principales mueren repentinamente, primero
Celestina, luego Pármeno y Sempronio, y finalmente Calisto y Melibea. Incluso Alisa, la madre de Melibea, se
nos da a entender que muere de tristeza en la última
escena. Además, en el momento de la muerte hay un
instante de conciencia. Ellos se percatan —así todos los
mortales— de que están a punto de afrontar el cosmos.
¿Cómo sucede esto? No deja de ser sorprendente el
hecho de que cuatro de estas cinco muertes hayan sido
causadas por una caída. A través de todos los actos
anteriores, el espacio físico es un factor determinante
en la existencia de aquellas gentes. Puertas y muros se
interponen al cumplimiento de sus deseos. Se ven unos
a otros llegar y partir en la larga perspectiva de calles
desiertas. Escuchan las conversaciones a una distancia
prudencial unos de otros, como en el acto doce. Conti-
nuamente se están preocupando de no tropezar por la
prisa o la oscuridad. Y al final, su situación en el espacio
resulta fatal para ellos; los mata el espacio. Melibea, un
momento antes de su salto fatal desde la torre, ve bar-

cos y un río que se extiende hasta el horizonte como
en una pintura renacentista. Como único paisaje de la
obra, acentúa el *pathos* de su muerte del mismo modo
que el océano inmenso, los distantes promontorios y el
sol crepuscular de Breughel recalcan espacialmente la
caída de Icaro.

Lo que ocurre es que la caída tradicional y alegórica
de la Fortuna se nos presenta aquí como una caída real
en el espacio por pura casualidad. La acostumbrada representación de este mito fundamental de la Edad Media
—quizá sería más adecuado llamarlo modelo de expecta-
ción y comprensión— es la reflejada en la frase proverbial «mientras más alto subas, de más alto caerás». Un
ser de elevada condición, mercader, príncipe, papa o
ángel, se vuelve orgulloso y despreocupado, y es derribado y destruido, para gran regocijo y edificación moral de
todos cuantos le rodean. Pero en *La Celestina* no hay
ninguna sugerencia de una sanción moral o incluso de
una fatalidad maliciosa. El hombre vive en el espacio.
(La obra tiene toda la verticalidad del arte gótico de su
época, pero carece del arco cerrado de la fe.) El hombre
es propenso a los accidentes. Nada más. Un desafortu-
nado mal paso en una escalera o un cálculo equivocado
de la altura en la oscuridad, y alguien se rompe la cris-
ma en el empedrado. El universo —como el paisaje de
Melibea o como el más elaborado cuadro de altura y
mar pintado verbalmente en *El Rey Lear* por Edgar
para su padre ciego— puede ser muy bello, pero es indi-
ferente a los asuntos humanos. El aire que rodea al
hombre es *ajeno y extraño,* nos dice Rojas en sus versos
preliminares, y en él estamos expuestos a la destrucción.
En vez del cubierto y abovedado mundo medieval, donde
el hombre estaba protegido si se mantenía en su papel
de criatura, el mundo de *La Celestina* es un mundo
expuesto a un peligro constante. Está caracterizado por
esa falta de techo o de refugio que Lukács considera la
situación básica de la novela moderna [17]. O como lo
expresa Camus en *El hombre rebelde,* al referirse a Lu-
crecio, «Ya surge el gran problema de los tiempos mo-

dernos, el descubrimiento de que salvar al hombre de su destino es entregarlo al azar».

En realidad, yo no creo que Rojas fuera un rebelde intelectual en el sentido prometeico de Camus o que se propusiera salvar al hombre de nada. En el texto de *La Celestina* existen indicios de una próxima caída de la fortuna, promesas implícitas de sanción, y otros tipos de presagios morales. Pero, cuando los personajes han desarrollado sus vidas, Rojas crea un mundo en que el simple espacio toma el lugar de la fortuna. Las primeras intenciones morales y ejemplares han sido absorbidas en un organismo artístico de un significado más complejo y menos reconfortante. Rojas no era un rebelde, sino un irónico, un irónico fuera del reino de los valores y explicaciones aceptados, que observaba a sus personajes a distancia y les dejaba traicionar sus propias racionalizaciones y corrupciones. La fortuna, como si dijéramos, se había transformado en espacio al ser retratada en un mundo visto con áspera ironía. Rojas, al crear, llevó su propio inconformismo a una conclusión no ideológica sino vital, lo que equivale a decir, al borde de la muerte. Y al hacerlo, vio la fortuna de una manera nueva y desconocida. En otras palabras, Rojas no cambió o revisó la caída moral y tradicional de la fortuna, igual que tampoco negó a los lugares comunes de virtud o amistad tal y como éstas eran expresadas por sus personajes. Lo que hizo fue cavar un foso bajo ellos, retratarlos en un estado inesperado y desconcertante de vacío circundante.

Wolfgang Kayser ha definido el mundo de lo grotesco como «nuestro mundo, y al mismo tiempo no nuestro mundo. El horror mezclado con la diversión tiene su base en la experiencia de que nuestro mundo digno de confianza y familiarmente ordenado se ha vuelto ajeno cara al abismo y sus poderes» [18]. Si aceptamos esta definición, lo que acabamos de decir sobre *La Celestina* la clasifica como obra maestra de lo grotesco. De hecho, yo mantendría que es la obra maestra, la epopeya, de lo grotesco, y precisamente porque evita lo fantasmagórico, lo caricaturesco y lo distorsionado. En ella, en una forma casi pura, las dimensiones mismas, las dimensiones de tiempo y espacio percibidas de una manera nueva, están aplicadas a un universo moral tradicional. De pronto podemos ver por debajo, a través y por detrás de este universo, y viéndolo así, percibimos precisamente aquello que la sociedad y la cultura misma no quiere que percibamos: nuestras más sublimes aspiraciones y nuestros más bajos absurdos, nuestros horrores y nuestras diversiones, están tan próximos como las dos caras de una moneda, y de hecho no son más que aspectos unos de otros. Ahí está lo grotesco, y es en el fondo a lo que Cervantes se refería cuando dijo que *La Celestina* sería un libro «divino si encubriera más lo humano».

Nosotros, en nuestra época, no podemos ser tan exigentes como Cervantes. Sólo podemos admirar a Rojas porque descubre con tanto acierto la forma de equilibrar lo sublime y lo ridículo en cohabitación íntima y compleja, no como posibilidades polarizadas de la existencia. Al hacerlo, reunió lo interno y lo externo, viendo bajo una sola luz la aguda conciencia de sí mismos que tienen los personajes, y la gran dimensionalidad inconsciente a la cual ellos (y nosotros) están expuestos. El separar lo sublime de lo ridículo limita a un personaje a una postura representativa o ejemplar de la cual no puede cambiar: «Soy ridículo» o «Soy sublime». El unirlos crea un problema de personalidad (lo que pretendo ser en contradicción con lo que soy) rodeada, disminuida, más consciente, y al final destruida en su lucha con el recién reconocido «más allá de veras» del que canta Jorge Guillén [19]. Al retratar nuestras debilidades y al hacer una crónica de nuestras desvalidas luchas, Rojas fue ciertamente el primero en expresar todo el dilema del hombre en los tiempos modernos: la existencia en un mundo desprovisto de sentido. Por tanto, cuando Melibea se suicida, no hay mención alguna del pecado mortal por el cual tiene que responder. El carácter del acontecimiento ni siquiera se menciona en la lamentación de Pleberio. Y no porque el tiempo lo ha de hacer «con-

tingible» como el profético «Inés se ahorcó». Lo que está
implícito en el acto incensurado de Melibea contra sí
misma es una afirmación tácita de que no somos juzga-
dos. O peor aún, como Pleberio (como el Gloucester de
Shakespeare) da a entender al final, puede que hayamos
sido colocados aquí para ser atormentados.

El tercer aspecto de la importancia de *La Celestina*
es el de la creación imaginaria, su poder de sumergir al
lector en lo que antes he llamado un «baño ácido de
vida». Pero la palabra «vida», con sus matices novelís-
ticos es equívoca. *La Celestina,* más que un cuadro de
vida española (o humana) en el sentido novelístico, nos
da una imagen de una serie de vidas entretejidas, una
textura de vidas de las cuales la trama son los amantes
y la urdimbre los pícaros y prostitutas que llevan adelante el amor de aquéllos, que conspiran contra él, que
lo envidian, que temen sus consecuencias y que en general lo cruzan en muchas maneras y direcciones distintas.
La comparación con el tejer de una tela debe ser recal-
cada. Nos ayuda a librarnos de los modos dramáticos de
imaginación, modos tan equívocos como los pertinentes
a la novela. Para leer *La Celestina* como es debido, hay
que estar preparado para su peculiaridad genérica. Los
actos no son realmente tales (en el acto once no «pasa»
nada, mientras que en el acto doce pasa todo). El clímax
no es realmente un clímax (Rojas no se equivocó al
insertar en la primera versión de dieciséis actos cinco
más para separar el amor de la muerte). Y los aparentes
motivos no lo son en realidad. (Aunque se nos muestra
extensamente y con gran sutileza la preparación psicoló-
gica para ciertos hechos, a Rojas no le interesa construir
una estructura coherente de causa y efecto.) Cada estado
de conciencia le concierne por sí mismo. Por ejemplo, la
humillación interna y el vergonzoso reconocimiento por
parte de los criados de su propia cobardía en el acto doce
sí ayuda a explicar su inesperado y aparentemente incon-
gruente asesinato de Celestina. Pero Rojas está mucho
más preocupado por observar el crecimiento de estos sentimientos y escuchar su expresión, que por exponerlos

como motivo del homicidio. De la misma manera, tampoco se le ocurre explicar por qué el matrimonio está fuera de las posibilidades para los amantes. No siente necesidad alguna de fabricar una situación Montesco-Capuleto. De ahí la perplejidad que ha causado a casi veinte generaciones de lectores, todos ellos expertos buscadores de motivos.

Resumamos, pues, la extrañeza genérica de *La Celestina*. Constituida exclusivamente por diálogos, no puede presentar un mundo narrativo: esa reproducción de la vida, con ambiente y contornos completos, que esperamos de la novela. Pero a la vez tampoco es dramática. El drama impone necesariamente una geometría de motivo, trama y climax sobre el proceso de la vida. A Rojas no le interesa tal geometría; prefiere seguir los serpenteos y crecimientos —al modo de una enredadera— de cada conciencia a través de sus múltiples encuentros con otras. Cada vida es un sendero temporal de palabras oídas irónicamente, hasta que se vacía en el espacio, hasta que cae en el silencio de la muerte. Y si Calisto y Melibea piensan por un momento que el compañerismo erótico ha proporcionado una culminación a sus existencias, pronto se ven desengañados por el fatal traspiés de la escalera. Incluso el suicidio de Melibea tan justificado y preparado oratoriamente, es un gesto vacío, una postura fatal más que una catástrofe. Estos dos puede que quisieran ser Tristán e Isolda, igual que Don Quijote quería ser Amadís de Gaula, pero la evaporación del mito en su universo les ha hecho encallar. Por eso es por lo que su retórica a veces parece exagerada y artificial.

Esta peculiar atención que se presta a la vida consciente, siguiendo su propio curso a través de rampas de espacio y avenidas de tiempo, puede ayudar a explicar una aparente debilidad de *La Celestina*: su impotencia para dotar a sus vidas de simpatía. Es decir, la obra no nos lleva a compadecer a los personajes ni a reconocerlos completamente como nuestros prójimos. La objetividad irónica de Rojas es tan despiadada, su malicia tan sin obstáculos, y su habilidad tan asombrosa, que llegamos a conocer a sus personajes (como conocemos a alguno de nuestros colegas) demasiado bien para que nos sean importantes. Según los escuchamos, vamos conociéndolos cada vez más profundamente; cada vez estamos más fascinados por su prudencia mal dirigida y por su inatención al verdadero peligro. Pero nunca nos afectan como hermanos que sufren. Sus debilidades son las nuestras, pero a pesar de todo, ni sus amores ni sus odios son amables ni detestables. Estarían fuera de lugar en una tragedia; sin embargo, no son tipos cómicos. ¿Por qué fallan de esta forma? Porque son sólo vidas, no personas. Los lazos de simpatía entre hombre y hombre dependen en último término de lo que *son*. Y los habitantes de *La Celestina* no *son* nada; simplemente existen. Son vidas independientes, psíquicamente intrincadas, pulsaciones de vidas, pero no son hombres ni mujeres. No son hombres en el sentido que Don Quijote o Aquiles, Macbeth o incluso Huck Finn puedan serlo, hombres que para bien o para mal, de un modo o de otro, con duda o confianza, se yerguen por encima del momento de sus vidas y dicen «Yo soy».

Existe una excepción y es lo suficientemente grande como para elevar a *La Celestina* por encima del nivel de ciertas obras casi maestras del mundo —es decir, obras de intensa cohesión poética y extraordinaria originalidad de tema (por ejemplo *Tamburlaine, Fiammetta,* el *Satiricón*) que, sin embargo, han perdido el contacto con las siguientes generaciones. Celestina misma es la excepción y en el centro humano del mundo literario en que vive, ella, sin ayuda de sus conciudadanos, triunfa sobre la historia. Celestina empieza como un tipo, la alcahueta, y cuando Pármeno la describe por primera vez, coloca el movimiento, el simple «ir», en el fundamento de su vida:

> «Si entre cient mujeres va y alguno dice: '¡Pu-
> tā vieja!', sin ningún empacho luego vuelve la

cabeza y responde con alegre cara. En los convites, en las fiestas, en las bodas, en las cofadrías
en los mortuorios, en todos los ayuntamientos de
gentes, con ella pasan tiempo. Si pasa por los perros, aquello suena su ladrido.»

A nosotros también se nos permite observar su movimiento. A través de los ojos de los otros personajes
vemos volar sus faldas; otras veces, vemos su corva figura que renquea calculando su próxima jugada. Y no
sólo la vemos; frecuentemente esos ojos interpretan para
nosotros el significado sentimental de sus cambios de
paso: júbilo triunfal, duda frente al peligro o precaución física cuando va maniobrando con su viejo cuerpo
entre las piedras y los agujeros del pavimento medieval.
A medida que la seguimos, sin embargo, pronto nos damos cuenta de que es más que una alcahueta, más que
una mera portadora de perturbadores mensajes. También sirve, halaga, sugiere, influye y en última instancia
dirige todas las vidas a su alrededor. Su movimiento
tiene una fuerza humana que la distingue de los demás.
Exceptuando su propio asesinato, todo lo que sucede en
La Celestina es instigado por ella. Ella es el dictador de
la ávida república de la naturaleza, la titiritera no sólo
de sus clientes, sino también de todas las vidas que caen
dentro de su horizonte vital. No importa que esté co-
rrompida y que corrompa, que sea infinitamente calcula-
dora, o que sea insensible a todo excepto a los estímulos
físicos del alcohol, el peligro o el sexo. No importa que
sea vieja, llena de cicatrices, físicamente grotesca, corre-
teando como una araña por su vieja y destartalada casa,
haciendo inventario de sus alas de murciélago, cosméticos y sogas de ahorcado. No importa que socialmente
sea el núcleo de infección de la ciudad. Lo que en
última instancia importa es su valor, su ferocidad mental
(en coexistencia stendhaliana con su talento para la lógi-
ca fría), su fe en sí misma y en su modo de vida. Demues-
tra una confianza vital a la que todos los demás, en sus deseos y ansiedades momentáneos, ni siquiera se aproximan.

Escuchemos a Celestina misma expresando su vigor
básico, la densidad vocacional de su existencia, en uno
de sus últimos discursos. Acaba de ser amenazada por
Sempronio con exponerla a la vergüenza pública:

> «¿Quién soy yo, Sempronio? [pregunta sar-
> cásticamente]. ¿Quitásteme de la putería? Calla
> tu lengua, no amengües mis canas, que soy una
> vieja cual Dios me hizo, no peor que todas. Vivo
> de mi oficio, como cada cual oficial del suyo, muy
> limpiamente. A quien no me quiere no le busco.
> De mi casa me vienen a sacar, en mi casa me rue-
> gan. Si bien o mal vivo, Dios es el testigo de mi
> corazón. Y no pienses con tu ira maltratarme,
> que justicia hay para todos, a todos es igual.
> También seré oída, aunque mujer, como vosotros
> muy peinados. Déjame en mi casa con mi for-
> tuna.»

Mucho antes, ella había hablado de «mantener su honra»,
como si fuese un caballero. Y en su maravilloso soliloquio de duda y determinación en el acto cuarto, decidió
plantarse en actitud de desafío a la puerta de la casa de
Melibea haciéndose la misma pregunta proverbial que
Cortés emplearía al persuadir a sus hombres de que lo
siguieran en la temible marcha hacia el interior: «¿A dónde irá el buey que no are?» Todo esto, por supuesto,
es irónico por parte de Rojas. Con supremo cinismo atri-
buye a una sentina de la degradación humana el rasgo
centralmente admirado del mundo hispano (el único
rasgo compartido por el Cid y don Quijote): conserva-
ción íntegra del yo frente a cualquier circunstancia adversa. Sin embargo, esta misma imputación, esta concesión de un núcleo sólido de existencia a la vida de Celestina, despierta en el lector un sentimiento especial
—un intenso sentimiento de relación humana— hacia
ella. En el nivel más bajo, esto equivale a una atónita
admiración mientras la observamos en sus tareas infernales. Pero por encima de esto, y a pesar de cualquier

principio moral al que el lector se adhiera, llega a actuar
esa simpatía básica que no se da para los otros personajes.

Como hemos visto, Rojas era un maestro artesano de
la vida, tanto un descubridor como un conquistador del
mundo interno donde la vida toma conciencia de sí misma. Pero la vida en palabras, como en la carne, es una
sustancia engañosa: no se queda quieta y es difícil de
dominar. En el caso de Celestina, creó una vida que se
le escapó, que estableció su propia existencia, para que
nosotros la fuésemos a «buscar», como ella misma habría
dicho. Así sucedió que antes de que se hubiesen hecho
muchas ediciones, la *Tragicomedia de Calisto y Melibea*
llegó a ser llamada sencillamente *La Celestina*. Celestina
era el centro de su atracción y de su repugnancia humanas. Era hasta tal punto el centro que, aparte de la afirmación o la negación, se apoderó del mundo literario
en que vivía. Como Don Quijote o Lazarillo de Tormes,
o Don Juan Tenorio, Celestina sobrepasó las intenciones de su autor y empezó a vivir una vida auténtica y
constantemente renovada en la imaginación de siglo tras
siglo de lectores. A través de esta heroica anti-heroína,
ellos (y nosotros a nuestra vez) no sólo han revivido el
vicio y la simple degradación, sino que lo han hecho
también como experiencia humana. En esto, creo yo,
se encuentra la superioridad de Celestina sobre los grandes villanos, los Iagos y las Agripinas, de la literatura
mundial. En esta única, increíble y aparentemente imposible coexistencia, no de seres humanos, sino de la humanidad más profunda con el mal, es donde ha de encontrarse la importancia fundamental de *La Celestina*.

Stephen Gilman

Una versión preliminar de esta introducción fue publicada con
el título «Rebirth of a Classic: *Celestina*» in *Varieties of Literary
Experience,* ed. Stanley Burnshaw, New York, 1962.

Para una breve historia de las primeras ediciones de La Celestina, *remito al lector al cuadro cronológico que se encuentra al final de esta edición. Baste por ahora con decir que la* Comedia *«primitiva» de dieciséis actos se transformó, probablemente, entre 1500 y 1502 en* Tragicomedia *de veintiún actos (los cinco actos adicionales fueron interpolados en el acto catorce) con varias adiciones y supresiones hechas al texto original y con un nuevo prólogo más largo que el anterior. Las diversas etapas de evolución de la* Comedia *pueden encontrarse en las ediciones de Burgos, 1499, Toledo, 1500, y Sevilla, 1501, y han sido señaladas en las notas de este libro. La primera edición que nos ha llegado de la* Tragicomedia *en castellano es la de Zaragoza 1507. Las llamadas ediciones de «1502», que derivaron su nombre de la última estrofa de los versos de Proaza, insertos al final de la obra, en realidad son todas posteriores a la edición de Zaragoza 1507 (véase F. J. Norton,* Printing in Spain, 1501-1520). *En cuanto a la exactitud del texto, la* Tragicomedia *de Valencia, 1514, es considerada en general como la más rigurosa.*

Con el propósito de restaurar el texto en su forma más completa y exacta, he usado como texto básico el de Valencia 1514 (y 1518), corrigiéndolo con las tres ediciones de la primitiva Comedia, la Tragicomedia de Zaragoza 1507 (que frecuentemente coincide con la Comedia donde las otras versiones de la Tragicomedia ofrecen variantes corruptas), y la edición de G. D. Trotter y M. Criado de Val, Libro de Calixto y Melibea y de la puta vieja Celestina (Sevilla, 1518-1520). En el texto no se registran estas correcciones, si bien va entre corchetes aquello de la primitiva Comedia que se ha suprimido en las ediciones de la Tragicomedia, y en cursiva lo que se ha añadido o cambiado en las ediciones de la Tragicomedia; pero los cambios importantes se recogen al final del libro en las «Notas de variantes», indicándose sus llamadas en el texto con números volados entre paréntesis, así como en el caso del nuevo prólogo y de los cinco actos adicionales. Otros dos tipos de signos se usan en el texto:

$<\quad>$ *indica una lectura alternativa en las interpolaciones de la* Tragicomedia.

(   ) *indica un «aparte» en el diálogo.*

Las notas al vocabulario, agrupadas bajo el título «Notas de la encargada de la edición», van al final de la obra, tras las «Notas a la introducción», y, como las de éstas, sus llamadas se indican en el texto con números volados sin paréntesis. Estas notas tienen el propósito de aclarar el texto y de servir de guía en cuanto a significados, formas y referencias oscuros; no intentan ofrecer una exposición exhaustiva, erudita, de la obra y sus fuentes. Remito al lector que se interese por estas últimas a Observaciones sobre las fuentes literarias de La Celestina *de F. Castro Guisasola, y a* The Petrarchan

Sources of La Celestina *de A. D. Deyermond. Otra bibliografía crítica básica puede incluir* La Celestina *de* M. Menéndez y Pelayo *en* Orígenes de la novela, La originalidad artística de La Celestina *de María Rosa Lida de Malkiel y* The Art of La Celestina *de Stephen Gilman. El estudioso encontrará una gran riqueza bibliográfica adicional en estas obras.*

Este texto ha sido preparado con vistas al gran público. He modernizado la ortografía, manteniendo sólo la ortografía antigua que refleja la pronunciación de la época de Rojas. Por eso he suprimido consonantes dobles, usos arbitrarios de j-g, b-v-u, etc., grupos de consonantes intercambiables (mp-np, mb-nb, *etc.); he modernizado las* ç, sc, sç, z, *y sustituido* x *por* j. *He aclarado las abreviaturas y la separación de las palabras, y sustituido la puntuación antigua por la moderna. Finalmente, cuando el texto antiguo alterna el uso de la época con el moderno, empleo la ortografía moderna. En todo esto mi intención ha sido presentar una edición que sea fácilmente accesible a todos los lectores, junto con un texto que también pueda interesar al especialista.*

Dorothy Sherman Severin

Tragicomedia de Calisto y Melibea

nuevamente revista y enmendada con adición de los argumentos de cada auto en principio. La cual contiene demás de su agradable y dulce estilo muchas sentencias filosofales y avisos muy necesarios para mancebos, mostrándoles los engaños que están encerrados en sirvientes y alcahuetas [1].

El autor a un su amigo [2]

Suelen los que de sus tierras ausentes se hallan, considerar de qué cosa aquel lugar donde parten mayor inopia *pobreza* o falta padezca, para con la tal servir a los conterráneos, de quien en algún tiempo beneficio recibido tienen; y viendo que legítima obligación a investigar lo semejante me compelía para pagar las muchas mercedes de vuestra libre liberalidad recibidas, asaz veces retraído en mi cámara, acostado sobre mi propia mano, echando mis sentidos por ventores [1] y mi juicio a volar, me venía a la memoria,

35

no sólo la necesidad que nuestra común patria tiene de la presente obra, por la muchedumbre de galanes y enamorados mancebos que posee, pero aun en particular vuestra misma persona, cuya juventud de amor ser presa se me representa haber visto y de él cruelmente lastimada, a causa de le faltar defensivas armas para resistir sus fuegos, las cuales hallé esculpidas en estos papeles; no fabricadas en las grandes herrerías de Milán, mas en los claros ingenios de doctos varones castellanos formadas. Y como mirase su primor, su sotil artificio, su fuerte y claro metal, su modo y manera de labor, su estilo elegante, jamás en nuestra castellana lengua visto ni oído, leílo tres o cuatro veces; y tantas cuantas más lo leía, tanta más necesidad me ponía de releerlo y tanto más me agradaba, y en su proceso nuevas sentencias sentía. Vi, no sólo ser dulce en su principal historia o ficción toda junta; pero aun de algunas sus particularidades salían deleitables fontecicas de filosofía, de otros agradables donaires, de otros avisos y consejos contra lisonjeros y malos sirvientes y falsas mujeres hechiceras. Vi que no tenía su firma del autor, *el cual, según algunos dicen, fue Juan de Mena*[2], *y según otros, Rodrigo Cota*[3]; pero quienquier[a] que fuese, es digno de recordable memoria por la sotil invención, por la gran copia[3] de sentencias entretejeridas, que so color de donaires tiene. Gran filósofo era. Y pues él con temor de detractores y nocibles lenguas, más aparejadas a reprehender que a saber inventar, *quiso celar y encubrir su nombre*[4], no me culpéis si en el fin bajo que lo pongo no expresare el mío. Mayormente que, siendo jurista yo, aunque obra discreta, es ajena de mi facultad y quien lo supiese diría que no por recreación de mi principal estudio, del cual yo más me precio, como es la verdad, lo hiciese; antes distraído de los derechos, en esta nueva labor me entremetiese. Pero aunque no acierten, sería pago de mi osadía. Asimismo pensarían que no quince días de unas vacaciones, mientras mis socios en sus tierras, en acabarlo me detuviese, como es lo cierto; pero aun más tiempo y menos acepto[4]. Para desculpa de lo cual todo, no sólo a vos, pero a cuantos lo

leyeren, ofrezco los siguientes metros. Y porque conozcáis
dónde comienzan mis maldoladas [5] razones, *acordé que
todo lo del antiguo autor fuese sin división en un auto o
cena incluso, hasta el segundo auto, donde dice: «Hermanos míos», etc. Vale* [5]

[handwritten: 1st author or second?.. exuses self... argues and compares with self.]

El autor, escusándose de su yerro en esta obra
que escribió, contra sí arguye y compara [6]

[handwritten left margin: imagine a human world classes without division...]

[handwritten left margin: Code: moral... wants to teach upper class]

El silencio escuda y suele encubrir   *[handwritten: no pensar de laquisición.]*
La falta de ingenio y torpeza de lenguas [7];
Blasón que es contrario, publica sus menguas   *[handwritten: critic w/out thinking]*
A[l] quien mucho habla sin mucho sentir.
Como [la] hormiga que deja de ir,
Holgando por tierra, con la provisión:
Jáctose con alas de su perdición:
Lleváronla en alto, no sabe dónde ir.
[handwritten: ant tries to fly and is eaten by the birds] Prosigue   *[handwritten: Isop-fables..]*

El aire gozando ajeno y extraño,
Rapiña es ya hecha de aves que vuelan   *[handwritten: there is reason behind this]*
Fuertes más que ella, por cebo la llevan:
En las nuevas alas estaba su daño.
Razón es que aplique a mi pluma este engaño,   *[handwritten: uses feather to write]*
No despreciando a los que me arguyen [8],
Así, que a mí mismo mis alas destruyen,
Nublosas y flacas, nacidas de ogaño [6].

[handwritten: → Rojas = of upperclass... but of the single cause he's a convert.] Prosigue

Donde ésta gozar pensaba volando,
O yo de escribir [9] cobrar más honor,
Del[o] uno y del[o] otro nació disfavor;
Ella es comida y a mí están cortando
Reproches, revistas y tachas. Callando

Obstara, y [a] los daños de envidia y murmuros
Insisto remando, y los puertos seguros [10]
Atrás quedan todos ya cuanto más ando.

Prosigue

Si bien *queréis ver* [11] mi limpio motivo,
A cuál se endereza de aquestos extremos,
Con cuál participa, quién rige sus remos,
Apollo, Diana o Cupido altivo [12],
Buscad bien el fin de aquesto que escribo,
O del principio leed su argumento:
Leeldo [y] veréis que, aunque dulce cuento,
Amantes, que os muestra salir de cativo.

Comparación

Como el doliente que píldora amarga
O la recela [13], o no puede tragar,
Méte[n]la dentro de dulce manjar,
Engáñase el gusto, la salud se alarga:
De esta manera mi pluma se embarga [7],
Imponiendo dichos lascivos, rientes,
Atrae los oídos de penadas gentes;
De grado escarmientan y arrojan su carga.

Vuelve a su propósito

Estando cercado de dudas y antojos [14],
Compuse tal fin que el principio desata:
Acordé [15] dorar con oro de lata
Lo más fino tíbar [8] *que vi con mis ojos* [16]
Y encima de rosas sembrar mil abrojos.
Suplico, pues, suplan discretos mi falta.
Teman groseros y en obra tan alta
O vean y callen o no den enojos.

Prosigue dando razones por qué
se movió a acabar esta obra

Yo vi en Salamanca la obra presente:
Movíme [a] acabarla por estas razones:
Es la primera, que estoy en vacaciones,
La otra inventarla persona prudente [17];
Y es la final, ver ya la más gente
Vuelta y mezclada en vicios de amor.
Estos amantes les pornán [9] temor
A fiar de alcahueta ni *falso* [18] sirviente.

Y así que esta obra *en el proceder* [19]
Fue tanto breve, cuanto muy sotil.
Vi que portaba sentencias dos mil
En forro [10] de gracias, labor de placer.
No hizo Dédalo [11] *cierto a mi ver* [20]
Alguna más prima entretalladura [12],
Si fin diera en esta su propia escritura
Cota o Mena con su gran saber [21].

Jamás yo no *vide en lengua romana* [22]
Después que me acuerdo, ni nadie la vido [13],
Obra de estilo tan alto y subido
En tosca [14], ni griega, ni en castellana [23].
No *trae* [24] sentencia, de donde no mana
Loable a su autor y eterna memoria,
Al cual Jesucristo reciba en su gloria
Por su pasión santa, que a todos nos sana.

Amonesta a los que aman que sirvan a Dios y dejen
las *malas* [25] cogitaciones y vicios de amor

Vos[otros], *los* que amáis, tomad este ejemplo
Este fino arnés con que os defendáis;
Volved ya las riendas, porque no os perdáis;
Load siempre a Dios visitando su templo.
Andad sobre aviso; no seáis de ejemplo
De muertos y vivos y propios culpados:
Estando en el mundo yacéis sepultados.
Muy gran dolor siento cuando esto contemplo.

Fin

O damas, matronas, mancebos, casados,
Notad bien la vida que aquéstos hicieron,
Tened por espejo su fin cuál hobieron:
A otro que amores dad vuestros cuidados.
Limpiad ya los ojos, los ciegos errados,
Virtudes sembrando con casto vivir,
A todo correr debéis de huir,
No os lance Cupido sus tiros dorados [26].

[27] Todas las cosas ser criadas a manera de contienda o batalla, dice aquel gran sabio Heráclito [15] en este modo: «Omnia secundum litem fiunt.» Sentencia a mi ver digna de perpetua y recordable memoria; y como sea cierto que toda palabra del hombre sciente [16] está preñada, de ésta se puede decir que de muy hinchada y llena quiere reventar, echando de sí tan crecidos ramos y hojas, que del menor pimpollo se sacaría harto fruto entre personas discretas. Pero como mi pobre saber no baste a más de roer sus secas cortezas de los dichos de aquellos que por claror de sus ingenios merecieron ser aprobados, con lo poco que de allí alcanzare, satisfaré al propósito de este perbreve prólogo. Hallé esta sentencia corroborada por aquél gran orador y poeta laureado, Francisco Petrarca, diciendo: «Sine lite atque offensione nihil genuit natura parens». «Sin lid y ofensión ninguna cosa engendró la natura, madre de todo.» Dice más adelante: «Sic est enim, et sic propemodum universa testantur: rapido stellae obviant firmamento; contraria invicem elementa confligunt; terrae tremunt; maria fluctuant; aer quatitur; crepant flammae; bellum immortale venti gerunt; tempora temporibus concertant; secum singula, nobiscum omnia.» Que quiere decir: «En verdad así es, y así todas

las cosas de esto dan testimonio: las estrellas se encuentran en el arrebatado firmamento del cielo, los adversos elementos unos con otros rompen pelea, tremen las tierras, ondean los mares, el aire se sacude, suenan las llamas, los vientos entre sí traen perpetua guerra, los tiempos con tiempos contienden y litigan entre sí, uno a uno y todos contra nosotros.» El verano vemos que nos aqueja con calor demasiado, el invierno con frío y aspereza: así que ésto nos parece revolución temporal, ésto con que nos sostenemos, ésto con que nos criamos y vivimos, si comienza a ensoberbecerse más de lo acostumbrado, no es sino guerra. Y cuánto se ha de temer, manifiéstase por los grandes terremotos y torbellinos, por los naufragios e incendios, así celestiales como terrenales, por la fuerza de los aguaduchos [17], por aquel bramar de truenos, por aquel temeroso ímpetu de rayos, aquellos cursos y recursos de las nubes, de cuyos abiertos movimientos, para saber la secreta causa de que proceden, no es menor la disensión de los filósofos en las escuelas, que de las ondas en la mar.

Pues entre los animales ningún género carece de guerra: peces, fieras, aves, serpientes, de lo cual todo, una especie a otra persigue. El león al lobo, el lobo la cabra, el perro la liebre y, si no pareciese conseja de tras el fuego [18], yo llegaría más al cabo esta cuenta. El elefante, animal tan poderoso y fuerte, se espanta y huye de la vista de un suzuelo ratón, y aun de sólo oírle toma gran temor. Entre las serpientes el vajarisco [19] crió la natura tan ponzoñoso y conquistador de todas las otras, que con su silbo las asombra y con su venida las ahuyenta y desparce, con su vista las mata. La víbora, reptilia o serpiente enconada, al tiempo del concebir, por la boca de la hembra metida la cabeza del macho y ella con el gran dulzor apriétale tanto que le mata y, quedando preñada, el primer hijo rompe las ijares de la madre, por do todos salen y ella muerta queda y él casi como vengador de la paterna muerte. ¿Qué mayor lid, qué mayor conquista ni guerra que engendrar en su cuerpo quien coma sus entrañas?

Pues no menos disensiones naturales creemos haber en los pescados; pues es cosa cierta gozar la mar de tantas formas de peces, cuantas la tierra y el aire cría de aves y animalias y muchas más. Aristóteles y Plinio cuentan maravillas de un pequeño pece llamado Echeneis, cuánto sea apta su propiedad para diversos géneros de lides. Especialmente tiene una, que si llega a una nao o carraca [20], la detiene, que no se puede menear, aunque vaya muy recio por las aguas; de lo cual hace Lucano mención, diciendo: «Non puppim retinens, Euro tendente rudentes, in mediis Echeneis aquis.» «No falta allí el pece dicho Echeneis, que detiene las fustas [21], cuando el viento Euro extiende las cuerdas en medio de la mar.» ¡O natural contienda, digna de admiración: poder más un pequeño pece que un gran navío con toda fuerza de los vientos!

Pues si discurrimos por las aves y por sus menudas enemistades, bien afirmarémos ser todas las cosas criadas a manera de contienda. Las más viven de rapina, como halcones y águilas y gavilanes. Hasta los groseros milanos insultan dentro en nuestras moradas los domésticos pollos y debajo las alas de sus madres los vienen a cazar. De una ave llamada rocho, que nace en el índico mar de Oriente, se dice ser de grandeza jamás oída y que lleva sobre su pico hasta las nubes, no sólo un hombre o diez, pero un navío cargado de todas sus jarcias y gente. Y como los míseros navegantes estén así suspensos en el aire, con el meneo de su vuelo caen y reciben crueles muertes.

¿Pues qué diremos entre los hombres a quien todo lo sobredicho es sujeto? ¿Quién explanará sus guerras, sus enemistades, sus envidias, sus aceleramientos y movimientos y descontentamientos? ¿Aquel mudar de trajes, aquel derribar y renovar edificios, y otros muchos afectos diversos y variedades que de esta nuestra flaca humanidad nos provienen?

Y pues es antigua querella y visitada de largos tiempos, no quiero maravillarme si esta presente obra ha sido instrumento de lid o contienda a sus lectores para ponerlos en diferencias, dando cada uno sentencia sobre

ella a sabor de su voluntad. Unos decían que era prolija,
otros breve, otros agradable, otros escura; de manera
que cortarla a medida de tantas y tan diferentes condiciones a solo Dios pertenece. Mayormente pues ella con
todas las otras cosas que al mundo son, van debajo de la
bandera de esta notable <noble> sentencia: «que aun
la misma vida de los hombres, si bien lo miramos, desde
la primera edad hasta que blanquean las canas, es batalla.» Los niños con los juegos, los mozos con las letras,
los mancebos con los deleites, los viejos con mil especies
de enfermedades pelean, y estos papeles con todas las eda-
des. La primera lo borra y rompe, la segunda no los sabe
bien leer, la tercera, que es la alegre juventud y mancebía,
discorda. Unos les roen los huesos [22] que no tienen virtud, que es la historia toda junta, no aprovechándose de
las particularidades, haciéndola cuento de camino; otros
pican los donaires y refranes comunes, loándolos con toda
atención, dejando pasar por alto lo que hace más al caso
y utilidad suya. Pero aquellos para cuyo verdadero placer
es todo, desechan el cuento de la historia para contar,
coligen la suma para su provecho, ríen lo donoso, las sentencias y dichos de filósofos guardan en su memoria para
trasponer en lugares convenibles a sus actos y propósitos.
Así que cuando diez personas se juntaren a oír esta comedia, en quien quepa esta diferencia de condiciones,
como suele acaecer, ¿quién negará que haya contienda en
cosa que de tantas maneras se entienda? Que aún los impresores han dado sus punturas, poniendo rúbricas o su-
marios al principio de cada auto, narrando en breve lo
que dentro contenía: una cosa bien excusada, según lo
que los antiguos escritores usaron. Otros han litigado sobre el nombre, diciendo que no se había de llamar comedia, pues acababa en tristeza, sino que se llamase tragedia.
El primer autor quiso darle denominación del principio,
que fue placer, y llamóla comedia. Yo viendo estas dis-
cordias, entre estos extremos partí agora por medio la
porfía, y llaméla tragicomedia. Así que viendo estas con-
quistas, estos dísonos y varios juicios, miré a donde la
mayor parte acostaba, y hallé que querían que se alar-

gase en el proceso de su deleite de estos amantes, sobre lo cual fui muy importunado; de manera que acordé, aunque contra mi voluntad, meter segunda vez la pluma en tan extraña labor y tan ajena de mi facultad, hurtando algunos ratos a mi principal estudio, con otras horas destinadas para recreación, puesto que no han de faltar nuevos detractores a la nueva adición.

Síguese [28] la comedia *o tragicomedia* de Calisto y Melibea, compuesta en reprehensión de los locos enamorados, que, vencidos en su desordenado apetito, a sus amigas llaman y dicen ser su dios. Asimismo hecha en aviso de los engaños de las alcahuetas y malos y lisonjeros sirvientes.

Argumento [(28)]

Calisto fue de noble linaje, de claro ingenio, de gentil disposición, de linda crianza, dotado de muchas gracias, de estado mediano. Fue preso en el amor de Melibea, mujer moza, muy generosa, de alta y serenísima sangre, sublimada en próspero estado, una sola heredera a su padre Pleberio, y de su madre Alisa muy amada. Por solicitud del pungido [23] Calisto, vencido el casto propósito de ella, entreviniendo [24] Celestina, mala y astuta mujer, con dos sirvientes del vencido Calisto, engañados y por ésta tornados desleales, presa su fidelidad con anzuelo de codicia y de deleite, vinieron los amantes y los que les ministraron [25], en amargo y desastrado fin. Para comienzo de lo cual dispuso el adversa fortuna lugar oportuno, donde a la presencia de Calisto se presentó la deseada Melibea.

Argumento del primer auto de esta comedia

Entrando Calisto en una huerta en pos de un halcón suyo, halló ahí a Melibea, de cuyo amor preso, comenzóle de hablar; de la cual rigorosamente despedido, fue para su casa muy sangustiado. Habló con un criado suyo llamado Sempronio, el cual, después de muchas razones, le enderezó a una vieja llamada Celestina, en cuya casa tenía el mismo criado una enamorada llamada Elicia. La cual, viniendo Sempronio a casa de Celestina con el negocio de su amo, tenía a otro consigo, llamado Crito, al cual escondieron. Entretanto que Sempronio está negociando con Celestina, Calisto está razonando con otro criado suyo, por nombre Pármeno, el cual razonamiento dura hasta que llega Sempronio y Celestina a casa de Calisto. Pármeno fue conocido de Celestina, la cual mucho le dice de los hechos y conocimiento de su madre, induciéndole a amor y concordia de Sempronio.

PÁRMENO, CALISTO, MELIBEA, SEMPRONIO, CELESTINA, ELICIA, CRITO

CALISTO.—En esto veo, Melibea, la grandeza de Dios.

MELIBEA.—¿En qué, Calisto?

CAL.—En dar poder a natura que de tan perfecta hermosura te dotase y hacer a mí inmérito tanta merced que verte alcanzase y en tan conveniente lugar, que mi secreto dolor manifestarte pudiese. Sin duda incomparablemente es mayor tal galardón que el servicio, sacrificio, devoción y obras pías que por este lugar alcanzar yo tengo a Dios ofrecido, [ni otro poder mi voluntad humana puede cumplir]. ¿Quién vido en esta vida cuerpo glorificado de ningún hombre, como agora el mío? Por cierto los gloriosos santos, que se deleitan en la visión divina, no gozan más que yo agora en el acatamiento tuyo. Mas ¡oh triste! que en esto diferimos: que ellos puramente se glorifican sin temor de caer de tal bienaventuranza, y yo, mixto [26], me alegro con recelo del esquivo [27] tormento, que tu ausencia me ha de causar.

MELIB.—¿Por gran premio tienes éste, Calisto?

CAL.—Téngolo por tanto en verdad que, si Dios me diese en el cielo la silla sobre sus santos, no lo ternía [28] por tanta felicidad.

MELIB.—Pues aun más igual galardón te daré yo, si perseveras.

CAL.—¡Oh bienaventuradas orejas mías, que indignamente tan gran palabra habéis oído!

MELIB.—Más desaventuradas de que me acabes de oír, porque la paga será tan fiera, cual [la] merece tu loco atrevimiento; y el intento de tus palabras, [Calisto,] ha sido *como* de ingenio de tal hombre como tú, haber de salir para se perder en la virtud de tal mujer como yo. ¡Vete, vete de ahí, torpe, que no puede mi paciencia tolerar que haya subido en corazón humano conmigo el ilícito amor comunicar su deleite! [29]

CAL.—Iré como aquél contra quien solamente la adversa fortuna pone su estudio con odio cruel.

CAL.— ¡Sempronio, Sempronio, Sempronio! ¿Dónde está este maldito?

SEMPRONIO.—Aquí estoy [(29)], señor, curando de estos caballos.

CAL.—Pues, ¿cómo sales de la sala?

SEMP.—Abatióse el gerifalte y vínele a enderezar en el alcándara [30].

CAL.— ¡Así los diablos te ganen! Así por infortunio arrebatado perezcas o perpetuo intolerable tormento consigas, el cual en grado incomparable*mente* a la penosa y desastrada muerte que espero traspasa. ¡Anda, anda, malvado, abre la cámara y endereza la cama!

SEMP.—Señor, luego hecho es.

CAL.—Cierra la ventana y deja la tiniebla acompañar al triste y al desdichado la ceguedad. Mis pensamientos tristes no son dignos de luz. ¡Oh bienaventurada muerte aquella que deseada a los afligidos viene! ¡Oh! si viniésedes agora, *Crato y Galieno,* médicos, sentiríades mi mal. ¡Oh piedad de *Celeuco* [(30)], inspira en el Plebérico corazón [31] por que sin esperanza de salud no envíe el espíritu perdido con el desastrado Píramo y de la desdichada Tisbe! [32]

SEMP.—¿Qué cosa es?

CAL.— ¡Vete de ahí! No me hables; si no, quizá ante del tiempo de mi rabiosa muerte, mis manos causarán tu arrebatado fin.

SEMP.—Iré, pues solo quieres padecer tu mal.

CAL.— ¡Ve con el diablo!

SEMP.—No creo, según pienso, ir conmigo el que contigo queda. ¡Oh desventura, oh súbito mal! ¿Cuál fue tan contrario acontecimiento, que así tan presto robó el alegría de este hombre, y lo que peor es, junto con ella el seso? ¿Dejarle he solo o entraré allá? Si le dejo, matarse ha; si entro allá, matarme ha. Quédese; no me curo; más vale que muera aquél, a quien es enojosa la vida, que no yo, que huelgo con ella. Aunque por ál[33] no desease vivir, sino por ver [a] mi Elicia, me debría guardar de peligros. Pero, si se mata sin otro testigo, yo quedo obligado a dar cuenta de su vida; quiero entrar. Mas, puesto que entre, no quiere consolación ni consejo; asaz es señal mortal no querer sanar. Con todo, quiérole dejar un poco desbrave, madure; que oído he decir que es peligro abrir o apremiar las postemas duras[34], porque más se enconan. Esté un poco; dejemos llorar al que dolor tiene, que las lágrimas y sospiros mucho desenconan el corazón dolorido. Y aún, si delante me tiene, más conmigo se encenderá, que el sol más arde donde puede reverberar. La vista a quien objeto no se antepone, cansa; y cuando aquél es cerca, agúzase. Por eso quiérome sufrir un poco; si entretanto se matare, muera; quizá con algo me quedaré que otro no [lo] sabe, con que mude el pelo malo, aunque malo es esperar salud en muerte ajena. Y quizá me engaña el diablo, y si muere matarme han e irán allá la soga y el calderón[35]. Por otra parte dicen los sabios que es grande descanso a los afligidos tener con quien puedan sus cuitas llorar y que la llaga interior más empece[36]. Pues en estos extremos, en que estoy perplejo, lo más sano es entrar y sufrirle y consolarle, porque si posible es sanar sin arte ni aparejo, más ligero es guarecer[37] por arte y por cura.

CAL.— ¡Sempronio!

SEMP.—¿Señor?

CAL.—Dame acá el laúd.

SEMP.—Señor, vesle aquí.

CAL.—¿Cuál dolor puede ser tal
que se iguale con mi mal?

SEMP.—Destemplado está ese laúd.

CAL.—¿Cómo templará el destemplado? ¿Cómo sentirá el armonía aquel que consigo está tan discorde; aquel *en* [31] quien la voluntad a la razón no obedece; quien tiene dentro del pecho aguijones, paz, guerra, tregua, amor, enemistad, injurias, pecados, sospechas, todo a una causa? Pero tañe y canta la más triste canción, que sepas.

SEMP.—Mira Nero de Tarpeia
a Roma cómo se ardía:
gritos dan niños y viejos
y él de nada se dolía.

CAL.—Mayor es mi fuego y menor la piedad de quien yo agora digo.

SEMP.—(No me engaño yo, que loco está este mi amo.) [38]

CAL.—¿Qué estás murmurando, Sempronio?

SEMP.—No digo nada.

CAL.—Di lo que dices, no temas.

SEMP.—Digo que ¿cómo puede ser mayor el fuego que atormenta un vivo que el que quemó tal ciudad y tanta multitud de gente?

CAL.—¿Cómo? Yo te lo diré. Mayor es la llama que dura ochenta años que la que en un día pasa, y mayor la que mata un ánima [32] que la que quemó cien mil cuerpos. Como de la apariencia a la existencia, como de lo vivo a lo pintado, como de la sombra a lo real, tanta diferencia hay del fuego que dices al que me quema. Por cierto, si el de purgatorio es tal, más querría que mi espíritu fuese con los de los brutos animales, que por medio de aquél ir a la gloria de los santos.

SEMP.—(Algo es lo que digo; a más ha de ir este hecho; no basta loco, sino hereje.)

CAL.—¿No te digo que hables alto cuando hablares? ¿Qué dices?

SEMP.—Digo que nunca Dios quiera tal; que es especie de herejía lo que agora dijiste.

CAL.—¿Por qué?

SEMP.—Porque lo que dices contradice la cristiana religión.

CAL.—¿Qué a mí?

SEMP.—¿Tú no eres cristiano?

CAL.—¿Yo? Melibeo soy y a Melibea adoro y en Melibea creo y a Melibea amo.

SEMP.—Tú te lo dirás. Como Melibea es grande, no cabe en el corazón de mi amo, que por la boca le sale a borbollones. No es más menester; bien sé de qué pie coxqueas; yo te sanaré.

CAL.—Increíble cosa prometes.

SEMP.—Antes fácil. Que el comienzo de la salud es conocer hombre la dolencia del enfermo.

CAL.—¿Cuál consejo puede regir lo que en sí no tiene orden ni consejo?

SEMP.—(¡Ha, ha, ha! ¿Est*e* es el fuego de Calisto; éstas son sus congojas? ¡Como si solamente el amor contra él asestara sus tiros! ¡Oh soberano Dios, cuán altos son tus misterios; cuánta premia [39] pusiste en el amor, que es necesaria turbación en el amante! Su límite pusiste por maravilla. Parece al amante que atrás queda; todos pasan, todos rompen, pungidos y esgarrochados [40] como ligeros toros; sin freno saltan por las barreras. Mandaste al hombre por la mujer dejar el padre y la madre; agora no sólo aquello, mas a ti y a tu ley desamparan, como agora Calisto. Del cuál no me maravillo, pues los sabios, los santos, los profetas por él te olvidaron.)

CAL.—¡Sempronio!

SEMP.—¿Señor?

CAL.—No me dejes.

SEMP.—(De otro temple está esta gaita.)

CAL.—¿Qué te parece de mi mal?

SEMP.—Que amas a Melibea.

CAL.—¿Y no otra cosa?

SEMP.—Harto mal es tener la voluntad en un solo lugar cativa.

CAL.—Poco sabes de firmeza.

SEMP.—La perseverancia en el mal no es constancia; más dureza o pertinacia la llaman en mi tierra. Vosotros los filósofos de Cupido llamalda como quisiéredes.

CAL.—Torpe cosa es mentir e*l* que enseña a otro, pues que tú te precias de loar a tu amiga Elicia.

SEMP.—Haz tú lo que bien digo y no lo que mal hago.

CAL.—¿Qué me repruebas?

SEMP.—Que sometes la dignidad del hombre a la imperfección de la flaca mujer.

CAL.—¿Mujer? ¡Oh grosero! ¡Dios, dios!

SEMP.—¿Y así lo crees? ¿O burlas?

CAL.—¿Que burlo? Por dios la creo, por dios la confieso y no creo que hay otro soberano en el cielo; aunque entre nosotros mora.

SEMP.—(¡Ha, ha, ha! ¿Oístes qué blasfemia? ¿Vistes qué ceguedad?)

CAL.—¿De qué te ríes?

SEMP.—Ríome, que no pensaba que había peor invención de pecado que en Sodoma.

CAL.—¿Cómo?

SEMP.—Porque aquéllos procuraron abominable uso con los ángeles no conocidos y tú con el que confiesas ser dios.

CAL.—¡Maldito seas! Que hecho me has reír, lo que no pensé ogaño.

SEMP.—Pues ¿qué? ¿Toda tu vida habías de llorar?

CAL.—Sí.

SEMP.—¿Por qué?

CAL.—Porque amo a aquella ante quien tan indigno me hallo, que no la espero alcanzar.

SEMP.—(¡Oh pusilánimo, oh hideputa! ¡Qué Nembrot [41]; qué magno Alejandre; los cuales no sólo del señorío del mundo, mas del cielo se juzgaron ser dignos!)

CAL.—No te oí bien eso que dijiste. Torna, dilo, no procedas.

SEMP.—Dije que tú, que tienes más corazón que Nembrot ni Alejandre, desesperas de alcanzar una mujer, muchas de las cuales en grandes estados constituidas se sometieron a los pechos y resollos de viles acemileros y otras a brutos animales. ¿No has leído de Pasife con el toro, de Minerva con el can? [42]

CAL.—No lo creo; hablillas son.

SEMP.—Lo de tu abuela con el ximio [43], ¿hablilla fue? Testigo es el cuchillo de tu abuelo.

CAL.— ¡Maldito sea este necio; y qué porradas dice!

SEMP.— ¿Escocióte? Lee los historiales, estudia los filósofos, mira los poetas. Llenos están los libros de sus viles y malos ejemplos y de las caídas que llevaron los que en algo, como tú, las reputaron. Oye a Salomón do dice que las mujeres y el vino hacen a los hombres renegar. Conséjate con Séneca y verás en qué las tiene. Escucha al Aristóteles, mira a Bernardo [44]. Gentiles, judíos, cristianos y moros, todos en esta concordia están. Pero lo dicho y lo que de ellas dijere no te contezca error de tomarlo en común; que muchas hobo y hay santas y virtuosas y notables, cuya resplandeciente corona quita el general vituperio. Pero de estas otras, ¿quién te contaría sus mentiras, sus tráfagos, sus cambios, su liviandad, sus lagrimillas, sus alteraciones, sus osadías? Que todo lo que piensan, osan sin deliberar. ¿Sus disimulaciones, su lengua, su engaño, su olvido, su desamor, su ingratitud, su inconstancia, su testimoniar, su negar, su revolver, su presunción, su vanagloria, su abatimiento, su locura, su desdén, su soberbia, su sujeción, su parlería, su golosina, su lujuria y suciedad, su miedo, su atrevimiento, sus hechicerías, sus embaimientos [45], sus escarnios, su deslenguamiento, su desvergüenza, su alcahuetería? Considera ¡qué sesito está debajo de aquellas grandes y delgadas tocas, qué pensamientos so aquellas gorgueras [46], so aquel fausto, so aquellas largas y autorizantes ropas, qué imperfección, qué albañares [47] debajo de templos pintados! Por ellas es dicho: arma del diablo, cabeza de pecado, destrucción de paraíso. ¿No has rezado en la festividad de San Juan, do dice: [«Las mujeres y el vino hacen los hombres renegar»;] do dice «Ésta es la mujer, antigua malicia que a Adán echó de los deleites de paraíso. Esta el linaje humano metió en el infierno; a ésta menospreció Helías profeta», etc.?

CAL.— Di pues, ese Adán, ese Salomón, ese David, ese Aristóteles, ese Virgilio, esos que dices, ¿cómo se sometieron a ellas? ¿Soy más que ellos?

SEMP.— A los que las vencieron querría que remedases, que no a los que de ellas fueron vencidos. Huye de sus

engaños. Sabes que hacen cosas que es difícil entender-
las. No tienen modo, no razón, no intención. Por rigor
*en*comienzan el ofrecimiento que de sí quieren hacer.
A los que meten por los agujeros denuestan en la calle;
convidan, despiden, llaman, niegan, señalan amor, pro-
nuncian enemiga, ensáñanse presto, apacíguanse luego;
quieren que adevinen lo que quieren. ¡Oh, qué plaga, oh,
qué enojo, oh, qué hastío es conferir con ellas más de
aquel breve tiempo que aparejadas son [33] a deleite!

CAL.—¿Ves? Mientra más me dices y más inconvenientes me pones, más la quiero. No sé qué se es.

SEMP.—No es este juicio para mozos, según veo, que
no se saben a razón someter, no se saben administrar.
Miserable cosa es pensar ser maestro el que nunca fue
discípulo.

CAL.—¿Y tú qué sabes? ¿Quién te mostró esto? .

SEMP.—¿Quién? Ellas, que desque se descubren, así
pierden la vergüenza, que todo esto y aún más a los
hombres manifiestan. Ponte pues en la medida de honra,
piensa ser más digno de lo que te reputas. Que cierto,
peor extremo es dejarse hombre caer de su merecimiento,
que ponerse en más alto lugar que debe.

CAL.—Pues, ¿quién yo para eso?

SEMP.—¿Quién? Lo primero eres hombre y de claro
ingenio; y más, a quien la natura dotó de los mejores
bienes que tuvo, conviene a saber: hermosura, gracia, grandeza de miembros, fuerza, ligereza; y allende de esto,
fortuna medianamente partió contigo lo suyo en tal cantidad, que los bienes que tienes de dentro con los de fuera resplandecen. Porque sin los bienes de fuera, de los
cuales la fortuna es señora, a ninguno acaece en esta vida
ser bienaventurado; y más, a constelación[48] de todos eres
amado.

CAL.—Pero no de Melibea; y en todo lo que me has
gloriado, Sempronio, sin proporción ni comparación se
aventaja Melibea. Miras la nobleza y antigüedad de su
linaje, el grandísimo patrimonio, el excelentísimo ingenio,
las resplandecientes virtudes, la altitud e inefable gracia,
la soberana hermosura, de la cual te ruego me dejes ha-

blar un poco, porque haya algún refrigerio. Y lo que te dijere será de lo descubierto; que, si de lo oculto yo hablarte supiera, no nos fuera necesario altercar tan miserablemente estas razones.

SEMP.—(¡Qué mentiras y qué locuras dirá agora este cativo de mi amo!)

CAL.—¿Cómo es eso?

SEMP.—Dije que digas, que muy gran placer habré de lo oír. (¡Así te medre Dios [49], como me será agradable ese sermón!)

CAL.— ¿Qué?

SEMP.—Que así me medre Dios, como me será gracioso de oír.

CAL.—Pues porque hayas placer, yo lo figuraré por partes mucho por extenso.

SEMP.—(¡Duelos tenemos! Esto es tras lo que yo andaba. De pasarse habrá ya esta oportunidad.)

CAL.—Comienzo por los cabellos. ¿Ves tú las madejas del oro delgado, que hilan en Arabia? Más lindos son y no resplandecen menos; su longura hasta el postrero asiento de sus pies; después crinados [50] y atados con la delgada cuerda, como ella se los pone, no ha más menester para convertir los hombres en piedras.

SEMP.—(¡Más en asnos!)

CAL.—¿Qué dices?

SEMP.—Dije que esos tales no serían cerdas de asno.

CAL.— ¡Ved qué torpe y qué comparación!

SEMP.—(¿Tú cuerdo?)

CAL.—Los ojos verdes, rasgados; las pestañas luengas; las cejas delgadas y alzadas; la nariz mediana; la boca pequeña; los dientes menudos y blancos; los labrios colorados y grosezuelos; el torno del rostro poco más luengo que redondo; el pecho alto; la redondeza y forma de las pequeñas tetas, ¿quién te la podría figurar? Que se despereza el hombre cuando las mira. La tez lisa, lustrosa; el cuero suyo escurece la nieve; la color mezclada, cual ella la escogió para sí.

SEMP.—(¡En sus trece está este necio!)

CAL.—Las manos pequeñas en mediana manera, de

dulce carne acompañadas; los dedos luengos; las uñas en ellos largas y coloradas, que parecen rubíes entre perlas. Aquella proporción que ver yo no pude, no sin duda por el bulto de fuera juzgo incomparablemente ser mejor que la que Paris juzgó entre las tres Deesas [51].

SEMP.—¿Has dicho?

CAL.—Cuan brevemente pude.

SEMP.—Puesto que sea todo eso verdad, por ser tú hombre eres más digno.

CAL.—¿En qué?

SEMP.—En que ella es imperfecta, por el cual defecto desea y apetece a tí y a otro menor que tú. ¿No has leído el filósofo, do dice: «Así como la materia apetece a la forma, así la mujer al varón»?

CAL.—Oh triste, ¿y cuándo veré yo eso entre mí y Melibea?

SEMP.—Posible es; y aún que la aborrezcas, cuanto agora la amas; podrá ser, alcanzándola y viéndola con otros ojos, libres del engaño en que agora estás.

CAL.—¿Con qué ojos?

SEMP.—Con ojos claros.

CAL.—Y agora, ¿con qué la veo?

SEMP.—Con ojos de alinde [52], con que lo poco parece mucho y lo pequeño grande. Y porque no te desesperes, yo quiero tomar esta empresa de cumplir tu deseo.

CAL.—¡Oh, Dios te dé lo que deseas! ¡Qué glorioso me es oírte, aunque no espero que lo has de hacer!

SEMP.—Antes lo haré cierto.

CAL.—Dios te consuele; el jubón de brocado, que ayer vestí, Sempronio, vístetelo tú.

SEMP.—Prospérete Dios por éste, (y por muchos más, que me darás. De la burla yo me llevo lo mejor. Con todo, si de estos aguijones me da, traérgela [53] he hasta la cama. ¡Bueno ando! Hácelo esto que me dio mi amo; que, sin merced, imposible es obrarse bien ninguna cosa.)

CAL.—No seas agora negligente.

SEMP.—No lo seas tú, que imposible es hacer siervo diligente el amo perezoso.

CAL.—¿Cómo has pensado de hacer esta piedad?

SEMP.—Yo te lo diré. Días ha grandes que conozco en fin de esta vecindad una vieja barbuda, que se dice Celestina, hechicera, astuta, sagaz en cuantas maldades hay; entiendo que pasan de cinco mil virgos los que se han hecho y deshecho por su autoridad en esta ciudad. A las duras peñas promoverá y provocará a lujuria, si quiere.

CAL.—¿Podríala yo hablar?

SEMP.—Yo te la traeré hasta acá; por eso, aparéjate, séle gracioso, séle franco; estudia, mientras voy yo, a le decir tu pena tan bien como ella te dará el remedio.

CAL.—¿Y tardas?

SEMP.—Ya voy; quede Dios contigo.

CAL.—Y contigo vaya. ¡Oh todopoderoso, perdurable Dios! Tú, que guías los perdidos, y los reyes orientales por el estrella precedente a Belén trujiste, y en su patria los redujiste, húmilmente te ruego que guíes a mi Sempronio, en manera que convierta mi pena y tristeza en gozo y yo indigno merezca venir en el deseado fin.

CELESTINA.—¡Albricias, albricias, Elicia! ¡Sempronio, Sempronio!

ELICIA.—(¡Ce, ce, ce!

CEL.—¿Por qué?

ELIC.—Porque está aquí Crito.

CEL.—¡Métolo en la camarilla de las escobas, presto; dile que viene tu primo y mi familiar!

ELIC.—Crito, ¡retráete ahí, mi primo viene; perdida soy!

CRITO.—Pláceme. No te congojes.)

SEMP.—Madre bendita; ¡qué deseo traigo! Gracias a Dios, que te me dejó ver.

CEL.—¡Hijo mío, rey mío, turbado me has! No te puedo hablar; torna y dame otro abrazo. ¿Y tres días pudiste estar sin vernos? ¡Elicia, Elicia; cátale aquí! [54]

ELIC.—¿A quién, madre?

CEL.—A Sempronio.

ELIC.—¡Ay triste, qué saltos me da el corazón! ¿Y qué es de él?

CEL.—Vesle aquí, vesle; yo me le abrazaré; que no tú.

ELIC.—¡Ay, maldito seas, traidor! Postema y landre te mate y a manos de tus enemigos mueras y por crímenes dignos de cruel muerte en poder de rigurosa justicia te veas; ¡ay, ay!

SEMP.—¡Hi, hi, hi! ¿Qué has [34], mi Elicia? ¿De qué te congojas?

ELIC.—Tres días ha que no me ves. ¡Nunca Dios te vea, nunca Dios te consuele ni visite! ¡Guay de la triste, que en ti tiene su esperanza y el fin de todo su bien!

SEMP.—Calla, señora mía; ¿tú piensas que la distancia del lugar es poderosa de apartar el entrañable amor, el fuego, que está en mi corazón? Do yo voy, conmigo vas, conmigo estás; no te aflijas ni me atormentes más de lo que yo he padecido. Mas di, ¿qué pasos suenan arriba?

ELIC.—¿Quién? Un mi enamorado.

SEMP.—Pues créolo.

ELIC.—¡Alahé [55], verdad es! Sube allá y verlo has.

SEMP.—Voy.

CEL.—¡Anda acá! Deja esa loca, que [ella] es liviana y turbada de tu ausencia, sácasla agora de seso; dirá mil locuras. Ven y hablemos; no dejemos pasar el tiempo en balde.

SEMP.—Pues, ¿quién está arriba?

CEL.—¿Quiéreslo saber?

SEMP.—Quiero.

CEL.—Una moza, que me encomendó un fraile.

SEMP.—¿Qué fraile?

CEL.—No lo procures.

SEMP.—Por mi vida, madre, ¿qué fraile?

CEL.—¿Porfías? El ministro, el gordo.

SEMP.—¡Oh desaventurada y qué carga espera!

CEL.—Todo lo llevamos. Pocas mataduras has tú visto en la barriga.

SEMP.—Mataduras no; mas petreras sí [56].

CEL.—¡Ay burlador!

SEMP.—Deja, si soy burlador; [y] muéstramela.

ELIC.—¡Ha, don malvado! ¿Verla quieres? ¡Los ojos

se te salten, que no basta a ti una ni otra! ¡Anda, vela y deja a mí para siempre!

SEMP.—Calla, Dios mío; ¿y enójaste? Que ni la quiero ver a ella ni a mujer nacida. A mi madre quiero hablar y quédate a Dios.

ELIC.— ¡Anda, anda; vete, desconocido y está otros tres años que no me vuelvas a ver!

SEMP.—Madre mía, bien ternás confianza y creerás que no te burlo. Toma el manto y vamos, que por el camino sabrás lo que, si aquí me tardase en decir[te], impediría tu provecho y el mío.

CEL.—Vamos. Elicia, quédate a Dios; cierra la puerta. ¡Adiós, paredes!

SEMP.—¡Oh madre mía! Todas cosas dejadas aparte, solamente sé atenta e imagina en lo que te dijere y no derrames tu pensamiento en muchas partes, que quien junto en diversos lugares le pone, en ninguno lo tiene, sino por caso determina lo cierto. [Y] quiero que sepas de mí lo que no has oído y es que jamás pude, después que mi fe contigo puse, desear bien de que no te cupiese parte.

CEL.—Parta Dios, hijo, de lo suyo contigo, que no sin causa lo hará, siquiera porque has piedad de esta pecadora de vieja. Pero di, no te detengas, que la amistad que entre ti y mí se afirma, no ha menester preámbulos ni correlarios [57] ni aparejos para ganar voluntad. Abrevia y ven al hecho, que vanamente se dice por muchas palabras lo que por pocas se puede entender.

SEMP.—Así es. Calisto arde en amores de Melibea. De ti y de mí tiene necesidad. Pues juntos nos ha menester, juntos nos aprovechemos; que conocer el tiempo y usar el hombre de la oportunidad hace los hombres prósperos.

CEL.—Bien has dicho, al cabo estoy; basta para mí mecer el ojo. Digo que me alegro de estas nuevas, como los cirujanos de los descalabrados. Y como aquellos dañan en los principios las llagas y encarecen el prometimiento de la salud, así entiendo yo hacer a Calisto. Alargarle he la certenidad [58] del remedio, porque como dicen, el esperanza luenga aflige el corazón y cuanto él la perdiere, tanto gela promete. ¡Bien me entiendes!

SEMP.—Callemos, que a la puerta estamos y como dicen, las paredes han oídos.

CEL.—Llama.

SEMP.—Tha, tha, tha.

CAL.— ¡Pármeno!

PÁRMENO.—¿Señor?

CAL.—¿No oyes, maldito sordo?

PÁRM.—¿Qué es, señor?

CAL.—A la puerta llaman; corre.

PÁRM.—¿Quién es?

SEMP.—Abre a mí y a esta dueña.

PÁRM.—Señor, Sempronio y una puta vieja alcoholada [59] daban aquellas porradas.

CAL.—Calla, calla, malvado, que es mi tía; corre, corre, abre. Siempre lo vi, que por huir hombre de un peligro, cae en otro mayor. Por encubrir yo este hecho de Pármeno, a quien amor o fidelidad o temor pusieran freno, caí en indignación de ésta, que no tiene menor poderío en mi vida que Dios.

PÁRM.—¿Por qué, señor, te matas? ¿Por qué, señor, te congojas? ¿Y tú piensas que es vituperio en las orejas de ésta el nombre que la llamé? No lo creas; que así se glorifica en le oír, como tú, cuando dicen: «Diestro caballero es Calisto». Y de más, de esto es nombrada y por tal título conocida. Si entre cient mujeres va y alguno dice: «¡Puta vieja!», sin ningún empacho luego vuelve la cabeza y responde con alegre cara. En los convites, en las fiestas, en las bodas, en la cofadrías [60], en los mortuorios, en todos los ayuntamientos de gentes, con ella pasan tiempo. Si pasa por los perros, aquello suena su ladrido; si está cerca las aves, otra cosa no cantan; si cerca los ganados, balando lo pregonan; si cerca las bestias, rebuznando dicen: «¡Puta vieja!»; las ranas de los charcos otra cosa no suelen mentar. Si va entre los herreros, aquello dicen sus martillos; carpinteros y armeros, herradores, caldereros, arcadores [61], todo oficio de instrumento forma en el aire su nombre. Cántala los carpin-

teros, péinanla los peinadores, tejedores; labradores en
las huertas, en las aradas, en las viñas, en las segadas con
ella pasan el afán cotidiano. Al perder en los tableros,
luego suenan sus loores. Todas cosas que son hacen, a
do quiera que ella está, el tal nombre representan. ¡Oh,
qué comedor de huevos asados era su marido! [62] ¿Qué
quieres más? Sino que, si una piedra topa con otra, luego
suena: «¡Puta vieja!»

CAL.— Y tú, ¿cómo lo sabes y la conoces?

PÁRM.—Saberlo has. Días grandes son pasados que
mi madre, mujer pobre, moraba en su vecindad, la cual
rogada por esta Celestina, me dio a ella por sirviente;
aunque ella no me conoce, por lo poco que la serví y por
la mudanza que la edad ha hecho.

CAL.—¿De qué la servías?

PÁRM.—Señor, iba a la plaza y traíale de comer y
acompañábala; suplía en aquellos menesteres que mi
tierna fuerza bastaba. Pero de aquel poco tiempo que la
serví, recogía la nueva memoria lo que la *vieja* [(35)] no ha
podido quitar. Tiene esta buena dueña al cabo de la
ciudad, allá cerca de las tenerías [63], en la cuesta del río,
una casa apartada, medio caída, poco compuesta y menos
abastada. Ella tenía seis oficios, conviene [a] saber: labrandera [64], perfumera, maestra de hacer afeites y de hacer
virgos, alcahueta y un poquito hechicera. Era el primer
oficio cobertura de los otros, so color del cual muchas
mozas de estas sirvientes entraban en su casa a labrarse
y a labrar camisas y gorgueras y otras muchas cosas;
ninguna venía sin torrezno, trigo, harina o jarro de vino
y de las otras provisiones que podían a sus amas hurtar;
y aún otros hurtillos de más cualidad allí se encubrían.
Asaz era amiga de estudiantes y despenseros y mozos de
abades; a éstos vendía ella aquella sangre inocente de las
cuitadillas, la cual ligeramente aventuraban en esfuerzo
de la restitución que ella les prometía. Subió su hecho a
más: que por medio de aquellas comunicaba con las más
encerradas, hasta traer a ejecución su propósito, y aques-
tas en tiempo honesto, como estaciones, procesiones de
noche, misas del gallo, misas del alba y otras secretas de-

vociones. Muchas encubiertas vi entrar en su casa; tras
ellas hombres descalzos, contritos y rebozados, desatacados [65], que entraban allí a llorar sus pecados. ¡Qué tráfagos, si piensas, traía! Hacíase física de niños, tomaba
estambre de unas casas, dábalo a hilar en otras, por achaque de entrar en todas. Las unas: «¡Madre acá!»; las
otras «¡Madre acullá!»; «¡Cata la vieja!»; «¡Ya viene
el ama!»; de todas muy conocida. Con todos estos afanes, nunca pasaba sin misa ni vísperas ni dejaba monesterios de frailes ni de monjas; esto porque allí hacía ella
sus aleluyas [66] y conciertos. Y en su casa hacía perfumes,
falsaba estoraques, menjuí, ánimes, ámbar, algalia, polvi-
llos, almizcles, mosquetes [67]. Tenía una cámara llena de
alambiques, de redomillas, de barrilejos de barro, de vidrio, de arambre [68], de estaño, hechos de mil facciones;
hacía solimán, afeite cocido, argentadas, bujelladas, cerillas, llanillas, unturillas, lustres, lucentores, clarimientes,
albalinos, y otras aguas de rostro, de rasuras de gamones,
de cortezas de espantalobos, de taraguncia [69], de hieles,
de agraz, de mosto, destilados y azucarados. Adelgazaba
los cueros con zumos de limones, con turbino, con tuétano de corzo y de garza, y otras confacciones [70]. Sacaba
agua[s] para oler, de rosas, de azahar, de jazmín, de trébol,
de madreselva; y clavellinas, mosquetadas y almizcladas,
polvorizadas, con vino; hacía lejías para enrubiar, de sar-
mientos, de carrasca, de centeno, de marrubios, con
salitre, con alumbre y millifolia y otras diversas cosas [71].
Y los untos y mantecas, que tenía, es hastío de decir: de
vaca, de oso, de caballos y de camellos, de culebra y
de conejo, de ballena, de garza y de alcaraván [72] y de
gamo y de gato montés y de tejón, de arda, de erizo,
de nutria. Aparejos para baños, esto es una maravilla, de
las hierbas y raíces que tenía en el techo de su casa
colgadas: manzanilla y romero, malvaviscos, culantrillo,
coronillas, flor de saúco y de mostaza, espliego y laurel
blanco, tortarosa y gramonilla, flor salvaje e higueruela,
pico de oro y hoja tinta [73]. Los aceites que sacaba para el
rostro no es cosa de creer: de estoraque y de jazmín, de
limón, de pepitas, de violetas, de menjuí, de alfócigos,

de piñones, de granillo, de azofeifas, de neguilla [74], de
altramuces, de arvejas y de carillas y de hierba pajarera;
y un poquillo de bálsamo tenía ella en una redomilla,
que guardaba para aquel rascuño que tiene por las narices
Esto de los virgos, unos hacía de vejiga y otros curaba
de punto [75]. Tenía en un tabladillo, en una cajuela pintada, *unas* agujas delgadas de pellejeros e hilos de seda
encerados, y colgadas allí raíces de hojaplasma y fuste
sanguino, cebolla albarrana y cepacaballo; hacía con esto
maravillas: que, cuando vino por aquí el embajador francés, tres veces vendió por virgen una criada que tenía.

CAL.— ¡Así pudiera ciento!

PÁRM.— ¡Sí, santo Dios! Y remediaba por caridad
muchas huérfanas y erradas que se encomendaban a
ella; y en otro apartado tenía para remediar amores y
para se querer bien. Tenía huesos de corazón de ciervo,
lengua de víbora, cabezas de codornices, sesos de asno,
tela de caballo, mantillo de niño, haba morisca, guija
marina, soga de ahorcado, flor de yedra, espina de erizo,
pie de tejón, granos de helecho, la piedra del nido del
águila, y otras mil cosas [76]. Venían a ella muchos hombres
y mujeres y a unos demandaba el pan do mordían; a
otros, de su ropa; a otros, de sus cabellos; a otros,
pintaba en la palma letras con azafrán; a otros, con ber-
mellón; a otros, daba unos corazones de cera, llenos de
agujas quebradas y otras cosas en barro y en plomo hechas, muy espantables al ver. Pintaba figuras, decía palabras en tierra. ¿Quién te podrá decir lo que esta vieja
hacía? Y todo era burla y mentira.

CAL.—Bien está, Pármeno; déjalo para más oportunidad; asaz soy de ti avisado; téngotelo en gracia; no nos
detengamos, que la necesidad desecha la tardanza. Oye,
aquélla viene rogada, espera más que debe; vamos, no
se indigne. Yo temo y el temor reduce la memoria y a
la providencia despierta. ¡Sus! Vamos, proveamos; pero
ruégote, Pármeno, la envidia de Sempronio, que en esto
me sirve y complace; no ponga impedimento en el remedio de mi vida, que si para él hobo jubón, para ti no
faltará sayo; ni pienses que tengo en menos tu consejo

y aviso que su trabajo y obra, como lo espiritual sepa yo que precede a lo corporal y [que], puesto que las bestias corporalmente trabajen más que los hombres, por eso son pensadas y curadas, pero no amigas de ellos. En [la] tal diferencia serás conmigo en respeto de Sempronio, y so secreto sello, pospuesto el dominio, por tal amigo a ti me concedo.

PÁRM.—Quéjome, señor [Calisto], de la dubda de mi fidelidad y servicio, por los prometimientos y amonestaciones tuyas. ¿Cuándo me viste, señor, envidiar o por ningún interés ni resabio tu provecho estorcer?

CAL.—No te escandalices, que sin duda tus costumbres y gentil crianza en mis ojos ante todos los que me sirven están. Mas como en caso tan arduo, do todo mi bien y vida pende, es necesario proveer, proveo a los contecimientos; como quiera que creo que tus buenas costumbres sobre buen natural florecen, como el buen natural sea principio del artificio. Y no más; sino vamos a ver la salud.

CEL.—(Pasos oigo; acá descienden. Haz, Sempronio, que no lo oyes. Escucha y déjame hablar lo que a ti y a mí *me* conviene.

SEMP.—Habla.)

CEL.—No me congojes ni me importunes, que sobrecargar el cuidado es aguijar al animal congojoso. Así sientes la pena de tu amo Calisto, que parece que tú eres él y él tú y que los tormentos son en un mismo sujeto. Pues cree que yo no vine acá por dejar este pleito indeciso o morir en la demanda.

CAL.—Pármeno, detente. ¡Ce! Escucha qué hablan éstos; veamos en qué vivimos. ¡Oh notable mujer; oh bienes mundanos, indignos de ser poseídos de tan alto corazón; oh fiel y verdadero Sempronio! ¿Has visto, mi Pármeno? ¿Oíste? ¿Tengo razón? ¿Qué me dices, rincón de mi secreto y consejo y alma mía?

PÁRM.—Protestando mi inocencia en la primera sospecha y cumpliendo con la fidelidad, porque te me concediste, hablaré. Óyeme y el afecto no te ensorde ni la esperanza del deleite te ciegue. Témplate y no te apresures: que muchos con codicia de dar en el fiel, yerran el blanco. Aunque soy mozo, cosas he visto asaz y el seso y la vista de las muchas cosas demuestran la experiencia. De verte o de oírte descender por la escalera, parlan lo que estos fingidamente han dicho, en cuyas falsas palabras pones el fin de tu deseo.

SEMP.—(Celestina, ruinmente suena lo que Pármeno dice.

CEL.—Calla, que para la mi santiguada, do vino el asno verná el albarda. Déjame tú a Pármeno, que yo te le haré uno de nos, y de lo que hubiéremos, démosle parte: que los bienes, si no son comunicados, no son bienes. Ganemos todos, partamos todos, holguemos todos. Yo te le traeré manso y benigno a picar el pan en el puño y seremos dos a dos y, como dicen, tres al mohino.) [77]

CAL.— ¡Sempronio!

SEMP.—¿Señor?

CAL.—¿Qué haces, llave de mi vida? Abre. ¡Oh Pármeno, ya la veo, sano soy, vivo soy! ¡Miras qué reverenda persona, qué acatamiento! Por la mayor parte, por la filosomía [78] es conocida la virtud interior. ¡Oh vejez virtuosa! ¡Oh virtud envejecida! ¡Oh gloriosa esperanza de mi deseado fin! ¡Oh fin de mi deleitosa esperanza! ¡Oh salud de mi pasión, reparo de mi tormento, regeneración mía, vivificación de mi vida, resurrección de mi muerte! Deseo llegar a ti, codicio besar esas manos llenas de remedio. La indignidad de mi persona lo embarga. Dende aquí adoro la tierra que huellas y en reverencia tuya *la* beso.

CEL.—(Sempronio, ¡de aquéllas vivo yo! ¡Los huesos que yo roí, piensa este necio de tu amo de darme a comer! Pues ál le sueño. Al freír lo verá. Dile que cierre la boca y comience abrir la bolsa: que de las obras dudo, cuanto más de las palabras. Jo que te estriego, asna coja [79]. Más habías de madrugar.)

PÁRM.—(¡Guay de orejas, que tal oyen! Perdido es quien tras perdido anda. ¡Oh Calisto desaventurado, abatido, ciego! ¡Y en tierra está adorando a la más antigua [y] puta tierra, que fregaron sus espaldas en todos los

burdeles! Deshecho es, vencido es, caído es: no es capaz
de ninguna redención ni consejo ni esfuerzo.)

CAL.—¿Qué decía la madre? Paréceme que pensaba
que le ofrecía palabras por escusar galardón.

SEMP.—Así lo sentí.

CAL.—Pues ven conmigo: trae las llaves, que yo sanaré su duda.

SEMP.—Bien harás, y luego vamos. Que no se debe
dejar crecer la hierba entre los panes [80] ni la sospecha
en los corazones de los amigos; sino limpiarla luego con
el escardilla [81] de las buenas obras.

CAL.—Astuto hablas. Vamos y no tardemos.

CEL.—Pláceme, Pármeno, que habemos habido oportunidad para que conozcas el amor mío contigo y la parte
que en mí inmérito tienes. Y digo inmérito, por lo que
te he oído decir, de que no hago caso. Porque virtud nos
amonesta sufrir las tentaciones y no dar mal por mal;
y especial, cuando somos tentados por mozos y no bien
instrutos en lo mundano, en que con necia lealtad pier-
dan a sí y a sus amos, como agora tú a Calisto. Bien te oí
y no pienses que el oír con los otros exteriores sesos mi
vejez haya perdido. Que no sólo lo que veo, oigo y conozco; mas aún lo intrínseco con los intelectuales ojos
penetro. Has de saber, Pármeno, que Calisto anda de
amor quejoso. Y no lo juzgues por eso por flaco, que el
amor impervio [82] todas las cosas vence. Y sabe, si no
sabes, que dos conclusiones son verdaderas. La primera,
que es forzoso el hombre amar a la mujer y la mujer al
hombre. La segunda, que el que verdaderamente ama
es necesario que se turbe con la dulzura del soberano
deleite, que por el hacedor de las cosas fue puesto, porque el linaje de los hombres se perpetuase, sin lo cual pe-
recería. Y no sólo en la humana especie; mas en los peces,
en las bestias, en las aves, en las reptilias; y en lo vege-
tativo algunas plantas han este respecto, si sin interpo-
sición de otra cosa en poca distancia de tierra están pues-
tas, en que hay determinación de herbolarios y agriculto-
res, ser machos y hembras. ¿Qué dirás a esto, Pármeno?
¡Neciuelo; loquito, angelico, perlica, simplecico! ¿Lobi-

tos en tal gestico?[83] Llégate acá, putico, que no sabes
nada del mundo ni de sus deleites. ¡Mas rabia mala me
mate, si te llego a mí, aunque vieja! Que la voz tienes
ronca, las barbas te apuntan. Mal sosegadilla debes tener
la punta de la barriga.

PÁRM.— ¡Como cola de alacrán!

CEL.—Y aún peor: que la otra muerde sin hinchar y
la tuya hincha por nueve meses.

PÁRM.— ¡Hi, hi, hi!

CEL.—¿Ríeste, landrecilla, hijo?

PÁRM.—Calla, madre, no me culpes ni me tengas, aunque mozo, por insipiente[84]. Amo a Calisto, porque le
debo fidelidad, por crianza, por beneficios, por ser de él
honrado y bien tratado, que es la mayor cadena que
el amor del servidor al servicio del señor prende, cuanto
lo contrario aparta. Véole perdido y no hay cosa peor que
ir tras deseo sin esperanza de buen fin; y especial, pensando remediar su hecho tan árduo y difícil con vanos
consejos y necias razones de aquel bruto Sempronio, que
es pensar sacar aradores a pala de azadón. No lo puedo
sufrir. ¡Dígolo y lloro!

CEL.—Pármeno, ¿tú no ves que es necedad o simpleza
llorar por lo que con llorar no se puede remediar?

PÁRM.—Por eso lloro. Que, si con llorar fuese posible
traer a mi amo el remedio, tan grande sería el placer de
la tal esperanza, que de gozo no podría llorar; pero así,
perdida ya *toda* la esperanza, pierdo el alegría y lloro.

CEL.—Llora[ra]s sin provecho por lo que llorando estorbar no podrás ni sanarlo presumas. ¿A otros no ha
acontecido esto, Pármeno?

PÁRM.—Sí; pero a mi amo no le quería doliente.

CEL.—No lo es; mas aunque fuese doliente, podría
sanar.

PÁRM.—No curo de lo que dices, porque en los bienes
mejor es el acto que la potencia y en los males mejor la
potencia que el acto. Así que mejor es ser sano que
poderlo ser. Y mejor es poder ser doliente que ser enfermo
por acto y, por tanto, es mejor tener la potencia en el
mal que el acto.

CEL.—¡Oh malvado! ¡Como que no se te entiende! ¿Tú no sientes su enfermedad? ¿Qué has dicho hasta agora? ¿De qué te quejas? Pues burla o di por verdad lo falso y cree lo que quisieres: que él es enfermo por acto y el poder ser sano es en mano de esta flaca vieja.

PÁRM.—¡Mas, de esta flaca puta vieja!

CEL.—¡Putos días vivas, bellaquillo! ¿Y cómo te atreves…?

PÁRM.—¡Como te conozco!

CEL.—¿Quién eres tú?

PÁRM.—¿Quién? Pármeno, hijo de Alberto tu compadre, que estuve contigo un *poco tiempo* [36] que te me dio mi madre, cuando morabas a la cuesta del río, cerca de las tenerías.

CEL.—¡Jesú, Jesú, Jesú! ¿Y tú eres Pármeno, hijo de la Claudina?

PÁRM.—¡Alahé, yo!

CEL.—¡Pues fuego malo te queme, que tan puta vieja era tu madre como yo! ¿Por qué me persigues, Pármeno? ¡Él es, él es, por los santos de Dios! Allégate a mí, ven acá, que mil azotes y puñadas te di en este mundo y otros tantos besos. ¿Acuérdaste cuando dormías a mis pies, loquito?

PÁRM.—Sí, en buena fe. Y algunas veces, aunque era niño, me subías a la cabecera y me apretabas contigo y porque olías a vieja, me huía de ti.

CEL.—¡Mala landre [85] te mate! ¡Y cómo lo dice el desvergonzado! Dejadas burlas y pasatiempos, oye agora, mi hijo, y escucha. Que, aunque a un fin soy llamada, a otro soy venida y maguera [86] que contigo me haya hecho de nuevas, tú eres la causa. Hijo, bien sabes cómo tu madre, que Dios haya, te me dió viviendo tu padre. El cual, como de mí te fuiste, con otra ansia no murió, sino con la incertidumbre de tu vida y persona. Por la cual ausencia algunos años de su vejez sufrió angustiosa y cuidadosa vida. Y al tiempo que de ella pasó, envió por mí y en su secreto te me encargó y me dijo sin otro testigo, sino aquel que es testigo de todas las obras y pensamientos y los corazones y entrañas escudriña, al

cual puso entre él y mí, que te buscase y llegase y
abrigase y, cuando de cumplida edad fueses, tal que en
tu vivir supieses tener manera y forma, te descubriese
adónde dejó encerrada tal copia de oro y plata, que basta
más que la renta de tu amo Calisto. Y porque gelo prometí y con mi promesa, llevó descanso, y la fe es de
guardar, más que a los vivos, a los muertos, que no pueden hacer por sí, en pesquisa y seguimiento tuyo yo he
gastado asaz tiempo y cuantías, hasta agora, que ha placido a aquel, que todos los cuidados tiene y remedia las
justas peticiones y las piadosas obras endereza, que te
hallase aquí, donde solos ha tres días que sé que moras.
Sin duda dolor he sentido, porque has por tantas partes vagado y peregrinado, que ni has habido provecho
ni ganado deudo ni amistad. Que, como Séneca dice,
los peregrinos tienen muchas posadas y pocas amistades,
porque en breve tiempo con ninguno [no] pueden firmar
amistad. Y el que está en muchos cabos, [no] está en ninguno. Ni puede aprovechar el manjar a los cuerpos que
en comiendo se lanza, ni hay cosa que más la sanidad
impida que la diversidad y mudanza y variación de los
manjares. Y nunca la llaga viene a cicatrizar, en la cual
muchas melecinas se tientan. Ni convalece la planta que
muchas veces es traspuesta, y no hay cosa tan provechosa
que en llegando aproveche. Por tanto, mi hijo, deja los
ímpetus de la juventud y tórnate con la doctrina de tus
mayores a la razón. Reposa en alguna parte. ¿Y dónde
mejor, que en mi voluntad, en mi ánimo, en mi consejo,
a quien tus padres te remetieron? Y yo, así como verdadera madre tuya, te digo, so las maldiciones, que tus
padres te pusieron si me fueses inobediente, que por el
presente sufras y sirvas a éste tu amo que procuraste,
hasta en ello haber otro consejo mío. Pero no con necia
lealtad, proponiendo firmeza sobre lo movible, como son
estos señores de este tiempo. Y tú gana amigos, que es
cosa durable. Ten con ellos constancia. No vivas en flores [87]. Deja los vanos prometimientos de los señores, los
cuales desechan la substancia de sus sirvientes con hue-
cos y vanos prometimientos. Como la sanguijuela saca

la sangre, desagradecen, injurian, olvidan servicios, niegan galardón. ¡Guay de quien en palacio envejece! Como
se escribe de la probática piscina, que de ciento que entraban, sanaba uno. Estos señores de este tiempo más
aman a sí, que a los suyos. Y no yerran. Los suyos igualmente lo deben hacer. Perdidas son las mercedes, las
magnificencias, los actos nobles. Cada uno de éstos cau-
tiva y mezquinamente procura su interés con los suyos. Pues aquéllos no deben menos hacer, como sean en
facultades menores, sino vivir a su ley. Dígolo, hijo Pármeno, porque éste tu amo, como dicen, me parece rompenecios [88]: de todos se quiere servir sin merced. Mira
bien, créeme. En su casa cobra amigos, que es el mayor
precio mundano. Que con él no pienses tener amistad,
como por la diferencia de los estados o condiciones pocas
veces contezca. Caso es ofrecido, como sabes, en que
todos medremos y tú por el presente te remedies. Que
lo ál, que te he dicho, guardado te está a su tiempo.
Y mucho te aprovecharás siendo amigo de Sempronio.

PÁRM.—Celestina, todo tremo *en* [(37)] oírte. No sé qué
haga, perplejo estoy. Por una parte téngote por madre;
por otra a Calisto por amo. Riqueza deseo; pero quien
torpemente sube a lo alto, más aína [89] cae que subió. No
querría bienes mal ganados.

CEL.—Yo sí. A tuerto o a derecho, nuestra casa hasta
el techo.

PÁRM.—Pues yo con ellos no viviría contento y tengo
por honesta cosa la pobreza alegre. Y aún más te digo,
que no los que poco tienen son pobres; mas los que
mucho desean. Y por esto, aunque más digas, no te creo
en esta parte. Querría pasar la vida sin envidia, los yer-
mos y aspereza sin temor, el sueño sin sobresalto, las
injurias con respuesta, las fuerzas sin denuesto, las pre-
mias con resistencia.

CEL.—¡Oh hijo! Bien dicen que la prudencia no puede
ser sino en los viejos; y tú mucho mozo eres [(38)].

PÁRM.—Mucho segura es la mansa pobreza.

CEL.—Mas di, como mayor <*Marón*> [(39)], que la fortuna ayuda a los osados. Y demás de esto, ¿quién *es, que*

tenga bienes en la república, que escoja vivir sin amigos? Pues, loado Dios, bienes tienes. ¿Y no sabes que has menester amigos para los conservar? Y no pienses que tu privanza con este señor te hace seguro; que cuanto mayor es la fortuna, tanto es menos segura. Y por tanto, en los infortunios el remedio es a los amigos. ¿Y a dónde puedes ganar mejor este deudo, que donde las tres maneras de amistad concurren, conviene a saber, por bien y provecho y deleite? Por bien: mira la voluntad de Sempronio conforme a la tuya y la gran similitud que tú y él en la virtud tenéis. Por provecho: en la mano está, si sois concordes. Por deleite: semejable es, como seáis en edad dispuestos para todo linaje de placer, en que más los mozos que los viejos se juntan, así como para jugar, para vestir, para burlar, para comer y beber, para negociar amores, juntos de compañía. ¡Oh, si quisieses, Pármeno, qué vida gozaríamos! Sempronio ama a Elicia, prima de Areúsa.

PÁRM.—¿De Areúsa?

CEL.—De Areúsa.

PÁRM.—¿De Areúsa, hija de Eliso?

CEL.—De Areúsa, hija de Eliso.

PÁRM.—¿Cierto?

CEL.—Cierto.

PÁRM.—Maravillosa cosa es.

CEL.—¿Pero bien te parece?

PÁRM.—No cosa mejor.

CEL.—Pues tu buena dicha quiere, aquí está quien te la dará.

PÁRM.—Mi fe, madre, no creo a nadie.

CEL.—Extremo es creer a todos y yerro no creer a ninguno.

PÁRM.—Digo que te creo; pero no me atrevo. Déjame.

CEL.—¡Oh mezquino! De enfermo corazón es no poder sufrir el bien. Da Dios habas a quien no tiene quijadas. ¡Oh simple! ¡Dirás que adonde hay mayor entendimiento hay menor fortuna y donde más discreción allí es menor la fortuna! Dichas son.

PÁRM.—¡Oh Celestina! Oído he a mis mayores que un

ejemplo de lujuria o avaricia mucho mal hace, y que con aquellos debe hombre conversar, que le hagan mejor, y aquellos dejar, a quien él mejores piensa hacer. Y Sempronio, en su ejemplo, no me hará mejor ni yo a él sanaré su vicio. Y puesto que yo a lo que dices me incline, sólo yo querría saberlo: porque a lo menos por el ejemplo fuese oculto el pecado. Y si hombre vencido del deleite va contra la virtud, no se atreva a la honestad.

CEL.—Sin prudencia hablas, que de ninguna cosa es alegre posesión sin compañía. No te retrayas ni amargues, que la natura huye lo triste y apetece lo delectable. El deleite es con los amigos en las cosas sensuales y especial en recontar las cosas de amores y comunicarlas: «Esto hice, esto otro me dijo, tal donaire pasamos, de tal manera la tomé, así la besé, así me mordió, así la abracé, así se allegó. ¡Oh, qué habla! ¡Oh, qué gracia! ¡Oh, qué juegos! ¡Oh, qué besos! Vamos allá, volvamos acá, ande la música, pintemos los motes [90], cante*mos* [(40)] canciones, invenciones, justemos; ¿qué cimera sacaremos o qué letra? [91] Ya va a la misa, mañana saldrá, rondemos su calle, mira su carta, vamos de noche, tenme el escala, aguarda a la puerta. ¿Cómo te fue? Cata el cornudo; sola la deja. Dale otra vuelta, tornemos allá.» Y para esto, Pármeno, ¿hay deleite sin compañía? ¡Alahé, alahé! La que las sabe las tañe. Este es el deleite; que lo ál [92], mejor lo hacen los asnos en el prado.

PÁRM.—No querría, madre, me convidases a consejo con amonestación de deleite, como hicieron los que, careciendo de razonable fundamento, opinando hicieron sectas [(41)] envueltas en dulce veneno para captar y tomar las voluntades de los flacos y con polvos de sabroso afecto cegaron los ojos de la razón.

CEL.—¿Qué es razón, loco? ¿Qué es afecto, asnillo? La discreción, que no tienes, lo determina, y de la discreción mayor es la prudencia, y la prudencia no puede ser sin experimento, y la experiencia no puede ser más que en los viejos, y los ancianos somos llamados padres, y los buenos padres bien aconsejan a sus hijos y especial yo a ti, cuya vida y honra más que la mía deseo. ¿Y cuándo me pagarás tú esto? Nunca, pues a los padres y a los maestros no puede ser hecho servicio igualmente.

PÁRM.—Todo me recelo, madre, de recibir dudoso consejo.

CEL.—¿No quieres? Pues decirte he lo que dice el sabio; al varón que con dura cerviz al que le castiga menosprecia, arrebatado quebrantamiento le verná y sanidad ninguna le conseguirá. Y así, Pármeno, me despido de ti y de este negocio.

PÁRM.—(Ensañada está mi madre; duda tengo en su consejo. Yerro es no creer y culpa creerlo todo. Más humano es confiar, mayormente en ésta que interese promete, a do provecho no puede allende de amor conseguir. Oído he que debe hombre a sus mayores creer. Ésta, ¿qué me aconseja? Paz con Sempronio. La paz no se debe negar; que bienaventurados son los pacíficos, que hijos de Dios serán llamados. Amor no se debe rehuir. Caridad a los hermanos, interese pocos le apartan. Pues quiérola complacer y oír.) Madre, no se debe ensañar el maestro de la ignorancia del discípulo, sino raras veces por la ciencia, que es de su natural comunicable y en pocos lugares se podría infundir. Por eso perdóname, háblame, que no sólo quiero oírte y creerte; mas en singular merced recibir tu consejo. Y no me lo agradezcas, pues el loor y las gracias de la acción, más al dante, que no al recibiente se deben dar. Por eso, manda, que a tu mandado mi consentimiento se humilla.

CEL.—De los hombres es errar, y bestial es la porfía. Por ende gózome, Pármeno, que hayas limpiado las turbias telas de tus ojos y respondido al reconocimiento, discreción e ingenio sotil de tu padre, cuya persona, agora representada en mi memoria, enternece los ojos piadosos, por do tan abundantes lágrimas ves derramar. Algunas veces duros propósitos, como tú, defendía; pero luego tornaba a lo cierto. En Dios y en mi ánima, que en ver agora lo que has porfiado y como a la verdad eres reducido, no parece sino que vivo le tengo delante. ¡Oh, qué persona! ¡Oh, qué hartura! ¡Oh, qué cara tan venerable! Pero callemos, que se acerca Calisto y tu nuevo amigo Sempronio, con quien tu conformidad para más oportunidad dejo. Que dos en un corazón viviendo son más poderosos de hacer y de entender.

CAL.—Duda traigo, madre, según mis infortunios, de hallarte viva. Pero más es maravilla, según el deseo, de cómo llego vivo. Recibe la dádiva pobre de aquel que con ella la vida te ofrece.

CEL.—Como en el oro muy fino labrado por la mano del sotil artífice la obra sobrepuja a la materia, así se aventaja a tu magnífico dar la gracia y forma de tu dulce liberalidad. Y sin duda la presta dádiva su efecto ha doblado, porque la que tarda, el prometimiento muestra negar y arrepentirse del don prometido.

PÁRM.—(¿Qué le dio, Sempronio?

SEMP.—Cient monedas en [42] oro.

PÁRM.—¡Hi, hi, hi!

SEMP.—¿Habló contigo la madre?

PÁRM.—Calla, que sí.

SEMP.—¿Pues cómo estamos?

PÁRM.—Como quisieres; aunque estoy espantado.

SEMP.—Pues calla, que yo te haré espantar dos tanto [93].

PÁRM.—¡Oh Dios! No hay pestilencia más eficaz, que el enemigo de casa para empecer.)

CAL.—Ve agora, madre, y consuela tu casa, y después ven y consuela la mía, y luego [94].

CEL.—Quede Dios contigo.

CAL.—Y él te me guarde.

Argumento del segundo auto

Partida Celestina de Calisto para su casa, queda Calisto hablando con Sempronio, criado suyo; al cual como quien en alguna esperanza puesto está, todo aguijar le parece tardanza. Envía de sí a Sempronio a solicitar a Celestina para el concebido negocio; quedan entretanto Calisto y Pármeno juntos razonando.

CALISTO, PÁRMENO, SEMPRONIO

CAL.—Hermanos míos, cient monedas di a la madre; ¿hice bien?

SEMP.—¡Ay si hiciste bien! Allende de remediar tu vida, ganaste muy gran honra. ¿Y para qué es la fortuna favorable y próspera sino para servir a la honra, que es el mayor de los mundanos bienes? Que esto es premio y galardón de la virtud; y por eso la damos a Dios, porque no tenemos mayor cosa que le dar; la mayor parte de la cual consiste en la liberalidad y franqueza. A ésta los duros tesoros comunicables la escurecen y pierden, y la magnificencia y liberalidad la ganan y subliman. ¿Qué aprovecha tener lo que se niega aprovechar? Sin duda te digo que es mejor el uso de las riquezas que la posesión de ellas. ¡Oh, qué glorioso es el dar! ¡Oh, qué miserable es el recibir! Cuanto es mejor el acto que la posesión, tanto es más noble el dante que el recibiente. Entre los elementos, el fuego, por ser más activo, es más noble y en las esperas [95] puesto en más noble lugar. Y dicen algunos que la nobleza es una alabanza que proviene de los merecimientos y antigüedad de los padres; yo digo que la ajena luz nunca te hará claro si la propia no tienes. Y por tanto no te estimes en la claridad de tu padre, que tan magnífico fue, sino en la tuya; y así se gana la honra, que es el mayor bien de los que son fuera de hombre. De lo cual no el malo, mas el bueno, como tú, es digno que tenga perfecta virtud. Y aun [más] te digo que la virtud perfecta no pone que sea hecho con digno honor. Por ende goza de haber sido así magnífico y liberal; y de mi consejo tórnate a la cámara y reposa, pues que tu negocio en tales manos está depositado. De donde ten por cierto, pues el comienzo llevo bueno, el fin será muy mejor. Y vamos luego, porque sobre este negocio quiero hablar contigo más largo.

CAL.—Sempronio, no me parece buen consejo quedar yo acompañado, y que vaya sola aquélla que busca el remedio de mi mal; mejor será que vayas con ella y la aquejes[96]; pues sabes que de su diligencia pende mi salud, de su tardanza mi pena, de su olvido mi desesperanza. Sabido eres, fiel te siento, por buen criado te tengo; haz de manera, que en sólo verte ella a ti, juzgue la pena que a mí queda y fuego que me atormenta; cuyo ardor me causó no poder mostrarle la tercia parte de esta mi secreta enfermedad, según tiene mi lengua y sentido ocupados y consumidos. Tú, como hombre libre de tal pasión, hablarla has a rienda suelta.

SEMP.—Señor, querría ir por cumplir tu mandado; querría quedar por aliviar tu cuidado; tu temor me aqueja, tu soledad me detiene. Quiero tomar consejo con la obediencia, que es ir y dar priesa a la vieja. ¿Mas cómo iré? Que en viéndote solo, dices desvaríos de hombre sin seso, sospirando, gimiendo, maltrovando, holgando con lo escuro, deseando soledad, buscando nuevos modos de pensativo tormento, donde si perseveras, o de muerto o loco no podrás escapar; si siempre no te acompaña quien te allegue placeres, diga donaires, tanga[97] canciones alegres, cante romances, cuente historias, pinte motes, finja cuentos, juegue a naipes, arme mates[98]; finalmente, que sepa buscar todo género de dulce pasatiempo para no dejar trasponer tu pensamiento en aquellos crueles desvíos que recibiste de aquella señora en el primer trance de tus amores.

CAL.—¿Cómo, simple? ¿No sabes que alivia la pena llorar la causa? ¿Cuánto es dulce a los tristes quejar su pasión? ¿Cuánto descanso traen consigo los quebrantados sospiros? ¿Cuánto relievan y diminuyen los lagrimosos gemidos el dolor? Cuantos escribieron consuelos no dicen otra cosa.

SEMP.—Lee más adelante; vuelve la hoja; hallarás que dicen que fiar en lo temporal y buscar materia de tristeza que es igual género de locura. Y aquel Macías[99], ídolo de los amantes, del olvido porque le olvidaba, se queja; en el contemplar, ésta es la pena de amor; en el olvidar el descanso; huye de tirar coces al aguijón; finge alegría y consuelo, y serlo ha; que muchas veces la opinión trae las cosas donde quiere, no para que mude la verdad, pero para moderar nuestro sentido y regir nuestro juicio.

CAL.—Sempronio amigo, pues tanto sientes mi soledad, llama a Pármeno y quedará conmigo, y de aquí adelante sé como sueles leal, que en el servicio del criado está el galardón del señor.

PÁRM.—Aquí estoy, señor.

CAL.—Yo no, pues no te veía. No te partas de ella, Sempronio, ni me olvides a mí, y ve con Dios. Tú, Pármeno, ¿qué te parece de lo que hoy ha pasado? Mi pena es grande, Melibea alta, Celestina sabia y buena maestra de estos negocios; no podemos errar. Tú me la has aprobado con toda tu enemistad; yo te creo; que tanta es la fuerza de la verdad, que las lenguas de los enemigos trae a *su mandar* [43]. Así que, pues ella es tal, más quiero dar a ésta cien monedas que a otra cinco.

PÁRM.—(¿Ya. [las] lloras? Duelos tenemos; en casa se habrán de ayunar estas franquezas.) [100]

CAL.—Pues pido tu parecer, séme agradable, Pármeno; no abajes la cabeza al responder. Mas como la envidia es triste, la tristeza sin lengua, puede más contigo su voluntad que mi temor. ¿Qué dijiste, enojoso?

PÁRM.—Digo, señor, que irían mejor empleadas tus franquezas en presentes y servicios a Melibea, que no dar dineros a aquella que yo me conozco; y lo peor es, hacerte su cativo.

CAL.—¿Cómo, loco, su cativo?

PÁRM.—Porque a quien dices el secreto, das tu libertad.

CAL.—Algo dice el necio; pero quiero que sepas que cuando hay mucha distancia del que ruega al rogado, o por gravedad de obediencia, o por señorío de estado o esquividad de género [101], como entre esta mi señora y mí, es necesario intercesor o medianero que suba de mano en mano mi mensaje hasta los oídos de aquella a quien yo segunda vez hablar tengo por imposible; y pues que así es, dime si lo hecho apruebas.

PÁRM.—(¡Apruébelo el diablo!)

CAL.—¿Qué dices?

PÁRM.—Digo, señor, que nunca yerro vino desacompañado, y que un inconveniente es causa y puerta de muchos.

CAL.—El dicho yo le apruebo; el propósito no entiendo.

PÁRM.—Señor, porque perderse el otro día el neblí [102] fue causa de tu entrada en la huerta de Melibea a le buscar; la entrada causa de la ver y hablar; la habla engendró amor; el amor parió tu pena; la pena causará perder tu cuerpo y *el* alma y hacienda; y lo que más de ello siento es venir a manos de aquella trotaconventos, después de tres veces emplumada [103].

CAL.—¡Así, Pármeno, di más de eso, que me agrada! Pues mejor me parece, cuanto más la desalabas; cumpla conmigo y emplúmenla la cuarta; desentido [104] eres; sin pena hablas; no te duele donde a mí, Pármeno.

PÁRM.—Señor, más quiero que airado me reprehendas, porque te doy enojo, que arrepentido me condenes, porque no te di consejo, pues perdiste el nombre de libre cuando cautivaste tu voluntad.

CAL.—¡Palos querrá este bellaco! Di, mal criado, ¿por qué dices mal de lo que yo adoro? Y tú, ¿qué sabes de honra? Dime, ¿qué es amor? ¿En qué consiste buena crianza, que te me vendes por discreto? ¿No sabes que el primer escalón de locura es creerse ser sciente? Si tu sintieses mi dolor, con otra agua rociarías aquella ardiente llaga que la cruel frecha de Cupido me ha causado. Cuanto remedio Sempronio acarrea con sus pies, tanto apartas tú con tu lengua, con tus vanas palabras; fingiéndote fiel, eres un terrón de lisonja, bote de malicias, el mismo mesón y aposentamiento de la envidia, que por disfamar la vieja a tuerto o a derecho, pones en mis amores desconfianza, sabiendo [44] que esta mi pena y fluctuoso dolor no se rige por razón, no quiere avisos, carece de consejo; y si alguno se le diere, tal que no *a*parte ni desgozne lo que sin las entrañas no podrá despegarse. Sempronio temió su ida y tu quedada; yo quíselo todo,

y así me padezco *el trabajo de* su ausencia y tu presencia;
valiera más solo, que mal acompañado.

PÁRM.—Señor, flaca es la fidelidad que temor de pena
la convierte en lisonja, mayormente con señor a quien
dolor o afición priva y tiene ajeno de su natural juicio;
quitarse ha el velo de la ceguedad; pasarán estos momentáneos fuegos; conocerás mis agras palabras ser mejores para matar este fuerte cáncer, que las blandas de
Sempronio que lo ceban, atizan tu fuego, avivan tu amor,
encienden tu llama, añaden astillas que tenga que gastar
hasta ponerte en la sepultura.

CAL.—¡Calla, calla, perdido! Estoy yo penando y tú
filosofando; no te espero más. Saquen un caballo; lím-
pienle mucho; aprieten bien la cincha, porque si pasare
por casa de mi señora y mi dios.

PÁRM.—¡Mozos! ¿No hay mozo en casa? Yo me lo
habré de hacer, que a peor vernemos de esta vez que ser
mozos de espuelas. ¡Andar! ¡Pase! Mal me quieren mis
comadres, etc. [105]. ¿Relincháis, don caballo? ¿No basta
un celoso en casa? ¿O barruntas a Melibea?

CAL.—¿Viene ese caballo? ¿Qué haces, Pármeno?

PÁRM.—Señor, vesle aquí, que no está Sosia en casa.

CAL.—Pues ten ese estribo; abre más esa puerta; y
si viniere Sempronio con aquella señora, di que esperen,
que presto será mi vuelta.

PÁRM.—Mas, nunca sea; ¡allá irás con el diablo! A estos locos decildes [106] lo que les cumple; no os podrán
ver. *Por mi ánima, que si agora le diesen una lanzada
en el calcañar, que saliesen más sesos que de la cabeza.
Pues anda, que a mi cargo, ¡que Celestina y Sempronio
te espulguen!* ¡Oh desdichado de mí! Por ser leal padezco mal; otros se ganan por malos; yo me pierdo por
bueno. El mundo es tal. Quiero irme al hilo de la gente,
pues a los traidores llaman discretos, a los fieles necios.
Si [yo] creyera a Celestina con sus seis docenas de años
acuestas, no me maltratara Calisto. Mas esto me porná
escarmiento de aquí adelante con él. Que si dijere comamos, yo también; si quiere derrocar la casa, aprobarlo; si
quemar su hacienda, ir por fuego. Destruya, rompa, quie-

bre, dañe, dé a alcahuetas lo suyo, que mi parte me
cabrá, pues dicen: a río vuelto ganancia de pescadores.
¡Nunca más perro a molino! [107]

Argumento del tercer auto

Sempronio vase a casa de Celestina, a la cual reprende por
la tardanza; pónense a buscar qué manera tomen en el negocio
de Calisto con Melibea. En fin sobreviene Elicia. Vase Celestina
a casa de Pleberio; queda Sempronio y Elicia en casa.

SEMPRONIO, CELESTINA, ELICIA

SEMP.— ¡Qué espacio [108] lleva la barbuda; menos sosiego traían sus pies a la venida! A dineros pagados, brazos quebrados [109]. ¡Ce, señora Celestina; poco has aguijado! [110]

CEL.—¿A qué vienes, hijo?

SEMP.—Este nuestro enfermo no sabe qué pedir; de
sus manos no se contenta; no se le cuece el pan [111]. Teme
tu negligencia; maldice su avaricia y cortedad porque te
dio tan poco dinero.

CEL.—No es cosa más propia del que ama que la im-
paciencia; toda tardanza les es tormento; ninguna dilación les agrada. En un momento querrían poner en efecto
sus cogitaciones; antes las querrían ver concluidas que
empezadas. Mayormente estos novicios *amantes,* que contra cualquiera señuelo vuelan sin deliberación, sin pensar
el daño que el cebo de su deseo trae mezclado en su
ejercicio y negociación para sus personas y sirvientes.

SEMP.—¿Qué dices de sirvientes? Parece por tu razón
que nos puede venir a nosotros daño de este negocio y
quemarnos con las centellas que resultan de este fuego
de Calisto. ¡Aun al diablo daría yo sus amores! Al primer desconcierto que vea en este negocio no como más su
pan; más vale perder lo servido, que la vida por cobra-

llo. El tiempo me dirá qué haga; que primero que caiga del todo dará señal, como casa que se acuesta [112]. Si te parece, madre, guardemos nuestras personas de peligro; hágase lo que se hiciere. Si la hubiere, ogaño; si no, a otro año; si no, nunca. Que no hay cosa tan difícil de sufrir en sus principios que el tiempo no la ablande y haga comportable. Ninguna llaga tanto se sintió que por luengo tiempo no aflojase su tormento, ni placer tan alegre fue que no le amengüe su antigüedad. El mal y el bien, la prosperidad y adversidad, la gloria y pena, todo pierde con el tiempo la fuerza de su acelerado principio. Pues los casos de admiración, y venidos con gran deseo, tan presto como pasados, olvidados. Cada día vemos novedades y las oímos y las pasamos y dejamos atrás. Diminúyelas el tiempo, hácelas contingibles [113]. ¿Qué tanto te maravillarías si dijesen: la tierra tembló o otra semejante cosa que no olvidases luego? Así como: helado está el río, el ciego ve ya, muerto es tu padre, un rayo cayó, ganada es Granada, el rey entra hoy, el turco es vencido, eclipse hay mañana, la puente es llevada, aquél es ya obispo, a Pedro robaron, Inés se ahorcó, [Cristóbal fue borracho] [(45)]. ¿Qué me dirás, sino que a tres días pasados o a la segunda vista, no hay quien de ello se maraville? Todo es así, todo pasa de esta manera, todo se olvida, todo queda atrás. Pues así será este amor de mi amo; cuanto más fuere andando, tanto más diminuyendo. *Que la costumbre luenga amansa los dolores, afloja y deshace los deleites, desmengua las maravillas.* Procuremos provecho mientra pendiere la contienda; y si a pie enjuto [114] le pudiéremos remediar, lo mejor mejor es; y si no, poco a poco le soldaremos el reproche o menosprecio de Melibea contra él. Donde no, más vale que pene el amo que no que peligre el mozo.

CEL.—Bien has dicho. Contigo estoy, agradado me has. No podemos errar; pero todavía hijo, es necesario que el buen procurador ponga de su casa algún trabajo, algunas fingidas razones, algunos sofísticos actos: ir y venir a juicio, aunque reciba malas palabras del juez. Siquiera por los presentes que lo vieren no digan que se gana holgando el salario. Y así verná cada uno a él con su pleito y a Celestina con sus amores.

SEMP.—Haz a tu voluntad, que no será éste el primer negocio que has tomado a cargo.

CEL.—¿El primero, hijo? Pocas vírgenes, a Dios gracias, has tú visto en esta ciudad que hayan abierto tienda a vender, de quien yo no haya sido corredora de su primer hilado. En naciendo la mochacha, la hago escribir en mi registro, y *esto* para *que yo sepa* [46] cuántas se me salen de la red. ¿Qué pensabas, *Sempronio*? ¿Habíame de mantener del viento? ¿Heredé otra herencia? ¿Tengo otra casa o viña? ¿Conócesme otra hacienda, más de este oficio? ¿De qué como y bebo? ¿De qué visto y calzo? En esta ciudad nacida, en ella criada, manteniendo honra como todo el mundo sabe, ¿conocida pues, no soy? Quien no supiere mi nombre y mi casa, tenle por estranjero.

SEMP.—Dime, madre, ¿qué pasaste [115] con mi compañero Pármeno cuando subí con Calisto por el dinero?

CEL.—Díjele el sueño y la soltura [116], y cómo ganaría más con nuestra compañía que con las lisonjas que dice a su amo; cómo viviría siempre pobre y baldonado, si no mudaba el consejo; que no se hiciese santo a tal perra vieja como yo; acordéle quién era su madre, porque no menospreciase mi oficio; porque queriendo de mí decir mal, tropezase primero en ella.

SEMP.—¿Tantos días ha que le conoces, madre?

CEL.—Aquí está Celestina, que le vido nacer y le ayudó a criar. Su madre e yo, uña y carne; de ella aprendí todo lo mejor que sé de mi oficio. Juntas comíamos, juntas dormíamos, juntas habíamos nuestros solaces, nuestros placeres, nuestros consejos y conciertos. En casa y fuera, como dos hermanas; nunca blanca [117] gané en que no tuviese su meitad. Pero no vivía yo engañada, si mi fortuna quisiera que ella me durara. ¡Oh muerte, muerte! ¡A cuántos privas de agradable compañía! ¡A cuántos desconsuela tu enojosa visitación! Por uno, que comes con tiempo, cortas mil en agraz; que siendo ella viva, no fueran estos mis pasos desacompañados. ¡Buen siglo haya, que leal amiga y buena compañera me fue! *Que jamás me dejó hacer*

cosa en mi cabo [118], *estando ella presente. Si yo traía el
pan, ella la carne. Si yo ponía la mesa, ella los manteles.
No loca, no fantástica ni presuntuosa, como las de agora.
En mi ánima, descubierta se iba hasta el cabo de la ciudad con su jarro en la mano, que en todo el camino no
oía peor de:* «Señora Claudina.» *Y a osadas* [119] *que otra
conocía peor el vino y cualquier mercaduría. Cuando pensaba que no era llegada, era de vuelta. Allá la convidaban,
según el amor todos le tenían. Que jamás volvía sin
ocho o diez gostaduras* [120], *un azumbre en el jarro y otro
en el cuerpo. Así le fiaban dos o tres arrobas en veces,
como sobre una taza de plata. Su palabra era prenda de
oro en cuantos bodegones había. Si íbamos por la calle,
dondequiera que hobiésemos sed, entrábamos en la primera taberna, luego mandaba echar medio azumbre para
mojar la boca. Mas a mi cargo que no le quitaron la toca
por ello, sino cuanto la rayaban en su taja* [121], *y andar
adelante.* Si tal fuese *agora* su hijo, a mi cargo que tu
amo quedase sin pluma y nosotros sin queja. Pero yo le
haré de mi hierro, si vivo; yo le contaré en el número
de los míos.

SEMP.—¿Cómo has pensado hacerlo, que es un traidor?

CEL.—A ese tal dos alevosos. Haréle haber a Areúsa.
Será de los nuestros; darnos ha lugar a tender las redes
sin embarazo por aquellas doblas de Calisto.

SEMP.—¿Pues crees que podrás alcanzar algo de Melibea? ¿Hay algún buen ramo? [122]

CEL.—No hay cirujano que a la primera cura juzgue
la herida. Lo que yo al presente veo te diré. Melibea es
hermosa, Calisto loco y franco; ni a él penará gastar ni
a mí andar. ¡Bulla moneda y dure el pleito lo que dura-
re! Todo lo puede el dinero; las peñas quebranta, los
ríos pasa en seco; no hay lugar tan alto, que un asno
cargado de oro no le suba. Su desatino y ardor basta
para perder a sí y ganar a nosotros. Esto he sentido, esto
he calado, esto sé de él y de ella; esto es lo que nos ha
de aprovechar. A casa voy de Pleberio; quédate a Dios.
Que, aunque esté brava Melibea, no es ésta, si a Dios
ha placido, la primera a quien yo he hecho perder el caca-

rear. Coxquillosicas[123] son todas; mas, después que una
vez consienten la silla en el envés del lomo, nunca querrían holgar; por ellas queda el campo. Muertas sí;
cansadas no. Si de noche caminan, nunca querrían que
amaneciese; maldicen los gallos porque anuncian el día
y el reloj porque da tan a priesa. *Requieren las cabrillas
y el norte, haciéndose estrelleras*[124]. *Ya cuando ven salir
el lucero del alba, quiéreseles salir el alma; su claridad
les escurece el corazón.* Camino es, hijo, que nunca me
harté de andar; nunca me vi cansada; y aun así, vieja
como soy, sabe Dios mi buen deseo. ¡Cuánto más éstas
que hierven sin fuego! Cautívanse del primer abrazo,
ruegan a quien rogó, penan por el penado, hácense sier-
vas de quien eran señoras, dejan el mando y son manda-
das, rompen paredes, abren ventanas, fingen enfermedades, a los chirriadores quicios de las puertas hacen con
aceites usar su oficio sin ruido. No te sabré decir lo mucho que obra en ellas aquel dulzor que les queda de los
primeros besos de quien aman. Son enemigas [todas] del
medio; continuo están posadas en los extremos.

SEMP.—No te entiendo esos términos, madre.

CEL.—Digo que la mujer o ama mucho a aquel de
quien es requerida o le tiene grande odio. Así que si al
querer despiden, no pueden tener las riendas al desamor.
Y con esto que sé cierto, voy más consolada a casa de
Melibea que si en la mano la tuviese. Porque sé que, aunque al presente la ruegue, al fin me ha de rogar; aunque al
principio me amenace, al cabo me ha de halagar. Aquí
llevo un poco de hilado en esta mi faltriquera, con otros
aparejos que conmigo siempre traigo, para tener causa
de entrar donde mucho no soy conocida la primera vez:
así como gorgueras, garvines, franjas, rodeos, tenazuelas,
alcohol, albayalde y solimán, [hasta] agujas y alfileres[125];
que tal hay, que tal quiere. Porque donde me tomare la
voz[126], me halle apercibida para les echar cebo o reque-
rir de la primera vista.

SEMP.—Madre, mira bien lo que haces, porque cuando el principio se yerra, no puede seguirse buen fin. Piensa en su padre, que es noble y esforzado, su madre celosa

y brava, tú la misma sospecha. Melibea es única a ellos: faltándoles ella, fáltales todo el bien. En pensallo tiemblo; no vayas por lana y vengas sin pluma [127].

CEL.—¿Sin pluma, hijo?

SEMP.—O emplumada, madre, que es peor.

CEL.—¡Alahé, en malhora a ti he yo menester para compañero! ¡Aun si quisieses avisar a Celestina en su oficio! Pues cuando tú naciste ya comía yo pan con corteza; ¡para adalid eres bueno, cargado de agüeros y recelo!

SEMP.—No te maravilles, madre, de mi temor, pues es común condición humana que lo que mucho se desea jamás se piensa ver concluido; mayormente que en este caso temo tu pena y mía. Deseo provecho; querría que este negocio hobiese buen fin, no porque saliese mi amo de pena, mas por salir yo de lacería [128]. Y así miro más inconvenientes con mi poca experiencia, que no tú como maestra vieja.

ELIC.—¡Santiguarme quiero, Sempronio; quiero hacer una raya en el agua! [129] ¿Qué novedad es ésta, venir hoy acá dos veces?

CEL.—Calla, boba, déjale, que otro pensamiento traemos en que más nos va. Dime, ¿está desocupada la casa? ¿Fuése la moza que esperaba al ministro?

ELIC.—Y aun después vino otra y se fue.

CEL.—¿Sí, que no en balde?

ELIC.—No, en buena fe, ni Dios lo quiera; que aunque vino tarde, más vale a quien Dios ayuda, etc. [130]

CEL.—Pues sube presto al sobrado alto de la solana [131] y baja acá el bote del aceite serpentino que hallarás colgado del pedazo de *la* soga, que traje del campo la otra noche cuando llovía y hacía escuro; y abre el arca de los lizos [132] y hacia la mano derecha hallarás un papel escrito con sangre de murciélago, debajo de aquel ala de drago a que sacamos ayer las uñas. Mira, no derrames el agua de mayo que me trajeron a confeccionar.

ELIC.—Madre, no está donde dices. Jamás te acuerdas a cosa que guardas.

CEL.—No me castigues, por Dios, a mi vejez; no me maltrates, Elicia. No enfinjas [133] porque está aquí Sempronio, ni te ensoberbezcas, que más me quiere a mí por consejera, que a ti por amiga, aunque tú le ames mucho. Entra en la cámara de los ungüentos y en la pelleja del gato negro donde te mandé meter los ojos de la loba, le hallarás; y baja la sangre del cabrón y unas poquitas de las barbas que tú le cortaste.

ELIC.—Toma, madre, veslo aquí; yo me subo y Sempronio arriba [(47)].

CEL.—Conjúrote, triste Plutón, señor de la profundidad infernal, emperador de la corte dañada, capitán soberbio de los condenados ángeles, señor de los sulfúreos fuegos que los hirvientes étnicos montes [134] manan, gobernador y veedor de los tormentos y atormentadores de las pecadoras ánimas, *regidor de las tres furias, Tesífone, Megera, y Aleto, administrador de todas las cosas negras del reino de Estigie y Dite* [135], *con todas sus lagunas y sombras infernales y litigioso caos, mantenedor de las volantes arpías, con toda la otra compañía de espantables y pavorosas hidras.* Yo, Celestina, tu más conocida cliéntula [136], te conjuro por la virtud y fuerza de estas bermejas letras, por la sangre de aquella nocturna ave con que están escritas, por la gravedad de aquestos nombres y signos que en este papel se contienen, por la áspera ponzoña de las víboras de que este aceite fue hecho, con el cual unto este hilado; vengas sin tardanza a obedecer mi voluntad y en ello te envuelvas y con ello estés sin un momento te partir, hasta que Melibea con aparejada oportunidad que haya lo compre y con ello de tal manera quede enredada, que cuanto más lo mirare, tanto más su corazón se ablande a conceder mi petición, y se le abras y lastimes del crudo y fuerte amor de Calisto; tanto que, despedida toda honestidad, se descubra a mí y me galardone mis pasos y mensaje; y esto hecho, pide y demanda de mí a tu voluntad. Si no lo haces con presto movimiento, ternásme por capital enemiga; heriré con luz tus cárceles tristes y escuras; acusaré cruelmente tus continuas mentiras; apremiaré con mis ásperas palabras tu horrible nombre. Y otra y otra vez te conjuro; [y] así confiando en mi mucho poder, me parto para allá con mi hilado, donde creo te llevo ya envuelto.

Argumento del cuarto auto

Celestina, andando por el camino, habla consigo misma hasta llegar a la puerta de Pleberio, onde halló a Lucrecia, criada de Pleberio. Pónese con ella en razones. Sentidas por Alisa, madre de Melibea, y sabido que es Celestina, hácela entrar en casa. Viene un mensajero a llamar a Alisa. Vase. Queda Celestina en casa con Melibea y le descubre la causa de su venida.

LUCRECIA, CELESTINA, ALISA, MELIBEA

CEL.—Agora que voy sola, quiero mirar bien lo que Sempronio ha temido de este mi camino. Porque aquellas cosas que bien no son pensadas, aunque algunas veces hayan buen fin, comúnmente crían desvariados efectos. Así que la mucha especulación nunca carece de buen fruto. Que, aunque yo he disimulado con él, podría ser que, si me sintiesen en estos pasos de parte de Melibea, que no pagase con pena, que menor fuese que la vida, o muy amenguada quedase, cuando matar no me quisiesen, manteándome o azotándome cruelmente. Pues amargas cient monedas serían éstas. ¡Ay cuitada de mí! ¡En qué lazo me he metido! Que por me mostrar solícita y esforzada pongo mi persona al tablero [137]. ¿Qué haré, cuitada, mezquina de mí, que ni el salir afuera es provechoso ni la perseverancia carece de peligro? ¿Pues iré o tornarme he? ¡Oh dudosa y dura perplejidad; no sé cuál escoja por más sano! ¡En el osar, manifiesto peligro; en la cobardía, denostada pérdida! ¿Adónde irá el buey que no are? [138] Cada camino descubre sus dañosos y hondos barrancos. Si con el hurto soy tomada, nunca de muerta o encorozada [139] falto, a bien librar. Si no voy, ¿qué dirá

Sempronio? Que todas éstas eran mis fuerzas, saber y esfuerzo, ardid y ofrecimiento, astucia y solicitud. Y su amo Calisto ¿qué dirá? ¿qué hará? ¿qué pensará?; sino que hay nuevo engaño en mis pisadas y que yo he descubierto la celada, por haber más provecho de esta otra parte, como sofística prevaricadora. O si no se le ofrece pensamiento tan odioso, dará voces como loco. Diráme en mi cara denuestos rabiosos. Proporná mil inconvenientes que mi deliberación presta le puso, diciendo: «Tú, puta vieja, ¿por qué acrecentaste mis pasiones con tus promesas? Alcahueta falsa, para todo el mundo tienes pies, para mí lengua; para todos obra, para mí palabras; para todos remedio, para mí pena; para todos esfuerzo, para mí te faltó; para todos luz, para mí tiniebla. Pues, vieja traidora, ¿por qué te me ofreciste? Que tu ofrecimiento me puso esperanza; la esperanza dilató mi muerte, sostuvo mi vivir; púsome título de hombre alegre. Pues no habiendo efecto, ni tú carecerás de pena ni yo de triste desesperación.» ¡Pues triste yo! ¡Mal acá, mal acullá: pena en ambas partes! Cuando a los extremos falta del medio, arrimarse el hombre al más sano, es discreción. Más quiero ofender a Pleberio, que enojar a Calisto. Ir quiero. Que mayor es la vergüenza de quedar por cobarde, que la pena cumpliendo como osada lo que prometí, pues jamás al esfuerzo desayudó la fortuna. Ya veo su puerta. En mayores afrentas me he visto. ¡Esfuerza, esfuerza, Celestina! ¡No desmayes! Que nunca faltan rogadores para mitigar las penas. Todos los agüeros se aderezan favorables o yo no sé nada de esta arte. Cuatro hombres, que he topado, a los tres llaman Juanes y los dos son cornudos. La primera palabra que oí por la calle, fue de achaque de amores. Nunca he tropezado como otras veces. *Las piedras parece que se apartan y me hacen lugar que pase. Ni me estorban las haldas ni siento cansancio en andar. Todos me saludan.* Ni perro me ha ladrado ni ave negra he visto, tordo ni cuervo ni otras nocturnas. Y lo mejor de todo es que veo a Lucrecia a la puerta de Melibea. Prima es de Elicia; no me será contraria.

LUCRECIA.—¿Quién es esta vieja que viene haldeando? [140]

CEL.—Paz sea en esta casa.

LUCR.—Celestina, madre, seas bienvenida. ¿Cuál Dios te trajo por estos barrios no acostumbrados?

CEL.—Hija, mi amor, deseo de todos vosotros, traerte encomiendas de Elicia y aun ver a tus señoras, vieja y moza. Que después que me mudé al otro barrio, no han sido de mí visitadas.

LUCR.—¿A eso sólo saliste de tu casa? Maravíllome de ti, que no es ésa tu costumbre ni sueles dar paso sin provecho.

CEL.—¿Más provecho quieres, boba, que cumplir hombre sus deseos? Y también, como a las viejas nunca nos fallecen necesidades, mayormente a mí, que tengo de mantener hijas ajenas, ando a vender un poco de hilado.

LUCR.—¡Algo es lo que yo digo! En mi seso estoy, que nunca metes aguja sin sacar reja [141]. Pero mi señora la vieja urdió una tela: tiene necesidad de ello, tú de venderlo. Entra y espera aquí, que no os desavenire´is.

ALISA.—¿Con quién hablas, Lucrecia?

LUCR.—Señora, con aquella vieja de la cuchillada, que solía vivir aquí en las tenerías, a la cuesta del río.

ALI.—Agora la conozco menos. Si tú me das a entender lo incógnito por lo menos conocido, es coger agua en cesto.

LUCR.—¡Jesú, señora!, más conocida es esta vieja que la ruda. No sé cómo no tienes memoria de la que empicotaron [142] por hechicera, que vendía las mozas a los abades y descasaba mil casados.

ALI.—¿Qué oficio tiene? Quizá por aquí la conoceré mejor.

LUCR.—Señora, perfuma tocas, hace solimán, y otros treinta oficios. Conoce mucho en hierbas, cura niños y aun algunos la llaman la vieja lapidaria.

ALI.—Todo eso dicho no me la da a conocer; dime su nombre, si le sabes.

LUCR.—¿Si le sé, señora? No hay niño ni viejo en toda la ciudad, que no le sepa, ¿habíale yo de ignorar?

ALI.—¿Pues por qué no le dices?

LUCR.— ¡He vergüenza!

ALI.—Anda, boba, dile. No me indignes con tu tardanza.

LUCR.—Celestina, hablando con reverencia, es su nombre.

ALI.—¡Hi, hi, hi! ¡Mala landre te mate, si de risa puedo estar, viendo el desamor que debes de tener a esa vieja, que su nombre has vergüenza nombrar! Ya me voy recordando de ella. ¡Una buena pieza! No me digas más. Algo me verná a pedir. Di que suba.

LUCR.—Sube, tía.

CEL.—Señora buena, la gracia de Dios sea contigo y con la noble hija. Mis pasiones y enfermedades han impedido mi visitar tu casa, como era razón; mas Dios conoce mis limpias entrañas, mi verdadero amor, que la distancia de las moradas no despega el *amor* [48] de los corazones. Así que lo que mucho deseé, la necesidad me lo ha hecho cumplir. Con mis fortunas adversas otras, me sobrevino mengua de dinero. No supe mejor remedio que vender un poco de hilado, que para unas toquillas tenía allegado. Supe de tu criada que tenías de ello necesidad. Aunque pobre y no de la merced de Dios, veslo aquí, si de ello y de mí te quieres servir.

ALI.—Vecina honrada, tu razón y ofrecimiento me mueven a compasión y tanto, que quisiera cierto más hallarme en tiempo de poder cumplir tu falta, que menguar tu tela. Lo dicho te agradezco. Si el hilado es tal, serte ha bien pagado.

CEL.—¿Tal señora? Tal sea mi vida y mi vejez y la de quien parte quisiere de mi jura. Delgado como el pelo de la cabeza, igual, recio como cuerdas de vihuela, blanco como el copo de la nieve, hilado todo por estos pulgares, aspado y aderezado. Veslo aquí en madejitas. Tres monedas me daban ayer por la onza, así goce de esta alma pecadora.

ALI.—Hija Melibea, quédese esta mujer honrada contigo, que ya me parece que es tarde para ir a visitar a mi hermana, su mujer de Cremes, que desde ayer no la

he visto, y también que viene su paje a llamarme, que se
le arreció desde un rato acá el mal.

CEL.—(Por aquí anda el diablo aparejando oportunidad, arreciando el mal a la otra. *¡Ea, buen amigo, tener
recio! Agora es mi tiempo o nunca. No la dejes, lléva-
mela de aquí a quien digo.*)

ALI.—¿Qué dices, amiga?

CEL.—Señora, que maldito sea el diablo y mi pecado,
porque en tal tiempo hobo de crecer el mal de tu hermana, que no habrá para nuestro negocio oportunidad.
¿Y qué mal es el suyo?

ALI.—Dolor de costado y tal que, según del mozo
supe que quedaba, temo no sea mortal. Ruega tú, vecina,
por amor mío, en tus devociones por su salud a Dios.

CEL.—Yo te prometo, señora, en yendo de aquí, me
vaya por esos monesterios, donde tengo frailes devotos
míos, y les dé el mismo cargo que tú me das. Y demás
de esto, ante que me desayune, dé cuatro vueltas a mis
cuentas [143].

ALI.—Pues, Melibea, contenta a la vecina en todo lo
que razón fuere darle por el hilado. Y tú, madre, perdóname, que otro día se verná en que más nos veamos.

CEL.—Señora, el perdón sobraría donde el yerro falta. De Dios seas perdonada, que buena compañía me
queda. Dios la deje gozar su noble juventud y florida
mocedad, que es [el] tiempo en que más placeres y mayores deleites se alcanzarán. Que, a la mi fe, la vejez no es
sino mesón de enfermedades, posada de pensamientos,
amiga de rencillas, congoja continua, llaga incurable, man-
cilla de lo pasado, pena de lo presente, cuidado triste de
lo porvenir, vecina de la muerte, choza sin rama que se
llueve por cada parte, cayado de mimbre que con poca
carga se doblega.

MELIB.—¿Por qué dices, madre, tanto mal de lo que
todo el mundo con tan eficacia gozar y ver desea?

CEL.—Desean harto mal para sí, desean harto trabajo.
Desean llegar allá, porque llegando viven y el vivir es
dulce y viviendo envejecen. Así que el niño desea ser
mozo y el mozo viejo y el viejo, más; aunque con dolor.

Todo por vivir. Porque como dicen, viva la gallina con su pepita [144]. Pero ¿quién te podría contar, señora, sus daños, sus inconvenientes, sus fatigas, sus cuidados, sus enfermedades, su frío, su calor, su descontentamiento, su rencilla, su pesadumbre, aquel arrugar de cara, aquel mudar de cabellos su primera y fresca color, aquel poco oír, aquel debilitado ver, puestos los ojos a la sombra, aquel hundimiento de boca, aquel caer de dientes, aquel carecer de fuerza, aquel flaco andar, aquel espacioso comer? Pues ¡ay, ay, señora!, si lo dicho viene acompañado de pobreza, allí verás callar todos los otros trabajos, cuando sobre la gana y falta la provisión; ¡que jamás sentí peor ahíto, que de hambre!

MELIB.—Bien conozco que *hablas* de la feria, según *te* va en ella: así que otra canción *dirán* los ricos [(49)].

CEL.—Señora, hija, a cada cabo hay tres leguas de mal quebranto [145]. A los ricos se les va [la bienaventuranza], la gloria y descanso por otros albañares [146] de asechanzas, que no se parecen, ladrillados por encima con lisonjas. *Aquel es rico que está bien con Dios. Más segura cosa es ser menospreciado que temido. Mejor sueño duerme el pobre, que no el que tiene de guardar con solicitud lo que con trabajo ganó y con dolor ha de dejar. Mi amigo no será simulado y el del rico sí. Yo soy querida por mi persona; el rico por su hacienda. Nunca oye verdad, todos le hablan lisonjas a sabor de su paladar, todos le han envidia. Apenas hallarás un rico, que no confiese que le sería mejor estar en mediano estado o en honesta pobreza. Las riquezas no hacen rico, mas ocupado; no hacen señor, mas mayordomo. Más son los poseídos de las riquezas que no los que las poseen. A muchos trajo la muerte, a todos quita el placer y a las buenas costumbres ninguna cosa es más contraria. ¿No oíste decir; durmieron su sueño los varones de las riquezas y ninguna cosa hallaron en sus manos?* Cada rico tiene una docena de hijos y nietos, que no rezan otra oración, no otra petición, sino rogar a Dios que le saque de [en] medio de ellos; no ven la hora que tener a él so la tierra y lo suyo entre sus manos y darle a poca costa su *morada* [(50)] para siempre.

MELIB.—Madre, [pues que así es], gran pena ternás por la edad que perdiste. ¿Querrías volver a la primera?

CEL.—Loco es, señora, el caminante que, enojado del trabajo del día, quisiese volver de comienzo la jornada para tornar otra vez aquel lugar. Que todas aquellas cosas, cuya posesión no es agradable, más vale poseellas, que esperallas. Porque más cerca está el fin de ellas, cuanto más andado del comienzo. No hay cosa más dulce ni graciosa al muy cansado que el mesón. Así que, aunque la mocedad sea alegre, el verdadero viejo no la desea. Porque el que de razón y seso carece, casi otra cosa no ama, sino lo que perdió.

MELIB.—Siquiera por vivir más, es bueno desear lo que digo.

CEL.—Tan presto, señora, se va el cordero como el carnero. Ninguno es tan viejo, que no pueda vivir un año ni tan mozo, que hoy no pudiese morir. Así que en esto poca ventaja nos lleváis.

MELIB.—Espantada me tienes con lo que has hablado. Indicio me dan tus razones que te haya visto otro tiempo. Dime, madre, ¿eres tú Celestina, la que solía morar a las tenerías, cabe el río?

CEL.—[Señora], hasta que Dios quiera.

MELIB.—Vieja te has parado. Bien dicen que los días no [se] van en balde. Así goce de mí, no te conociera, sino por esa señaleja de la cara. Figúraseme que eras hermosa. Otra pareces, muy mudada estás.

LUCR.—(¡Hi, hi, hi! ¡Mudada está el diablo! ¡Hermosa era con aquel su Dios os salve [147], que traviesa la media cara!)

MELIB.—¿Qué hablas, loca? ¿Qué es lo que dices? ¿De qué te ríes?

LUCR.—De cómo no conocías a la madre [en tan poco tiempo en la filosomía de la cara.

MELIB.—No es tan poco tiempo dos años; y más que la tiene arrugada.]

CEL.—Señora, ten tú el tiempo que no ande; terné yo

mi forma, que no se mude. ¿No has leído que dicen:
verná el día que en el espejo no te conozcas? Pero también yo encanecí temprano y parezco de doblada edad.
Que así goce de esta alma pecadora y tú de ese cuerpo
gracioso, que de cuatro hijas que parió mi madre, yo
fui la menor. Mira cómo no soy vieja, como me juzgan.

MELIB.—Celestina, amiga, yo he holgado mucho en
verte y conocerte. También hasme dado placer con tus
razones. Toma tu dinero y vete con Dios, que me parece
que no debes haber comido.

CEL.—¡Oh angélica imagen! ¡Oh perla preciosa, y cómo
te lo dices! Gozo me toma en verte hablar. ¿Y no sabes
que por la divina boca fue dicho, contra aquel infernal
tentador, que no de sólo pan viviremos? Pues así es,
que no el sólo comer mantiene. Mayormente a mí, que
me suelo estar uno o dos días negociando encomiendas
ajenas ayuna, salvo hacer por los buenos, morir por ellos.
Esto tuve siempre, querer más trabajar sirviendo a otros,
que holgar contentando a mí. Pues, si tú me das licencia,
diréte la necesitada causa de mi venida, que es otra que
la que hasta agora has oído y tal, que todos perderíamos
en me tornar en balde sin que la sepas.

MELIB.—Di, madre, todas tus necesidades, que si yo
las pudiere remediar, de muy buen grado lo haré por el
pasado conocimiento y vecindad, que pone obligación a
los buenos.

CEL.—¿Mías, señora? Antes ajenas, como tengo dicho;
que las mías de mi puerta adentro me las paso, sin que
las sienta la tierra, comiendo cuando puedo, bebiendo
cuando lo tengo. Que con mi pobreza jamás me faltó, a
Dios gracias, una blanca para pan y un cuarto [51] para
vino, después que enviudé; que antes no tenía yo cuidado
de lo buscar, que sobrado estaba un cuero en mi casa y
uno lleno y otro vacío. Jamás me acosté sin comer una
tostada en vino y dos docenas de sorbos, por amor de la
madre [148], tras cada sopa. Agora, como todo cuelga de
mí, en un jarrillo mal pegado [52] me lo traen, que no
cabe dos azumbres. *Seis veces al día tengo de salir por
mi pecado, con mis canas acuestas, a le henchir a la taber-*

na. *Mas no muera yo de muerte, hasta que me vea con un cuero o tinajica de mis puertas adentro. Que en mi ánima no hay otra provisión, que como dicen: pan y vino anda camino, que no mozo garrido.* Así que donde no hay varón, todo bien fallece; con mal está el huso, cuando la barba no anda de suso [149]. Ha venido esto, señora, por lo que decía de las ajenas necesidades y no mías.

MELIB.—Pide lo que querrás, sea para quien fuere.

CEL.—¡Doncella graciosa y de alto linaje! Tu suave habla y alegre gesto, junto con el aparejo [150] de liberalidad que muestras con esta pobre vieja, me dan osadía a te lo decir. Yo dejo un enfermo a la muerte, que con sola una palabra de tu noble boca salida, que [le] lleve metida en mi seno, tiene por fe que sanará, según la mucha devoción tiene en tu gentileza.

MELIB.—Vieja honrada, no te entiendo, si más no declaras tu demanda. Por una parte me alteras y provocas a enojo; por otra me mueves a compasión. No te sabría volver respuesta conveniente, según lo poco que he sentido de tu habla. Que yo soy dichosa, si de mi palabra hay necesidad para salud de algún cristiano. Porque hacer beneficio es semejar a Dios y *más que el que hace beneficio le recibe cuando es a persona que le merece y* [(53)] el que puede sanar al que padece, no lo haciendo, le mata. Así que no ceses tu petición por empacho ni temor.

CEL.—El temor perdí mirando, señora, tu beldad. Que no puedo creer que en balde pintase Dios unos gestos más perfectos que otros, más dotados de gracias, más hermosas facciones; sino para hacerlos almacén de virtudes, de misericordia, de compasión, ministros de sus mercedes y dádivas, como a ti. [Y] pues como todos seamos humanos, nacidos para morir, *y* sea cierto que no se puede decir nacido el que para sí solo nació. Porque sería semejante a los brutos animales, en los cuales aun hay algunos piadosos, como se dice del unicornio, que se humilla a cualquiera doncella. *El perro con todo su ímpetu y braveza, cuando viene a morder, si se le echan en el suelo, no hace mal; esto de piedad.* ¿Pues las aves? Ninguna cosa el gallo come que no participe y llame las gallinas a comer de ello. *El pelicano rompe el pecho por dar a sus hijos a comer de sus entrañas. Las cigüeñas mantienen otro tanto tiempo a sus padres viejos en el nido, cuanto ellos les dieron cebo siendo pollitos* [151]. Pues *tal conocimiento dio la natura a los animales y aves,* ¿por qué los hombres habemos de ser más crueles? ¿Por qué no daremos parte de nuestras gracias y personas a los próximos, mayormente, cuando están envueltos en secretas enfermedades y tales que, donde está la melecina, salió la causa de la enfermedad?

MELIB.—Por Dios [que] sin más dilatar, me digas quién es ese doliente, que de mal tan perplejo se siente, que su pasión y remedio salen de una misma fuente.

CEL.—Bien ternás, señora, noticia en esta ciudad de un caballero mancebo, gentilhombre de clara sangre, que llaman Calisto.

MELIB.—¡Ya, ya, ya! Buena vieja, no me digas más, no pases adelante. ¿Ese es el doliente por quién has hecho tantas premisas en tu demanda, por quién has venido a buscar la muerte para ti, por quién has dado tan dañosos pasos, desvergonzada barbuda? ¿Qué siente ese perdido, que con tanta pasión vienes? De locura será su mal. ¿Qué te parece? ¡Si me hallaras sin sospecha de ese loco, con qué palabras me entrabas! No se dice en vano que el más empecible [152] miembro del mal hombre o mujer es la lengua. ¡Quemada seas, alcahueta falsa, hechicera, enemiga de honestidad, causadora de secretos yerros! ¡Jesú, Jesú! ¡Quítamela, Lucrecia, de delante, que me fino [153], que no me ha dejado gota de sangre en el cuerpo! Bien se lo merece esto y más, quien a estas tales da oídos. Por cierto, si no mirase a mi honestidad y por no publicar su osadía de ese atrevido, yo te hiciera, malvada, que tu razón y vida acabaran en un tiempo.

CEL.—(¡En hora mala acá vine, si me falta mi conjuro! ¡Ea pues! Bien sé a quién digo. *¡Ce, hermano, que se va todo a perder!)*

MELIB.—¿Aun hablas entre dientes delante mí, para acrecentar mi enojo y doblar tu pena? ¿Querrías condenar mi honestidad por dar vida a un loco? ¿Dejar a mí triste por alegrar a él y llevar tú el provecho de mi perdición, el galardón de mi yerro? ¿Perder y destruir la casa y honra de mi padre por ganar la de una vieja maldita como tú? ¿Piensas que no tengo sentidas tus pisadas y entendido tu dañado mensaje? Pues yo te certifico que las albricias, que de aquí saques, no sean sino estorbarte de más ofender a Dios, dando fin a tus días. Respóndeme, traidora, ¿cómo osaste tanto hacer?

CEL.—Tu temor, señora, tiene ocupada mi desculpa. Mi inocencia me da osadía, tu presencia me turba en verla airada, y lo que más siento y me pena es recibir enojo sin razón ninguna. Por Dios, señora, que me dejes concluir mi dicho, que ni él quedará culpado ni yo condenada. Y verás como es todo más servicio de Dios, que pasos deshonestos; más para dar salud al enfermo, que para dañar la fama al médico. Si pensara, señora, que tan de ligero habías de conjeturar de lo pasado nocibles sospechas, no bastara tu licencia para me dar osadía a hablar en cosa, que a Calisto ni a otro hombre tocase.

MELIB.—¡Jesús! No oiga yo mentar más ese loco, saltaparedes, fantasma de noche, luengo como cigüeña, figura de paramento malpintado; sino, aquí me caeré muerta. ¡Éste es el que el otro día me vido y comenzó a desvariar conmigo en razones, haciendo mucho del galán! Dirásle, buena vieja, que, si pensó que ya era todo suyo y quedaba para él el campo, porque holgué más de consentir sus necedades, que castigar su yerro, quise más dejarle por loco, que publicar su [grande] atrevimiento. Pues avísale que se aparte de este propósito y serle ha sano; si no, podrá ser que no haya comprado tan cara habla en su vida. Pues sabe que no es vencido sino el que se cree serlo, y yo quedé bien segura y él ufano. De los locos es estimar a todos los otros de su calidad. Y tú tórnate con su misma razón; que respuesta de mí otra no habrás ni la esperes. Qué por demás es ruego a quien no puede haber misericordia. Y da gracias a Dios, pues tan libre vas de esta feria. Bien me habían dicho quien tú eras y avisado de tus propiedades, aunque agora no te conocía.

CEL.—(¡Más fuerte estaba Troya y aun otras más bravas he yo amansado! Ninguna tempestad mucho dura.)

MELIB.—¿Qué dices, enemiga? Habla, que te pueda oír. ¿Tienes desculpa alguna para satisfacer mi enojo y excusar tu yerro y osadía?

CEL.—Mientra viviere tu ira, más dañará mi descargo. Que estás muy rigurosa y no me maravillo; que la sangre nueva poco calor ha menester para hervir.

MELIB.—¿Poco calor? Poco lo puedes llamar, pues quedaste tú viva y yo quejosa sobre tan gran atrevimiento. ¿Qué palabras podías tú querer para ese tal hombre, que a mí bien me estuviese? Responde, pues dices que no has concluido; y ¡quizá pagarás lo pasado!

CEL.—Una oración, señora, que le dijeron que sabías de Santa Apolonia [154] para el dolor de las muelas. Asimismo tu cordón, que es fama que ha tocado [todas] las reliquias que hay en Roma y Jerusalén. Aquel caballero, que dije, pena y muere de ellas. Ésta fue mi venida. Pero, pues en mi dicha estaba tu airada respuesta, padézcase él su dolor, en pago de buscar tan desdichada mensajera. Que, pues en tu mucha virtud me faltó piedad, también me faltará agua, si a la mar me enviara. *Pero ya sabes que el deleite de la venganza dura un momento y el de la misericordia para siempre.*

MELIB.—Si eso querías, ¿por qué luego no me lo expresaste? ¿Por qué me lo dijiste *por tales* [(54)] palabras?

CEL.—Señora, porque mi limpio motivo me hizo creer que, aunque en *otras cualesquier* [(55)] lo propusiera, no se había de sospechar mal. Que, si faltó el debido preámbulo, fue porque la verdad no es necesario abundar de muchas colores. Compasión de su dolor, confianza de tu magnificencia ahogaron en mi boca *al principio* la expresión de la causa. Y pues conoces, señora, que el dolor turba, la turbación desmanda y altera la lengua, la cual había de estar siempre atada con el seso, ¡por Dios, que no me culpes! Y si él otro yerro ha hecho, no redunde en mi daño, pues no tengo otra culpa, sino ser mensajera del culpado. No quiebre la soga por lo más delgado. No *semejes* [56] la telaraña, que no muestra su fuerza sino contra los flacos animales. No paguen justos por pecadores. Imita la divina justicia, que dijo: el ánima que pecare, aquella misma muera; a la humana, que jamás condena al padre por el delito del hijo ni al hijo por el del padre. Ni es, señora, razón que su atrevimiento acarree mi perdición. Aunque, según su merecimiento, no ternía en mucho que fuese él el delincuente y yo la condenada. Que no es otro mi oficio, sino servir a los semejantes: de esto vivo y de esto me arreo [155]. Nunca fue mi voluntad enojar a unos por agradar a otros, aunque hayan dicho a tu merced en mi ausencia otra cosa. Al fin, señora, a la firme verdad el viento del vulgo no la empece. *Una sola soy en este limpio trato. En toda la ciudad pocos tengo descontentos. Con todos cumplo, los que algo me mandan, como si tuviese veinte pies y otras tantas manos.*

MELIB.—*No me maravillo, que un solo maestro de vicios dicen que basta para corromper un gran pueblo.* Por cierto, tantos y *tales* [57] loores me han dicho de tus *falsas* mañas, que no sé si crea que pedías oración.

CEL.—Nunca yo la rece y si la rezare no sea oída, si otra cosa de mí se saque, aunque mil tormentos me diesen.

MELIB.—Mi pasada alteración me impide a reír de tu desculpa. Que bien sé que ni juramento ni tormento te *hará* [58] decir verdad, que no es en tu mano.

CEL.—Eres mi señora. Téngote de callar, hete yo de servir, hasme tú de mandar. Tu mala palabra será víspera de una saya.

MELIB.—Bien la has merecido.

CEL.—Si no la he ganado con la lengua, no la he perdido con la intención.

MELIB.—Tanto afirmas tu ignorancia, que me haces creer lo que puede ser. Quiero pues en tu dudosa desculpa tener la sentencia en peso y no disponer de tu demanda al sabor de ligera interpretación. No tengas en mucho ni te maravilles de mi pasado sentimiento, porque concu-

rrieron dos cosas en tu habla, que cualquiera de ellas era
bastante para me sacar de seso: nombrarme ese tu caballero, que conmigo se atrevió a hablar, y también pedirme
palabra sin más causa, que no se podía sospechar sino
daño para mi honra. Pero pues todo viene de buena
parte, de lo pasado haya perdón. Que en alguna manera
es aliviado mi corazón, viendo que es obra pía y santa
sanar los apasionados y enfermos.

CEL.—¡Y tal enfermo, señora! Por Dios, si bien le
conocieses, no le juzgases por el que has dicho y mostrado con tu ira. En Dios y en mi alma, no tiene hiel;
gracias, dos mil; en franqueza, Alejandre; en esfuerzo,
Héctor; gesto, de un rey; gracioso, alegre; jamás reina
en él tristeza. De noble sangre, como sabes; gran justa-
dor, pues verle armado, un San Jorge. Fuerza y esfuerzo,
no tuvo Hércules tanta. La presencia y facciones, disposición, desenvoltura, otra lengua había menester para las
contar. Todo junto semeja ángel del cielo. Por fe tengo
que no era tan hermoso aquel gentil Narciso, que se
enamoró de su propia figura, cuando se vido en las aguas
de la fuente. Agora, señora, tiénele derribado una sola
muela, que jamás cesa [de] quejar.

MELIB.—¿Y qué tanto tiempo ha?

CEL.—Podrá ser, señora, de veinte y tres años; que
aquí está Celestina, que le vido nacer y le tomó a los pies
de su madre.

MELIB.—Ni te pregunto eso ni tengo necesidad de saber su edad; sino qué tanto ha que tiene el mal.

CEL.—Señora, ocho días. Que parece que ha un año
en su flaqueza. Y el mayor remedio que tiene es tomar
una vihuela y tañe tantas canciones y tan lastimeras, que
no creo que fueron otras las que compuso aquel emperador y gran músico Adriano, de la partida del ánima, por
sufrir sin desmayo la ya vecina muerte. Que aunque yo
sé poco de música, parece que hace aquella vihuela hablar. Pues, si acaso canta, de mejor gana se paran las
aves a le oír, que no aquel antico, de quien se dice que
movía los árboles y piedras con su canto. Siendo éste
nacido no alabaran a Orfeo. Mira, señora, si una pobre

vieja como yo, si se hallará dichosa en dar la vida a quien tales gracias tiene. Ninguna mujer le ve, que no alabe a Dios, que así le pintó. Pues, si le habla acaso, no es más señora de sí, de lo que él ordena. Y pues tanta razón tengo, juzga, señora, por bueno mi propósito, mis pasos saludables y vacíos de sospecha.

MELIB.—¡Oh, cuánto me pesa con la falta de mi paciencia! Porque siendo él ignorante y tú inocente, habéis padecido las alteraciones de mi airada lengua. Pero la mucha razón me relieva de culpa, la cual tu habla sospechosa causó. En pago de tu buen sufrimiento, quiero cumplir tu demanda y darte luego mi cordón. Y porque para escribir la oración no habrá tiempo sin que venga mi madre, si esto no bastare, ven mañana por ella muy secretamente.

LUCR.—(¡Ya, ya, perdida es mi ama! ¡Secretamente quiere que venga Celestina! Fraude hay; ¡más le querrá dar, que lo dicho!)

MELIB.—¿Qué dices, Lucrecia?

LUCR.—Señora, que baste lo dicho; que es tarde.

MELIB.—Pues, madre, no le des parte de lo que pasó a ese caballero, porque no me tenga por cruel o arrebatada o deshonesta.

LUCR.—(No miento yo, que mal va este hecho.)

CEL.—Mucho me maravillo, señora Melibea, de la duda que tienes de mi secreto. No temas, que todo lo sé sufrir y encubrir. Que bien veo que tu mucha sospecha echó, como suele, mis razones a la más triste parte. Yo voy con tu cordón tan alegre, que se me figura que está diciéndole allá su corazón la merced que nos hiciste y que le tengo de hallar aliviado.

MELIB.—Más haré por tu doliente, si menester fuere, en pago de lo sufrido.

CEL.—(Más será menester y más harás y aunque no se te agradezca.)

MELIB.—¿Qué dices, madre, de agradecer?

CEL.—Digo, señora, que todos lo agradecemos y serviremos, y todos quedamos obligados. Que la paga más cierta es, cuando más la tienen de cumplir.

LUCR.—(¡Trastrócame esas palabras! [156]

CEL.—¡Hija Lucrecia! ¡Ce! Irás a casa y darte he
una lejía, con que pares [157] esos cabellos más que *el* oro.
No lo digas a tu señora. Y aun darte he unos polvos para
quitarte ese olor de la boca, que te huele un poco, que
en el reino no lo sabe hacer otra sino yo, y no hay cosa
que peor en la mujer parezca.

LUCR.—*¡Oh, Dios te dé buena vejez, que más necesidad
tenía de todo eso que de comer!*

CEL.—*¿Pues, por qué murmuras contra mí, loquilla?
Calla, que no sabes si me habrás menester en cosa de
más importancia. No provoques a ira a tu señora, más
de lo que ella ha estado. Déjame ir en paz.)*

MELIB.—¿Qué le dices, madre?

CEL.—Señora, acá nos entendemos.

MELIB.—Dímelo, que me enojo, cuando yo presente
se habla cosa de que no haya parte.

CEL.—Señora, que te acuerde la oración, para que la
mandes escribir y que aprenda de mí a tener mesura en
el tiempo de tu ira, en la cual yo usé lo que se dice; que
del airado es de apartar por poco tiempo, del enemigo
por mucho. Pues tú, señora, tenías ira con lo que sospe-
chaste de mis palabras, no enemistad. Porque, aunque
fueran las que tú pensabas, en sí no eran malas; que
cada día hay hombres penados por mujeres y mujeres
por hombres, y esto obra la natura y la natura ordenóla
Dios y Dios no hizo cosa mala. Y así quedaba mi demanda, como quiera que fuese, en sí loable, pues de tal
tronco procede, y yo libre de pena. Más razones de éstas
te diría, sino porque la prolijidad es enojosa al que oye
y dañosa al que habla.

MELIB.—En todo has tenido buen tiento, así en el
poco hablar en mi enojo, como con el mucho sufrir.

CEL.—Señora, sufríte con temor, porque te airaste
con razón. Porque con la ira morando poder, no es sino
rayo. Y por esto pasé tu rigurosa habla hasta que tu
almacén hobiese gastado.

MELIB.—En cargo te es [158] ese caballero.

CEL.—Señora, más merece. Y si algo con mi ruego

para él he alcanzado, con la tardanza lo he dañado. Yo me parto para él, si licencia me das.

MELIB.—Mientra más aína la hobieras pedido, más de grado la hobieras recaudado. Vé con Dios, que ni tu mensaje me ha traído provecho ni de tu ida me puede venir daño.

Argumento del quinto auto

Despedida Celestina de Melibea, va por la calle hablando consigo misma entre dientes. Llegada a su casa, halló a Sempronio, que la aguardaba. Ambos van hablando hasta llegar a casa de Calisto y, vistos por Pármeno, cuéntalo a Calisto su amo, el cual le mandó abrir la puerta.

CALISTO, PÁRMENO, SEMPRONIO, CELESTINA

CEL.—¡Oh rigurosos trances! ¡Oh cuerda osadía! ¡Oh gran sufrimiento! ¡Y que tan cercana estuve de la muerte, si mi mucha astucia no rigiera con el tiempo las velas de la petición! ¡Oh amenazas de doncella brava! ¡Oh airada doncella! ¡Oh diablo a quien yo conjuré, cómo cumpliste tu palabra en todo lo que te pedí! En cargo te soy. Así amansaste la cruel hembra con tu poder y diste tan oportuno lugar a mi habla cuanto quise, con la ausencia de su madre. ¡Oh vieja Celestina! ¡Vas alegre! Sábete que la meitad está hecha, cuando tienen buen principio las cosas. ¡Oh serpentino aceite! ¡Oh blanco hilado! ¡Cómo os aparejastes todos en mi favor! ¡Oh, yo rompiera todos mis atamientos [159] hechos y por hacer, ni creyera en hierbas ni [en] piedras ni en palabras! Pues alégrate, vieja, que más sacarás de este pleito, que de quince virgos que renovaras. ¡Oh malditas haldas, prolijas y largas, cómo me estorbáis de llegar adonde han de reposar mis nuevas! ¡Oh buena fortuna, cómo ayudas a los osados, y a los tímidos eres contraria! Nunca huyendo huye la muerte al cobarde. ¡Oh, cuántas erraran en lo que yo he acertado!

¿Qué hicieran en tan fuerte estrecho [160] estas nuevas maestras de mi oficio, sino responder algo a Melibea, por donde se perdiera cuanto yo con buen callar he ganado? Por esto dicen quien las sabe las tañe; y que es más cierto médico el experimentado que el letrado; y la experiencia y escarmiento hace los hombres arteros; y la vieja, como yo, que alce sus haldas al pasar el vado, como maestra. ¡Ay cordón, cordón! Yo te haré traer por fuerza, si vivo, a la que no quiso darme su buena habla de grado.

SEMP.—O yo no veo bien, o aquélla es Celestina. ¡Válala [161] el diablo, haldear que trae! Parlando viene entre dientes.

CEL.—¿De qué te santiguas, Sempronio? Creo que en verme.

SEMP.—Yo te lo diré. La raleza [162] de las cosas es madre de la admiración; la admiración concebida en los ojos desciende al ánimo por ellos; el ánimo es forzado descubrillo por estas exteriores señales. ¿Quién jamás te vido por la calle, abajada la cabeza, puestos los ojos en el suelo, y no mirar a ninguno como agora? ¿Quién te vido hablar entre dientes por las calles y venir aguijando, como quien va a ganar beneficio? Cata que todo esto novedad es para se maravillar quien te conoce. Pero esto dejado, dime, por Dios, con qué vienes. Dime si tenemos hijo o hija. Que desde que dio la una, te espero aquí y no he sentido mejor señal que tu tardanza.

CEL.—Hijo, esa regla de bobos no es siempre cierta, que otra hora me pudiera más tardar y dejar allá las narices; y otras dos, y narices y lengua; y así que, mientra más tardase, más caro me costase.

SEMP.—Por amor mío, madre, no pases de aquí sin me lo contar.

CEL.—Sempronio, amigo, ni yo me podría parar ni el lugar es aparejado. Vente conmigo delante Calisto, oirás maravillas. Que será desflorar mi embajada comunicándola con muchos. De mi boca quiero que sepa lo que se ha hecho. Que, aunque hayas de haber alguna partecilla del provecho, quiero yo todas las gracias del trabajo.

SEMP.—¿Partecilla, Celestina? Mal me parece eso que dices.

CEL.—Calla, loquillo, que parte o partecilla, cuanto tú quisieres te daré. Todo lo mío es tuyo. Gocémonos y aprovechémonos, que sobre el partir nunca reñiremos. Y también sabes tú cuánta más necesidad tienen los viejos que los mozos, mayormente tú que vas a mesa puesta.

SEMP.—Otras cosas he menester más que de comer.

CEL.—¿Qué, hijo? ¡Una docena de agujetas y un torce [163] para el bonete y un arco para andarte de casa en casa tirando a pájaros y aojando [164] pájaras a las ventanas! *Mochachas digo, bobo, de las que no saben volar, que bien me entiendes. Que no hay mejor alcahuete para ellas que un arco, que se puede entrar cada uno hecho mostrenco [165], como dicen: en achaque de trama [166], etc.* ¡Mas ay, Sempronio, de quien tiene de mantener honra y se va haciendo vieja como yo!

SEMP.—(¡Oh lisonjera vieja! ¡Oh vieja llena de mal! ¡Oh codiciosa y avarienta garganta! También quiere a mí engañar como a mi amo, por ser rica. ¡Pues mala medra tiene; no le arriendo la ganancia! Que quien con modo torpe sube en alto, más presto cae que sube. ¡Oh, qué mala cosa es de conocer el hombre! ¡Bien dicen que ninguna mercaduría ni animal es tan difícil! ¡Mala vieja, falsa es ésta! ¡El diablo me metió con ella! Más seguro me fuera huir de esta venenosa víbora, que tomalla. Mía fue la culpa. Pero gané harto, que por bien o mal no negará la promesa.)

CEL.—¿Qué dices, Sempronio? ¿Con quién hablas? ¿Viénesme royendo las haldas? [167] ¿Por qué no aguijas?

SEMP.—Lo que vengo diciendo, madre *Celestina* [(59)], es que no me maravillo que seas mudable, que sigas el camino de las muchas. Dicho me habías que diferirías este negocio. Agora vas sin seso por decir a Calisto cuanto pasa. ¿No sabes que aquello es en algo tenido que es por tiempo deseado, y que cada día que él penase era doblarnos el provecho?

CEL.—El propósito muda el sabio; el necio persevera. A nuevo negocio, nuevo consejo se requiere. No pensé

yo, hijo Sempronio, que así me respondiera mi buena
fortuna. De los discretos mensajeros es hacer lo que el
tiempo quiere. Así que la cualidad de lo hecho no puede
encubrir tiempo disimulado. Y más, que yo sé que tu
amo, según lo que de él sentí, es liberal y algo antojadizo.
Más dará en un día de buenas nuevas, que en ciento que
ande pena[n]do y yo yendo y viniendo. Que los acelerados
y súbitos placeres crían alteración, la mucha alteración es-
torba el deliberar. Pues ¿en qué podrá parar el bien, sino
en bien, y el alto mensaje [(60)], sino en luengas albricias?
Calla, bobo, deja hacer a tu vieja.

SEMP.—Pues dime lo que pasó con aquella gentil doncella. Dime alguna palabra de su boca. Que, por Dios,
así peno por sabella, como *a* mi amo penaría.

CEL.—¡Calla, loco! Altérasete la complexión. Yo lo
veo en ti, que querrías más estar al sabor, que al olor
de este negocio. Andemos presto, que estará loco tu amo
con mi mucha tardanza.

SEMP.—Y aun sin ella se lo está.

PÁRM.—¡Señor, señor!

CAL.—¿Qué quieres, loco?

PÁRM.—A Sempronio y a Celestina veo venir cerca de
casa, haciendo paradillas de rato en rato *y, cuando están
quedos, hacen rayas en el suelo con el espada. No sé
qué sea.*

CAL.—¡Oh desvariado, negligente! Veslos venir: ¿no
puedes *bajar* [(61)] corriendo a abrir la puerta? ¡Oh alto
Dios! ¡Oh soberana deidad! ¡Con qué vienen? ¿Qué
nuevas traen? Que *tan grande* [(62)] ha sido su tardanza, que
ya más esperaba su venida, que el fin de mi remedio.
¡Oh mis tristes oídos! Aparejaos a lo que os viniere, que
en su boca de Celestina está agora aposentado el alivio
o pena de mi corazón. ¡Oh, si en sueños se pasase este
poco tiempo, hasta ver el principio y fin de su habla!
Agora tengo por cierto que es más penoso al delincuente
esperar la cruda y capital sentencia, que el acto de la ya
sabida muerte. ¡Oh espacioso Pármeno, manos de muer-

to! Quita ya esa enojosa aldaba; entrará esa honrada dueña, en cuya lengua está mi vida.

CEL.—¿Oyes, Sempronio? De otro temple anda nuestro amo. Bien difieren estas razones a las que oímos a Pármeno y a él la primera venida. De mal en bien me parece que va. No hay palabra de las que dice, que no vale a la vieja Celestina más que una saya.

SEMP.—Pues mira que entrando hagas que no ves a Calisto y hables algo bueno.

CEL.—Calla, Sempronio, que aunque haya aventurado mi vida, más merece Calisto y su ruego y tuyo, y más mercedes espero yo de él.

Argumento del sexto auto

Entrada Celestina en casa de Calisto, con grande afición y deseo Calisto le pregunta de lo que le ha acontecido con Melibea. Mientra ellos están hablando, Pármeno, oyendo hablar a Celestina, de su parte contra Sempronio a cada razón le pone un mote, reprendiéndolo Sempronio. En fin, la vieja Celestina le descubre todo lo negociado y un cordón de Melibea. Y, despedida de Calisto, vase para su casa y con ella Pármeno.

CALISTO, CELESTINA, PÁRMENO, SEMPRONIO

CAL.—¿Qué dices, señora y madre mía?

CEL.—¡Oh mi señor Calisto! ¿Y aquí estás? ¡Oh mi nuevo amador de la muy hermosa Melibea y con mucha razón! ¿Con qué pagarás a la vieja, que hoy ha puesto su vida al tablero por tu servicio? ¿Cuál mujer jamás se vido en tan estrecha afrenta como yo, que en tornallo a pensar se me menguan y vacían todas las venas de mi cuerpo, de sangre? Mi vida diera por menor precio, que agora daría este manto raído y viejo.

PÁRM.—(Tú dirás lo tuyo: entre col y col lechuga. Subido has un escalón; más adelante te espero a la suya.

Todo para ti y no nada de que puedas dar parte. Pelechar[168] quiere la vieja. Tú me sacarás a mí verdadero, y a mi amo loco. No le pierdas palabra, Sempronio, y verás como no quiere pedir dinero, porque es divisible.

SEMP.—Calla, hombre desesperado, que te matará Calisto si te oye.)

CAL.—Madre mía, o abrevia tu razón o toma esta espada y mátame.

PÁRM.—(Temblando está el diablo como azogado; no se puede tener en sus pies; su lengua le querría prestar para que hablase presto; no es mucha su vida; luto habremos de medrar de estos amores.)

CEL.—¿Espada, señor, o qué? ¡Espada mala mate a tus enemigos y a quien mal te quiere! Que yo la vida te quiero dar con buena esperanza que traigo de aquella que tú más amas.

CAL.—¿Buena esperanza, señora?

CEL.—Buena se puede decir, pues queda abierta puerta para mi tornada, y antes me recibirá a mí con esta saya rota, que a otra con seda y brocado.

PÁRM.—(Sempronio, cóseme esta boca, que no lo puedo sufrir. ¡Encajado ha la saya!

SEMP.—¡Callarás, par Dios, o te echaré dende con el diablo! Que si anda rodeando su vestido, hace bien, pues tiene de ello necesidad. Que el abad de do canta, de allí viste[169].

PÁRM.—Y aun viste como canta. Y esta puta vieja querría en un día por tres pasos desechar todo el pelo malo[170], cuanto en cincuenta años no ha podido medrar.

SEMP.—¿Y todo eso es lo que te castigó[171] y el conocimiento que os teníades y lo que te crió?

PÁRM.—Bien sufriré yo más que pida y pele[172]; pero no todo para su provecho.

SEMP.—No tiene otra tacha sino ser codiciosa; pero déjala barde sus paredes, que después bardará las nuestras o en mal punto nos conoció.)

CAL.—Dime, por Dios, señora, ¿qué hacía? ¿Cómo entraste? ¿Qué tenía vestido? ¿A qué parte de casa estaba? ¿Qué cara te mostró al principio?

CEL.—Aquella cara, señor, que suelen los bravos toros mostrar contra los que lanzan las agudas frechas en el coso, la que los monteses puercos contra los sabuesos que mucho los aquejan.

CAL.—¿Y a ésas llamas señales de salud? Pues ¿cuáles serán mortales? No por cierto la misma muerte; que aquella alivio sería en tal caso de este mi tormento, que es mayor y duele más.

SEMP.—(¿Éstos son los fuegos pasados de mi amo? ¿Qué es esto? ¿No ternía este hombre sufrimiento para oír lo que siempre ha deseado?

PÁRM.—¿Y que calle yo, Sempronio? Pues, si nuestro amo te oye, tan bien te castigará a ti como a mí.

SEMP.—¡Oh, mal fuego te abrase! Que tú hablas en daño de todos y yo a ninguno ofendo. ¡Oh, intolerable pestilencia y mortal te consuma, rijoso [173], envidioso, maldito! ¿Toda ésta es la amistad que con Celestina y conmigo habías concertado? ¡Vete de aquí a la mala ventura!)

CAL.—Si no quieres, reina y señora mía, que desespere y vaya mi ánima condenada a perpetua pena, oyendo esas cosas, certifícame brevemente si *no* hobo buen fin tu demanda gloriosa y la cruda y rigurosa muestra de aquel gesto angélico y matador; pues todo eso más es señal de odio, que de amor.

CEL.—La mayor gloria que al secreto oficio de la abeja se da, a la cual los discretos deben imitar, es que todas las cosas por ella tocadas convierte en mejor de lo que son. De esta manera me he habido con las zahareñas [174] razones y esquivas de Melibea. Todo su rigor traigo convertido en miel, su ira en mansedumbre, su aceleramiento en sosiego. Pues ¿a qué piensas que iba allá la vieja Celestina, a quien tú, demás de tu merecimiento, magníficamente galardonaste, sino ablandar su saña, a sufrir su accidente, a ser escudo de tu ausencia, a recibir en mi manto los golpes, los desvíos, los menosprecios, desdenes, que muestran aquéllas en los principios de sus requerimientos de amor, para que sea después en más tenida su dádiva? Que a quien más quieren, peor hablan.

Y si así no fuese, ninguna diferencia habría entre las públicas, que aman, a las escondidas doncellas, si todas dijesen «sí» a la entrada de su primer requerimiento, en viendo que de alguno eran amadas. Las cuales, aunque están abrasadas y encendidas de vivos fuegos de amor, por su honestidad muestran un frío exterior, un sosegado vulto, un aplacible desvío, un constante ánimo y casto propósito, unas palabras agras que la propia lengua se maravilla del gran sufrimiento suyo, que la hacen forzosamente confesar el contrario de lo que sienten. Así que para que tú descanses y tengas reposo, mientra te contare por extenso el proceso de mi habla y la causa que tuve para entrar, sabe que el fin de su razón [y habla] fue muy bueno.

CAL.—Agora, señora, que me has dado seguro para que ose esperar todos los rigores de la respuesta, di cuanto mandares y como quisieres; que yo estaré atento. Ya me reposa el corazón, ya descansa mi pensamiento, ya reciben las venas y recobran su perdida sangre, ya he perdido temor, ya tengo alegría. Subamos, si mandas, arriba. En mi cámara me dirás por extenso lo que aquí he sabido en suma.

CEL.—Subamos, señor.

PÁRM.—(*¡Oh Santa María, y qué rodeos busca este loco por huir de nosotros, para poder llorar a su placer con Celestina de gozo y por descubrirle mil secretos de su liviano y desvariado apetito, por preguntar y responder seis veces cada cosa, sin que esté presente quien le pueda decir que es prolijo! Pues mándote* [175] *yo, desatinado, que tras ti vamos.*)

CAL.—*Mira, señora, qué hablar trae Pármeno, cómo se viene santiguando de oír lo que has hecho de tu gran diligencia. Espantado está, por mi fe, señora Celestina. Otra vez se santigua. Sube, sube, sube, y asiéntate, señora, que de rodillas quiero escuchar tu suave respuesta; y dime luego, ¿la causa de tu entrada, qué fue?*

CEL.—Vender un poco de hilado, con que tengo cazadas más de treinta de su estado, si a Dios ha placido, en este mundo, y algunas mayores.

CAL.—Eso será de cuerpo, madre; pero no de gentileza, no de estado, no de gracia y discreción, no de linaje, no de presunción con merecimiento, no en virtud, no en habla.

PÁRM.—(Ya escurre eslabones el perdido. Ya se desconciertan sus badajadas [176]. Nunca da menos de doce; siempre está hecho reloj de mediodía. Cuenta, cuenta, Sempronio, que estás desbabado oyéndole a él locuras y a ella mentiras.

SEMP.—¡Oh maldiciente venenoso! ¿Por qué cierras las orejas a lo que todos los del mundo las aguzan, hecho serpiente que huye la voz del encantador? Que sólo por ser de amores estas razones, aunque mentiras, las habías de escuchar con gana.)

CEL.—Oye, señor Calisto, y verás tu dicha y mi solicitud qué obraron. Que en comenzando yo a vender y poner en precio mi hilado, fue su madre de Melibea llamada para que fuese a visitar una hermana suya enferma. Y como le fue[se] necesario ausentarse, dejó en su lugar a Melibea para...

CAL.—¡Oh gozo sin par! ¡Oh singular oportunidad! ¡Oh oportuno tiempo! ¡Oh, quién estuviera allí debajo de tu manto, escuchando qué hablaría sola aquella en quien Dios tan extremadas gracias puso!

CEL.—¿Debajo de mi manto, dices? ¡Ay mezquina! Que fueras visto por treinta agujeros que tiene, si Dios no le mejora.

PÁRM.—(Sálgome fuera, Sempronio. Ya no digo nada; escúchatelo tú todo. Si este perdido de mi amo no midiese con el pensamiento cuántos pasos hay de aquí a casa de Melibea y contemplase en su gesto y considerase cómo estaría aviniendo el hilado [177], todo el sentido puesto y ocupado en ella, él vería que mis consejos le eran más saludables que estos engaños de Celestina.

CAL.—¿Qué es esto, mozos? Estoy yo escuchando atento, que me va la vida; vosotros susurráis, como soléis, por hacerme mala obra y enojo. Por mi amor, que calléis; moriréis de placer con esta señora, según su buena diligencia. Di, señora, ¿qué hiciste, cuando te viste sola?

CEL.—Recibí, señor, tanta alteración de placer, que cualquiera que me viera, me lo conociera en el rostro.

CAL.—Agora la recibo yo; cuanto más quien ante sí contemplaba tal imagen. Enmudecerías con la novedad incogitada.

CEL.—Antes me dio más osadía a hablar lo que quise verme sola con ella. Abrí mis entrañas. Díjele mi embajada; cómo penabas tanto por una palabra, de su boca salida en favor tuyo, para sanar un tan gran dolor. Y como ella estuviese suspensa, mirándome, espantada del nuevo mensaje, escuchando hasta ver quién podía ser el que. así por necesidad de su palabra penaba o a quién pudiese sanar su lengua, en nombrando tu nombre, atajó mis palabras, dióse en la frente una gran palmada, como quien cosa de grande espanto hobiese oído, diciendo que cesase mi habla y me quitase delante, si no quería [64] hacer a sus servidores verdugos de mi postrimería, *agravando mi osadía, llamándome hechicera, alcahueta, vieja falsa, barbuda, malhechora, y otros muchos ignominiosos nombres, con cuyos títulos asombran a los niños de cuna. Y en pos de esto mil amortecimientos y desmayos, mil milagros y espantos, turbado el sentido, bullendo fuertemente los miembros todos a una parte y a otra, herida de aquella dorada frecha, que del sonido de tu nombre le tocó, retorciendo el cuerpo, las manos enclavijadas, como quien se despereza, que parecía que las despedazaba, mirando con los ojos a todas partes, acoceando con los pies el suelo duro. Y yo a todo esto arrinconada, encogida, callando, muy gozosa con su ferocidad; mientra más basqueaba, más yo me alegraba, porque más cerca estaba el rendirse y su caída; pero entretanto que gastaba aquel espumajoso almacén su ira, yo no dejaba mis pensamientos estar vagos ni ociosos, de manera que tuve tiempo para salvar lo dicho* [65].

CAL.—Eso me di, señora madre. Que yo he revuelto en mi juicio mientra te escucho y no he hallado desculpa que buena fuese ni conveniente con que lo dicho se cubriese ni colorase, sin quedar terrible sospecha de tu demanda. Porque conozca tu mucho saber, que en todo me pareces más que mujer; que como su respuesta 'tú pronosticaste, proveíste con tiempo tu réplica. ¿Qué más hacía aquella Tusca Adeleta [178], cuya fama, siendo tú viva, se perdiera? La cual tres días ante [de] su fin pronunció la muerte de su viejo marido y de dos hijos que tenía. Ya creo lo que *se dice* [(65)], que el género flaco de las hembras es más apto para las prestas cautelas, que *el* de los varones.

CEL.—¿Qué, señor? Dije que tu pena era mal de muelas y que la palabra que de ella quería era una oración, que ella sabía, muy devota, para ellas.

CAL.—¡Oh maravillosa astucia! ¡Oh singular mujer en su oficio! ¡Oh cautelosa hembra! ¡Oh melecina presta! ¡Oh discreta en mensajes! ¿Cuál humano seso bastara a pensar tan alta manera de remedio? De cierto creo, si nuestra edad alcanzara aquellos pasados Eneas y Dido, no trabajara tanto Venus para atraer a su hijo el amor de Elisa, haciendo tomar a Cupido ascánica forma [179], para la engañar; antes por evitar prolijidad, pusiera a ti por medianera. Agora doy por bienempleada mi muerte, puesta en tales manos, y creeré que, si mi deseo no hobiere efecto cual querría, que no se pudo obrar más, según natura, en mi salud. ¿Qué os parece, mozos? ¿Qué más se pudiera pensar? ¿Hay tal mujer nacida en el mundo?

CEL.—Señor, no atajes mis razones; déjame decir, que se va haciendo noche. Ya sabes quien malhace aborrece claridad y, yendo a mi casa, podré haber algún mal encuentro.

CAL.—¿Qué, qué? Sí, que hachas y pajes hay, que te acompañen.

PÁRM.—(¡Sí, sí; porque no fuercen a la niña! Tú irás con ella, Sempronio, que ha temor de los grillos que cantan con lo escuro.)

CAL.—¿Dices algo, hijo Pármeno?

PÁRM.—Señor, que yo y Sempronio será bueno que la acompañemos hasta su casa, que hace mucho escuro.

CAL.—Bien dicho es. Después será. Procede en tu

habla y dime qué más pasaste. ¿Qué te respondió a la demanda de la oración?

CEL.—Que la daría de su grado.

CAL.—¿De su grado? ¡[Oh] Dios mío, qué alto don!

CEL.—Pues más le pedí.

CAL.—¿Qué, mi vieja honrada?

CEL.—Un cordón, que ella trae continuo ceñido, diciendo que era provechoso para tu mal, porque había tocado muchas reliquias.

CAL.—¿Pues qué dijo?

CEL.—¡Dame albricias! Decírtelo he.

CAL.—¡Oh, por Dios, toma toda esta casa y cuanto en ella hay y dímelo o pide lo que querrás!

CEL.—Por un manto, que tú des a la vieja, te dará en tus manos el mismo que en su cuerpo ella traía.

CAL.—¿Qué dices de manto? Manto y saya y cuanto yo tengo.

CEL.—Manto he menester y éste terné yo en harto. No te alargues más. No pongas sospechosa duda en mi pedir. Que dicen que ofrecer mucho al que poco pide es especie de negar.

CAL.—¡Corre, Pármeno, llama a mi sastre y corte luego un manto y una saya de aquel contray, que se sacó para frisado! [180]

PÁRM.—(¡Así, así! A la vieja todo, porque venga cargada de mentiras como abeja y a mí que me arrastren. Tras esto anda ella hoy todo el día con sus rodeos.)

CAL.—¡De qué gana va el diablo! No hay cierto tan malservido hombre como yo, manteniendo mozos adevinos, rezongadores, enemigos de mi bien. ¿Qué vas, bellaco, rezando? Envidioso, ¿qué dices, que no te entiendo? Ve donde te mando presto y no me enojes, que harto basta mi pena para me acabar; que también habrá para ti sayo en aquella pieza.

PÁRM.—No digo, señor, otra cosa, sino que es tarde para que venga el sastre.

CAL.—¿No digo yo que adevinas? Pues quédese para mañana. Y tú señora, por amor mío te sufras, que no se pierde lo que se dilata. Y mándame mostrar aquel santo cordón, que tales miembros fue digno de ceñir. ¡Gozarán mis ojos con todos los otros sentidos, pues juntos han sido apasionados! ¡Gozará mi lastimado corazón, aquel que nunca recibió momento de placer, después que aquella señora conoció! Todos los sentidos le llagaron, todos acorrieron a él con sus esportillas de trabajo. Cada uno le lastimó quanto más pudo; los ojos en vella, los oídos en oílla, las manos en tocalla.

CEL.—¿Que la has tocado, dices? Mucho me espantas.

CAL.—Entre sueños, digo.

CEL.—¿En sueños?

CAL.—En sueños la veo tantas noches, que temo no me acontezca como a Alcibíades [o a Sócrates] [181], que [el uno] soñó que se veía envuelto en el manto de su amiga y otro día matáronle, y no hobo quien le alzase de la calle ni cubriese, sino ella con su manto; [el otro veía que le llamaban por nombre y murió dende a tres días]; pero en vida o en muerte, alegre me sería vestir su vestidura.

CEL.—Asaz tienes pena, pues, cuando los otros reposan en sus camas, preparas tú el trabajo para sufrir otro día. Esfuérzate, señor, que no hizo Dios a quien desamparase. Da espacio a tu deseo. Toma este cordón, que, si yo no me muero, yo te daré a su ama.

CAL.—¡Oh nuevo huésped! ¡Oh bienaventurado cordón, que tanto poder y merecimiento tuviste de ceñir aquel cuerpo, que yo no soy digno de servir! ¡Oh ñudos de mi pasión, vosotros enlazasteis mis deseos! ¡Deci[d]me si os hallasteis presentes en la desconsolada respuesta de aquella a quien vosotros servís y yo adoro y, por más que trabajo noches y días, no me vale ni aprovecha!

CEL.—Refrán viejo es: quien menos procura, alcanza más bien. Pero yo te haré procurando conseguir lo que siendo negligente no habrías. Consuélate señor, que en una hora no se ganó Zamora; pero no por eso desconfiaron los combatientes.

CAL.—¡Oh desdichado! Que las ciudades están con piedras cercadas y a piedras, piedras las vencen; pero esta mi señora tiene el corazón de acero. No hay metal

que con él pueda; no hay tiro que le melle. Pues poned
escalas en su muro: unos ojos tiene con que echa saetas,
una lengua [llena] de reproches y desvíos, el asiento tiene
en parte, que [a] media legua no le pueden poner cerco.

CEL.—¡Calla, señor, que el buen atrevimiento de un
solo hombre ganó a Troya! [182] No desconfíes, que una
mujer puede ganar otra. Poco has tratado mi casa; no
sabes bien lo que yo puedo.

CAL.—Cuanto dijeres, señora, te quiero creer, pues tal
joya como ésta me trujiste. ¡Oh mi gloria y ceñidero de
aquella angélica cintura! Yo te veo y no lo creo. ¡Oh cordón, cordón! ¿Fuísteme tú enemigo? Dilo cierto. Si lo
fuiste, yo te perdono, que de los buenos es propio las
culpas perdonar. No lo creo: que, si fueras contrario, no
vinieras tan presto a mi poder, salvo si vienes a descul-
parte. Conjúrote me respondas, por la virtud del gran
poder que aquella señora sobre mí tiene.

CEL.—Cesa ya, señor, ese devanear, que *me* [(66)] tienes
cansada de escucharte y al cordón, roto de tratarlo.

CAL.—¡Oh mezquino de mí! Que asaz bien me fuera
del cielo otorgado, que de mis brazos fueras hecho y
tejido, y no de seda como eres, porque ellos gozaran
cada día de rodear y ceñir con debida reverencia aquellos
miembros que tú, sin sentir ni gozar de la gloria, siempre tienes abrazados. ¡Oh, qué secretos habrás visto de
aquella excelente imagen!

CEL.—Más verás tú, y con más sentido, si no lo
pierdes hablando lo que hablas.

CAL.—Calla, señora, que él y yo nos entendemos.
¡Oh mis ojos! Acordaos como fuistes causa y puerta por
donde fue mi corazón llagado, y que aquél es visto hacer
el daño, que da la causa. Acordaos que sois deudores de la
salud. Remirad la melecina que os viene hasta casa.

SEMP.—Señor, por holgar con el cordón, no querrás
gozar de Melibea.

CAL.—¿Qué, loco, desvariado, atajasolaces; cómo es
eso?

SEMP.—Que mucho hablando matas a ti y a los que
te oyen. Y así que perderás la vida o el seso. Cualquiera

que falte, basta para quedarte a escuras. Abrevia tus razones; darás lugar a las de Celestina.

CAL.—¿Enójote, madre, con mi luenga razón, o está borracho este mozo?

CEL.—Aunque no lo esté, debes, señor, cesar tu razón, dar fin a tus luengas querellas, tratar al cordón como cordón, porque sepas hacer diferencia de habla, cuando con Melibea te veas; no haga tu lengua iguales la persona y el vestido.

CAL.—¡Oh mi señora, mi madre, mi consoladora! Déjame gozar con este mensajero de mi gloria. Oh lengua mía, ¿por qué te impides en otras razones, dejando de adorar presente la excelencia de quien por ventura jamás verás en tu poder? ¡Oh mis manos, con qué atrevimiento, con cuán poco acatamiento tenéis y tratáis la triaca de mi llaga! Ya no podrán empecer las hierbas, que aquel crudo caxquillo [183] traía envueltas en su aguda punta. Seguro soy, pues quien te dio la herida, la cura. ¡Oh tú, señora, alegría de las viejas mujeres, gozo de las mozas, descanso de los fatigados como yo! No me hagas más penado con tu temor, que me hace mi vergüenza. Suelta la rienda a mi contemplación, déjame salir por las calles con esta joya, porque los que me vieren sepan que no hay más bienandante hombre que yo.

SEMP.—No afistoles [184] tu llaga cargándola de más deseo. No es, señor, el solo cordón del que pende tu remedio.

CAL.—Bien lo conozco; pero no tengo sufrimiento para me abstener de adorar tan alta empresa.

CEL.—¿Empresa? Aquella es empresa que de grado es dada; pero ya sabes que lo hizo por amor de Dios, para guarecer tus muelas, no por el tuyo, para cerrar tus llagas. Pero si yo vivo, ella volverá la hoja.

CAL.—¿Y la oración?

CEL.—No se me dio por agora.

CAL.—¿Qué fue la causa?

CEL.—La brevedad del tiempo; pero quedó, que si tu pena no aflojase, que tornase mañana por ella.

CAL.—¿Aflojar? Entonce aflojará mi pena, cuando su crueldad.

CEL.—Asaz, señor, basta lo dicho y hecho. Obligada queda, según lo que mostró, a todo lo que para esta enfermedad yo quisiere pedir, según su poder. Mira, señor, si esto basta para la primera vista. Yo me voy. Cumple señor, que si salieres mañana, lleves rebozado un paño, porque si de ella fueres visto, no acuse de falsa mi petición.

CAL.—Y aun cuatro por tu servicio. Pero dime, par Dios, ¿pasó más? Que muero por oír palabras de aquella dulce boca. ¿Cómo fuiste tan osada, que, sin la conocer, te mostraste tan familiar en tu entrada y demanda?

CEL.—¿Sin la conocer? Cuatro años fueron mis vecinas. Trataba con ellas, hablaba y reía de día y de noche. Mejor me conoce su madre, que a sus mismas manos; aunque Melibea se ha hecho grande, mujer discreta, gentil.

PÁRM.—(Ea, mira, Sempronio, qué te digo al oído.

SEMP.—Dime, ¿qué dices?

PÁRM.—Aquel atento escuchar de Celestina da materia de alargar en su razón a nuestro amo. Llégate a ella, dale del pie, hagámosle de señas que no espere más; sino que se vaya. Que no hay tan loco hombre nacido, que solo, mucho hable.)

CAL.—¿Gentil dices, señora, que es Melibea? Parece que lo dices burlando. ¿Hay nacida su par en el mundo? ¿Crió Dios otro mejor cuerpo? ¿Puédense pintar tales facciones, dechado de hermosura? Si hoy fuera viva Elena, por quien tanta muerte hobo de griegos y troyanos, o la hermosa Pulicena [185], todas obedecerían a esta señora por quien yo peno. Si ella se hallara presente en aquel debate de la manzana con las tres diosas, nunca sobrenombre de discordia le pusieran. Porque sin contrariar ninguna, todas concedieran y vivieran conformes en que la llevara Melibea. Así que se llamara manzana de concordia. Pues cuantas hoy son nacidas, que de ella tengan noticia, se maldicen, querellan a Dios, porque no se acordó de ellas cuando a esta mi señora hizo. Consumen sus vidas, comen sus carnes con envidia, danles siempre crudos martirios, pensando con artificio igualar con la perfición, que sin trabajo dotó a ella natura. De ellas, pelan sus cejas con tenacicas y pegones y a cordelejos [186]; de ellas, buscan las doradas hierbas, raíces, ramas y flores para hacer lejías, con que sus cabellos semejasen a los de ella, las caras martillando, envistiéndolas en diversos matices con ungüentos y unturas, aguas fuertes, posturas [187] blancas y coloradas, que por evitar prolijidad no las cuento. Pues la que todo esto halló hecho, mira si merece de un triste hombre como yo ser servida.

CEL.—(Bien te entiendo, Sempronio. Déjale, que él caerá de su asno y acabará.)

CAL.—En la que toda la natura se remiró por la hacer perfecta. Que las gracias que en todas repartió, las juntó en ella. Allí hicieron alarde cuanto más acabadas pudieron allegarse, porque conociesen los que la viesen cuánta era la grandeza de su pintor. Solo un poco de agua clara con un ebúrneo peine basta para exceder a las nacidas en gentileza. Éstas son sus armas. Con éstas mata y vence, con éstas me cautivó, con éstas me tiene ligado y puesto en dura cadena.

CEL.—Calla y no te fatigues. Que más aguda es la lima que yo tengo, que fuerte esa cadena que te atormenta. Yo la cortaré con ella, porque tú quedes suelto. Por ende, dame licencia, que es muy tarde, y déjame llevar el cordón, porque *como sabes,* tengo de él necesidad.

CAL.—¡Oh desconsolado de mí! La fortuna adversa me sigue junta. Que contigo o con el cordón o con entrambos quisiera yo estar acompañado esta noche luenga y escura. Pero, pues no hay bien cumplido en esta penosa vida, venga entera la soledad. ¡Mozos, mozos!

PÁRM.—Señor.

CAL.—Acompaña a esta señora hasta su casa y vaya con ella tanto placer y alegría, cuanta conmigo queda tristeza y soledad.

CEL.—Quede, señor, Dios contigo. Mañana será mi vuelta, donde mi manto y la respuesta vernán a un punto; pues hoy no hobo tiempo. Y súfrete, señor, y piensa en otras cosas.

CAL.—Eso no, que es herejía olvidar aquella por quien la vida me aplace.

Argumento del séptimo auto

Celestina habla con Pármeno, induciéndole a concordia y amistad de Sempronio. Tráele Pármeno a memoria la promesa, que le hiciera, de le hacer haber a Areúsa, que él mucho amaba. Vanse a casa de Areúsa. Queda ahí la noche Pármeno. Celestina va para su casa. Llama a la puerta. Elicia le viene a abrir, increpándole su tardanza.

PÁRMENO, CELESTINA, AREÚSA, ELICIA

CEL.—Pármeno, hijo, después de las pasadas razones, no he habido oportuno tiempo para te decir y mostrar el mucho amor que te tengo, y asimismo cómo de mi boca todo el mundo ha oído hasta agora en ausencia bien de ti. La razón no es menester repetirla, porque yo te tenía por hijo, a lo menos casi adotivo y así que *tú* imitaras a*l* natural; y tú dasme el pago en mi presencia, pareciéndote mal cuanto digo, susurrando y murmurando contra mí en presencia de Calisto. Bien pensaba yo que, después que concediste en mi buen consejo, que no habías de tornarte atrás. Todavía me parece que te quedan reliquias vanas, hablando por antojo, más que por razón. Desechas el provecho por contentar la lengua. Óyeme, si no me has oído, y mira que soy vieja y el buen consejo mora en los viejos y de los mancebos es propio el deleite. Bien creo que de tu yerro sola la edad tiene culpa. Espero en Dios que *serás mejor para mí de aquí adelante, y mudarás el ruin propósito con la tierna edad. Que, como dicen, múdanse las costumbres con la mudanza del cabello y variación* [67]; digo, hijo, creciendo y viendo cosas nuevas cada día. Porque la mocedad en sólo lo presente se impide y ocupa a mirar; mas la madura edad no deja presente ni pasado ni porvenir. Si tú tuvieras memoria, hijo Pármeno, del pasado amor que te tuve, la primera posada que tomaste, venido nuevamente a esta ciudad, había de ser la mía. Pero los mozos curáis poco de los viejos. Regísvos a sabor de paladar. Nunca pensáis que tenéis ni habéis de tener necesidad de ellos; nunca pensáis en enfermedades; nunca pensáis que os puede esta florecilla de juventud faltar [68]. Pues mira, amigo, que para tales necesidades como éstas, buen acorro es una vieja conocida, amiga, madre y más que madre, buen mesón para descansar sano, buen hospital para sanar enfermo, buena bolsa para necesidad, buena arca para guardar dinero en prosperidad, buen fuego de invierno rodeado de asadores, buena sombra de verano, buena taberna para comer y beber. ¿Qué dirás, loquillo, a todo esto? Bien sé que estás confuso por lo que hoy has hablado. Pues no quiero más de ti. Que Dios no pide más del pecador, de arrepentirse y emendarse. Mira a Sempronio. Yo le hice hombre, de Dios en ayuso [188]. Querría que fuésedes como hermanos, porque estando bien con él, con tu amo y con todo el mundo lo estarías. Mira que es bienquisto, diligente, palanciano [189], buen servidor, gracioso. Quiere tu amistad. Crecería vuestro provecho, dándoos el uno al otro la mano, [ni aun habría más privados con vuestro amo, que vosotros]. Y pues sabe que es menester que ames si quieres ser amado, que no se toman truchas, etc. [190], ni te lo debe Sempronio de fuero. Simpleza es no querer amar y esperar *de* ser amado; locura es pagar el amistad con odio.

PÁRM.—Madre, [para contigo digo que] mi segundo yerro te confieso, y con perdón de lo pasado, quiero que ordenes lo porvenir. Pero con Sempronio me parece que es imposible sostenerse mi amistad. Él es desvariado, yo malsufrido; conciértame esos amigos [191].

CEL.—Pues no era ésa tu condición.

PÁRM.—A la mi fe, mientra más fui creciendo, más la primera paciencia me olvidaba. No soy el que solía y asimismo Sempronio no hay ni tiene en qué me aproveche.

cel.—El cierto amigo en la cosa incierta se conoce, en las adversidades se prueba. Entonces se allega y con más deseo visita la casa que la fortuna próspera desamparó. ¿Qué te diré, hijo, de las virtudes del buen amigo? No hay cosa más amada ni más rara. Ninguna carga rehusa. Vosotros sois iguales; la paridad de las costumbres y la semejanza de los corazones es la que más la sostiene. Cata, hijo mío, que, si algo tienes, guardado se te está. Sabe tú ganar más, que aquello ganado lo hallaste. Buen siglo haya aquel padre que lo trabajó. No se te puede dar hasta que vivas más reposado y vengas en edad cumplida.

párm.—¿A qué llamas reposado, tía?

cel.—Hijo, a vivir por ti, a no andar por casas ajenas, lo cual siempre andarás, mientra no te supieres aprovechar de tu servicio. Que de lástima que hobe de verte roto, pedí hoy manto, como viste, a Calisto. No por mi manto; pero porque, estando el sastre en casa y tú delante sin sayo, te le diese. Así que, no por mi provecho, como yo sentí que dijiste; mas por el tuyo. Que si esperas al ordinario galardón de estos galanes, es tal, que lo que en diez años sacarás, atarás en la manga. Goza tu mocedad, el buen día, la buena noche, el buen comer y beber. Cuando pudieres haberlo, no lo dejes. Piérdase lo que se perdiere. No llores tú la hacienda que tu amo heredó, que esto te llevarás de este mundo, pues no le tenemos más de por nuestra vida. ¡Oh hijo mío Pármeno! Que bien te puedo decir hijo, pues tanto tiempo te crié. Toma mi consejo, pues sale con limpio deseo de verte en alguna honra. ¡Oh cuán dichosa me hallaría en que tú y Sempronio estuviésedes muy conformes, muy amigos, hermanos en todo, viéndoos venir a mi pobre casa a holgar, a verme y aun a desenojaros con sendas mochachas!

párm.—¿Mochachas, madre mía?

cel.—¡Alahé! Mochachas, digo; que viejas, harto me soy yo. Cual se la tiene Sempronio y aun sin haber tanta razón ni tenerle tanta afición como a ti. Que de las entrañas me sale cuanto te digo.

párm.—Señora, no vives engañada.

CEL.—Y aunque lo viva, no me pena mucho, que también lo hago por amor de Dios y por verte solo en tierra ajena y más por aquellos huesos de quien te me encomendó. Que tú serás hombre y vernás en [buen] conocimiento [y] verdadero y dirás: «La vieja Celestina bien me consejaba.»

PÁRM.—Y aun agora lo siento; aunque soy mozo. Que, aunque hoy veías que aquello decía, no era porque me pareciese mal lo que tú hacías; pero porque veía que le consejaba yo lo cierto y me daba malas gracias. Pero de aquí adelante demos tras él. Haz de las tuyas, que yo callaré. Que ya tropecé en no te creer cerca de este negocio con él.

CEL.—Cerca de éste y de otro tropezarás y caerás, mientra no tomares mis consejos, que son de amiga verdadera.

PÁRM.—Agora doy por bienempleado el tiempo que siendo niño te serví, pues tanto fruto trae para la mayor edad. Y rogaré a Dios por el alma de mi padre, que tal tutriz [192] me dejó, y de mi madre, que a tal mujer me encomendó.

CEL.—No me la nombres, hijo, por Dios, que se me hinchen los ojos de agua. ¿Y tuve yo en este mundo otra tal amiga, otra tal compañera, tal aliviadora de mis trabajos y fatigas? ¿Quién suplía mis faltas; quién sabía mis secretos; a quién descubría mi corazón; quién era todo mi bien y descanso, sino tu madre, más que mi hermana y comadre? ¡Oh, qué graciosa era, oh, qué desenvuelta, limpia, varonil! Tan sin pena ni temor se andaba a media noche de cimenterio en cimenterio, buscando aparejos para nuestro oficio, como de día. Ni dejaba cristianos ni moros ni judíos, cuyos enterramientos no visitaba. De día los acechaba, de noche los desenterraba. Así se holgaba con la noche escura, como tú con el día claro; decía que aquella era capa de pecadores. ¿Pues maña no tenía con todas las otras gracias? Una cosa te diré, porque veas qué madre perdiste; aunque era para callar. Pero contigo todo pasa. Siete dientes quitó a un ahorcado con unas tenacicas de pelar cejas, mientras yo le

descalcé los zapatos. Pues entrar [69] en un cerco [193], mejor
que yo y con más esfuerzo; aunque yo tenía harto buena
fama, más que agora, que por mis pecados todo se olvidó
con su muerte. ¿Qué más quieres, sino que los mismos
diablos la habían miedo? Atemorizados y espantados los
tenía con las crudas voces que les daba. Así era [ella] de
ellos conocida, como tú en tu casa. Tumbando [194] venían
unos sobre otros a su llamado. No le osaban decir mentira, según la fuerza con que los apremiaba. Después que
la perdí, jamás les oí verdad.

PÁRM.—(No la medre Dios más a esta vieja, que ella
me da placer con estos loores de sus palabras.)

CEL.—¿Qué dices, mi honrado Pármeno, mi hijo y
más que hijo?

PÁRM.—Digo que ¿cómo tenía esa ventaja mi madre,
pues las palabras que ella y tú decíades eran todas unas?

CEL.—¿Cómo, y de eso te maravillas? ¿No sabes que
dice el refrán que mucho va de Pedro a Pedro? Aquella
gracia de mi comadre no *la* alcanzábamos todas. ¿No has
visto en los oficios unos buenos y otros mejores? Así era
tu madre, que Dios haya, la prima de nuestro oficio y
por tal era de todo el mundo conocida y querida, así de
caballeros como *de* clérigos, casados, viejos, mozos y
niños. ¿Pues mozas y doncellas? Así rogaban a Dios por
su vida, como de sus mismos padres. Con todos tenía
quehacer, con todos hablaba. Si salíamos por la calle,
cuantos topábamos eran sus ahijados. Que fue su principal oficio partera diez y seis años. Así que, aunque tú
no sabías sus secretos, por la tierna edad que habías,
agora es razón que los sepas, pues ella es finada y tú
hombre.

PÁRM.—Dime, señora, cuando la justicia te mandó
prender, estando yo en tu casa, ¿teníades mucho conocimiento?

CEL.—¿Si teníamos, me dices? ¡Como por burla! Juntas lo hicimos, juntas nos sintieron, juntas nos prendieron
y acusaron, juntas nos dieron la pena esa vez, que creo
que fue la primera. Pero muy pequeño eras tú. Yo me
espanto cómo te acuerdas, que es la cosa que más olvida-

da está en la ciudad. Cosas son que pasan por el mundo. Cada día verás quien peque y pague, si sales a ese mercado.

PÁRM.—Verdad es; pero del pecado lo peor es la perseverancia. Que así como el primer movimiento no es en mano del hombre, así el primero yerro; do[nde] dicen que quien yerra y se enmienda, etc. [195].

CEL.—(Lastimásteme, don loquillo. ¿A las verdades nos andamos? [196] Pues espera, que yo te tocaré donde te duela.)

PÁRM.—¿Qué dices madre?

CEL.—Hijo, digo que sin aquélla, prendieron cuatro veces a tu madre, que Dios haya, sola. Y aun la una le levantaron que era bruja, porque la hallaron de noche con unas candelillas, cogiendo tierra de una encrucijada [197], y la tuvieron medio día en una escalera en la plaza puesta, uno como rocadero [198] pintado en la cabeza. Pero [cosas son que pasan]; *no fue nada*. Algo han de sufrir los hombres en este triste mundo para sustentar sus vidas y *honras*. Y mira *en cuán* [(70)] poco lo tuvo con su buen seso, que ni por eso dejó dende en adelante de usar mejor su oficio. Esto ha venido por lo que decías del perseverar en lo que una vez se yerra. En todo tenía gracia. Que en Dios y en mi conciencia, aun en aquella escalera estaba y parecía que a todos los debajo no tenía en una blanca, según su meneo y presencia. Así que los que algo son como ella y saben y valen, son los que más presto yerran. Verás quién fue Virgilio y qué tanto supo; mas ya habrás oído como estuvo en un cesto colgado de una torre, mirándole toda Roma. Pero por eso no dejó de ser honrado ni perdió el nombre de Virgilio [199].

PÁRM.—Verdad es lo que dices; pero eso no fue por justicia.

CEL.—¡Calla, bobo! Poco sabes de achaque de iglesia y cuán*to* es mejor por mano de justicia que de otra manera. Sabíalo mejor el cura, que Dios haya, que viniéndola a consolar, dijo que la santa Escritura tenía que bienaventurados eran los que padecían persecución por la justicia, y que aquéllos poseerían el reino de los cielos.

Mira si es mucho pasar algo en este mundo por gozar de
la gloria del otro. Y más que, según todos decían, a
tuerto [200] y [a] sinrazón y con falsos testigos y recios tormentos la hicieron aquella vez confesar lo que no. era.
Pero con su buen esfuerzo, y como el corazón avezado a
sufrir hace las cosas más leves de lo que son, todo lo tuvo
en nada. Que mil veces le oía decir; si me quebré el pie,
fue por bien, porque soy más conocida que antes. Así
que todo esto pasó tu buena madre acá, debemos creer
que le dará Dios buen pago allá, si es verdad lo que nuestro cura nos dijo y con esto me consuelo. Pues séme tú,
como ella, amigo verdadero y trabaja por ser bueno, pues
tienes a quien parezcas. Que lo que tu padre *te* dejó, a
buen seguro lo tienes.

[PÁRM.—Bien lo creo, madre; pero querría saber qué
tanto es.

CEL.—No puede ser agora; verná tu tiempo, como te
dije, para que lo sepas y lo oyas.]

PÁRM.—Agora dejemos los muertos y las herencias;
[que si poco me dejaron, poco hallaré]; hablemos en los
presentes negocios, que nos va más que en traer los pasados a la memoria. Bien se te acordará, no ha mucho que
me prometiste que me harías haber a Areúsa, cuando en
mi casa te dije cómo moría por sus amores.

CEL.—Si te lo prometí, no lo he olvidado, ni creas
que he perdido con los años la memoria. Que más de
tres jàques ha recibido de mí sobre ello en tu ausencia.
Ya creo que estará bien madura. Vamos de camino por
casa, que no se podrá escapar de mate. Que esto es lo
menos, que yo por ti tengo de hacer.

PÁRM.—Yo ya desconfiaba de la poder alcanzar, porque jamás podía acabar con ella que me esperase a poder-
le decir una palabra. Y como dicen, mala señal es de amor
huir y volver la cara. Sentía en mí gran desfucia [201] de
esto.

CEL.—No tengo en mucho tu desconfianza, no me conociendo ni sabiendo, como agora, que tienes tan de tu
mano la maestra de estas labores. Pues agora verás cuánto por mi causa vales, cuánto con las tales puedo, cuánto

sé en casos de amor. Anda paso. ¿Ves aquí su puerta? Entremos quedo, no nos sientan sus vecinas. Atiende y espera debajo de esta escalera. Subiré yo a ver qué se podrá hacer sobre lo hablado y por ventura haremos más que tú ni yo traemos pensado.

AREÚSA.—¿Quién anda ahí? ¿Quién sube a tal hora en mi cámara?

CEL.—Quien no te quiere mal, *por* cierto; qui*en* nunca da paso, que no piense en tu provecho; quien tiene más memoria de ti, que de sí misma; una enamorada tuya, aunque vieja.

AREÚ.—(¡Válala el diablo a esta vieja, con qué viene como huestantigua [202] a tal hora!) Tía, señora, ¿qué buena venida es ésta tan tarde? Ya me desnudaba para acostar.

CEL.—¿Con las gallinas, hija? Así se hará la hacienda. ¡Andar, pase! Otro es el que ha de llorar las necesidades, que no tú. Hierba pace quien lo cumple [203]. Tal vida quienquiera se la querría.

AREÚ.—¡Jesú! Quiérome tornar a vestir, que he frío.

CEL.—No harás, por mi vida; sino éntrate en la cama, que desde allí hablaremos.

AREÚ.—Así goce de mí, pues que lo he bien menester, que me siento mala hoy todo el día. Así que necesidad, más que vicio, me hizo tomar con tiempo las sábanas por faldetas.

CEL.—Pues no estés asentada; acuéstate, métete debajo de la ropa, que pareces serena.

[AREÚ.—Bien me dices, señora tía.]

CEL.—¡Ay cómo huele toda la ropa en bulléndote! ¡A osadas, que está todo a punto! Siempre me pagué de tus cosas y hechos, de tu limpieza y atavío. ¡Fresca que estás! ¡Bendígate Dios! ¡Qué sábanas y colcha! ¡Qué almohadas y qué blancura! Tal sea mi vejez, cual todo me parece perla de oro. Verás si te quiere bien quien te visita a tales horas. Déjame mirarte toda a mi voluntad, que me huelgo.

AREÚ.—¡Paso, madre, no llegues a mí, que me haces

coxquillas y provócasme a reír y la risa acreciéntame el dolor!

CEL.—¿Qué dolor, mis amores? ¿Búrlaste, por mi vida, conmigo?

AREÚ.—Mal gozo vea de mí, si burlo; sino que ha cuatro horas que muero de la madre [204], que la tengo *subida* en los pechos, que me quiere sacar del mundo. Que no soy tan viciosa como piensas.

CEL.—Pues dame lugar, tentaré. Que aun algo sé yo de este mal, por mi pecado, que cada una se tiene [o ha tenido] su madre y [sus] zozobras de ella.

AREÚ.—Más arriba la siento, sobre el estómago.

CEL.—¡Bendígate Dios y señor San Miguel ángel, y qué gorda y fresca que estás! ¡Qué pechos y qué gentileza! Por hermosa te tenía hasta agora, viendo lo que todos podían ver; pero agora te digo que no hay en la ciudad tres cuerpos tales como el tuyo, en cuanto yo conozco. No parece que hayas quince años. ¡Oh, quién fuera hombre y tanta parte alcanzara de ti para gozar tal vista! Por Dios, pecado ganas en no dar parte de estas gracias a todos los que bien te quieren. Que no te las dio Dios para que pasasen en balde por la frescor de tu juventud debajo de seis dobles de paño y lienzo. Cata que no seas avarienta de lo que poco te costó. No atesores tu gentileza, pues es de su natura tan comunicable como el dinero. No seas el perro del hortelano [205]. Y pues tú no puedes de ti propia gozar, goce quien puede. Que no creas que en balde fuiste criada. Que, cuando nace ella, nace él, y cuando él, ella. Ninguna cosa hay criada al mundo superflua ni que acordada razón no proveyese de ella natura. Mira que es pecado fatigar y dar pena a los hombres, pudiéndolos remediar.

AREÚ.—*Alahé* [(71)] agora, madre, y no me quiere ninguno. Dame algún remedio para mi mal y no estés burlando de mí.

CEL.—De este tan común dolor todas somos, mal pecado, maestras. Lo que he visto a muchas hacer y lo que a mí siempre aprovecha, te diré. Porque como las calidades de las personas son diversas, así las melecinas hacen diversas sus operaciones y diferentes. Todo olor fuerte es bueno, así como poleo, ruda, ajiensos [206], humo de plumas de perdiz, de romero, de moxquete, de incienso. Recibido con mucha diligencia, aprovecha y afloja el dolor y vuelve poco a poco la madre a su lugar. Pero otra cosa hallaba yo siempre mejor que todas y ésta no te quiero decir, pues tan santa te me haces.

AREÚ.—¿Qué, por mi vida, madre? ¿Vesme penada y encúbresme la salud?

CEL.—¡Anda, que bien me entiendes, no te hagas boba!

AREÚ.—¡Ya, ya; mala landre me mate, si te entendía! ¿Pero qué quieres que haga? Sabes que se partió ayer aquel mi amigo con su capitán a la guerra. ¿Había de hacerle ruindad?

CEL.—¡Verás y qué daño y qué gran ruindad!

AREÚ.—Por cierto, sí sería. Que me da todo lo que he menester, tiéneme honrada, favoréceme y trátame como si fuese su señora.

CEL.—Pero aunque todo eso sea, mientra no parieres, nunca te faltará este mal [y dolor] de agora [(72)], de lo cual él debe ser causa. *Y si no crees en dolor, cree en color, y verás lo que viene de su sola compañía.*

AREÚ.—No es sino mi mala dicha, maldición mala, que mis padres me echaron. Que no está ya por probar todo eso. Pero dejemos eso, que es tarde, y dime a qué fue tu buena venida.

CEL.—Ya sabes lo que de Pármeno te hobe dicho. Quéjaseme que aun verle no quieres. No sé por qué, sino porque sabes que le quiero yo bien y le tengo por hijo. Pues por cierto, de otra manera miro yo tus cosas, que hasta tus vecinas me parecen bien y se me alegra el corazón cada vez que las veo, porque sé que hablan contigo.

AREÚ.—No vives, tía señora, engañada.

CEL.—No lo sé. A las obras creo; que las palabras, de balde las venden dondequiera. Pero el amor nunca se paga sino con puro amor y las obras con obras. Ya sabes el deudo que hay entre ti y Elicia, la cual tiene Sempronio en mi casa. Pármeno y él son compañeros, sirven a

este señor que tú conoces y por quien tanto favor podrás
tener. No niegues lo que tan poco hacer te cuesta. Vosotras, parientas; ellos, compañeros: mira cómo viene mejor medido que lo queremos. Aquí viene conmigo. Verás si quieres que suba.

AREÚ.— ¡Amarga de mí, y si nos ha oído!

CEL.—No, que abajo queda. Quiérole hacer subir. Reciba tanta gracia que le conozcas y hables, y muestres
buena cara. Y si tal te pareciere, goce él de ti y tú de él.
Que, aunque él gane mucho, tú no pierdes nada.

AREÚ.—Bien tengo, señora, conocimiento como todas
tus razones, éstas y las pasadas, se enderezan en mi provecho; pero ¿cómo quieres que haga tal cosa, que tengo
a quien dar cuenta, como has oído, y si soy sentida,
matarme ha? Tengo vecinas envidiosas. Luego lo dirán.
Así que, aunque no haya más mal de perderle, será más
que ganaré en agradar al que me mandas.

CEL.—Eso que temes, yo lo proveí primero, que muy
paso entramos.

AREÚ.—No lo digo por esta noche, sino por otras
muchas.

CEL.—¿Cómo, y de ésas eres? ¿De esa manera te
tratas? Nunca tú harás casa con sobrado. Ausente le has
miedo; ¿qué harías, si estuviese en la ciudad? En dicha
me cabe, que jamás ceso de dar consejos a bobos y todavía hay quien yerre; pero no me maravillo, que es grande
el mundo y pocos los experimentados. ¡Ay, ay, hija, si
vieses el saber de tu prima y qué tanto le ha aprovecha-
do mi crianza y consejos y qué gran maestra está! Y aun
que no se halla ella mal con mis castigos. Que uno en la
cama y otro en la puerta y otro, que sospira por ella en
su casa, se precia de tener. Y con todos cumple y a todos
muestra buena cara y todos piensan que son muy queridos y cada uno piensa que no hay otro y que él solo es
el privado y él solo es el que le da lo que ha menester.
¿Y tú temes [73] que con dos que tengas, en las tablas de
la cama lo han de descubrir? ¿De una sola gotera te
mantienes? ¡No te sobrarán muchos manjares! No quiero arrendar tus escamochos [207]; nunca uno me agradó,

nunca en uno puse toda mi afición. Más pueden dos y
más cuatro y más dan y más tienen y más hay en qué
escoger. No hay cosa más perdida, hija, que el mur, que
no sabe sino un horado [208]. Si aquél te tapan, no habrá
donde se esconda del gato. Quien no tiene sino un ojo,
mira a cuánto peligro anda. Una alma [74] sola ni canta ni
llora; un solo acto no hace hábito; un fraile solo pocas
veces lo encontrarás por la calle; una perdiz sola por
maravilla vuela, [mayormente en verano]; *un manjar solo
continuo presto pone hastío; una golondrina no hace verano; un testigo solo no es entera fe; quien sola una ropa
tiene, presto la envejece.* ¿Qué quieres, hija, de este número de uno? Más inconvenientes te diré de él, que años
tengo a cuestas. Ten siquiera dos, que es compañía loable
[y tal cual es éste]: *como tienes dos orejas, dos pies, y dos
manos, dos sábanas en la cama; como dos camisas para
remudar. Y si más quisieres, mejor te irá, que mientra
más moros, más ganancia; que honra sin provecho, no es
sino como anillo en el dedo. Y pues entrambos no caben
en un saco, acoge la ganancia.* Sube, hijo Pármeno.

AREÚ.— ¡No suba! ¡Landre me mate, que me fino de
empacho, que no le conozco! Siempre hobe vergüenza
de él.

CEL.—Aquí estoy yo que te la quitaré y cubriré y hablaré por entrambos; que otro tan empachado es él.

PÁRM.—Señora, Dios salve tu graciosa presencia.

AREÚ.—Gentilhombre, buena sea tu venida.

CEL.—Llégate acá, asno. ¿Adónde te vas allá asentar
al rincón? No seas empachado, que al hombre vergonzoso el diablo le trajo a palacio. Oídme entrambos lo que
digo. Ya sabes tú, Pármeno amigo, lo que te prometí,
y tú, hija mía, lo que te tengo rogado. Dejada aparte [75]
la dificultad con que me lo has concedido, pocas razones
son necesarias, porque el tiempo no lo padece. Él ha siempre vivido penado por ti. Pues viendo su pena, sé que no
le querrás matar y aun conozco que él te parece tal, que
no será malo para quedarse acá esta noche en casa.

AREÚ.—Por mi vida, madre, que tal no se haga; ¡Jesú,
no me lo mandes!

PÁRM.—(Madre mía, por amor de Dios, que no salga yo de aquí sin buen concierto. Que me ha muerto de amores su vista. Ofrécele cuanto mi padre te dejó para mí. Dile que le daré cuanto tengo. ¡Ea, díselo, que me parece que no me quiere mirar!)

AREÚ.—¿Qué te dice ese señor a la oreja? ¿Piensa que tengo de hacer nada de lo que pides?

CEL.—No dice, hija, sino que se huelga mucho con tu amistad, porque eres persona tan honrada [y] en quien cualquier beneficio cabrá bien. [Y asimismo que, pues que esto por mi intercesión se hace, que él me promete de aquí adelante ser muy amigo de Sempronio y venir en todo lo que quisiere contra su amo en un negocio, que traemos entre manos. ¿Es verdad, Pármeno? ¿Prométes-lo así, como digo?

PÁRM.—Sí prometo, sin duda.

CEL.—¡Ha, don ruin, palabra te tengo, a buen. tiempo te así!] Llégate acá, negligente, vergonzoso, que quiero ver para cuánto eres, ante que me vaya. Retózala en esta cama.

AREÚ.—No será él tan descortés, que entre en lo veda-do sin licencia.

CEL.—¿En cortesías y licencias estás? No espero más aquí yo, fiadora que tú amanezcas sin dolor y él sin color. Mas como es un putillo, gallillo, barbiponiente, entiendo que en tres noches no se le demude la cresta. De éstos me mandaban a mí comer en mi tiempo los médicos de mi tierra, cuando tenía mejores dientes.

AREÚ.—*Ay, señor mío, no me trates de tal manera; ten mesura por cortesía; mira las canas de aquella vieja hon-rada que están presentes; quítate allá, que no soy de aquellas que piensas; no soy de las que públicamente es-tán a vender sus cuerpos por dinero. Así goce de mí, de casa me salga, si hasta que Celestina mi tía sea ida a mi ropa tocas.*

CEL.—*¿Qué es esto, Areúsa? ¿Qué son estas estrañe-zas y esquividad, estas novedades y retraimiento? Parece, hija, que no sé yo qué cosa es esto, que nunca vi estar un hombre con una mujer juntos y que jamás pasé por*

*ello ni gocé de lo que gozas y que no sé lo que pasan y
lo que dicen y hacen. ¡Guay de quien tal oye como yo!
Pues avísote, de tanto, que fui errada como tú y tuve
amigos; pero nunca el viejo ni la vieja echaba de mi lado
ni su consejo en público ni en mis secretos. Para la muerte que a Dios debo, más quisiera una gran bofetada en
mitad de mi cara. Parece que ayer nací, según tu encu-
brimiento. Por hacerte a ti honesta, me haces a mí necia
y vergonzosa y de poco secreto y sin experiencia y me
amenguas en mi oficio por alzar a ti en el tuyo. Pues de
cosario a cosario no se pierden sino los barriles* [209]. *Más
te alabo yo detrás, que tú te estimas delante.*

AREÚ.—*Madre, si erré haya perdón y llégate más acá
y él haga lo que quisiere. Que más quiero tener a ti contenta, que no a mí; antes me quebraré un ojo que eno-
jarte.*

CEL.—*No tengo ya enojo; pero dígotelo para adelante.* Quedaos a Dios, *que* voyme *solo* porque me hacéis
dentera con vuestro besar y retozar. Que aun el sabor en
las encías me quedó; no le perdí con las muelas.

AREÚ.—Dios vaya contigo.

PÁRM.—Madre, ¿mandas que te acompañe?

CEL.—Sería quitar a un santo por poner en otro.
Acompáñeos Dios; que yo vieja soy; no he temor que
me fuercen en la calle.

ELIC.—El perro ladra. ¿Si viene este diablo de vieja?

CEL.—Tha, tha, *tha.*

ELIC.—¿Quién es? ¿Quién llama?

CEL.—Bájame abrir, hija.

ELIC.—¿Éstas son tus venidas? Andar de noche es tu
placer. ¿Por qué lo haces? ¿Qué larga estada fue ésta,
madre? Nunca sales para volver a casa. Por costumbre
lo tienes; cumpliendo con uno, dejas ciento descontem-
tos. Que has sido hoy buscada del padre de la desposada
que llevaste el día de pascua al racionero; que la quiere
casar de aquí a tres días y es menester que la remedies,
pues que se lo prometiste, para que no sienta su marido
la falta de la virginidad.

CEL.—No me acuerdo, hija, por quién dices.

ELIC.—¿Cómo no te acuerdas? Desacordada eres, cierto. ¡Oh, cómo caduca la memoria! Pues, por cierto, tú me dijiste, cuando la llevabas, que la habías renovado siete veces.

CEL.—No te maravilles, hija, *que* quien en muchas partes derrama su memoria, en ninguna la puede tener. Pero, dime si tornará.

ELIC.—¡Mira si tornará! Tiénete dado una manilla [210] de oro en prendas de tu trabajo, ¿y no había de venir?

CEL.—¿La de la manilla es? Ya sé por quién dices. ¿Por qué tú no tomabas el aparejo y comenzabas a hacer algo? Pues en aquellas tales te habías de avezar y de probar, de cuantas veces me lo has visto hacer. Si no, ahí te estarás toda tu vida, hecha bestia sin oficio ni renta. Y cuando seas de mi edad, llorarás la holgura de agora. Que la mocedad ociosa acarrea la vejez arrepentida y trabajosa. Hacíalo yo mejor, cuando tu abuela, que Dios haya, me mostraba este oficio; que a cabo de un año sabía más que ella.

ELIC.—No me maravillo, que muchas veces, como dicen, al maestro sobrepuja el buen discípulo. Y no va esto, sino en la gana con que se aprende. Ninguna ciencia es bienempleada en el que no le tiene afición. Yo le tengo a este oficio odio; tú mueres tras ello.

CEL.—Tú te lo dirás todo. Pobre vejez quieres. ¿Piensas que nunca has de salir de mi lado?

ELIC.—Por Dios, dejemos enojo y al tiempo el consejo. Hayamos mucho placer. Mientra hoy tuviéremos de comer, no pensemos en mañana. También se muere el que mucho allega como el que pobremente vive, y el doctor como el pastor y el papa como el sacristán y el señor como el siervo y el de alto linaje como el bajo, y tú con oficio como yo sin ninguno. No habemos de vivir para siempre. Gocemos y holguemos, que la vejez pocos la ven y de los que la ven ninguno murió de hambre. *No quiero en este mundo, sino día y vito* [211] *y parte en paraíso. Aunque los ricos tienen mejor aparejo para ga-*

nar la ᵍoria, *que quien poco tiene, no hay ninguno con-*
tento, no hay quien diga: harto tengo; no hay ninguno,
que no trocase mi placer por sus dineros. Dejemos cuida-
dos ajenos y acostémonos, que es hora. *Que más me*
engordará un buen sueño sin temor, que cuanto tesoro
hay en Venecia.

Argumento del octavo auto

La mañana viene. Despierta Pármeno. Despedido de Areúsa,
va para casa de Calisto su señor. Halló a la puerta a Sempronio.
Conciertan su amistad. Van juntos a la cámara de Calisto. Hállan-
le hablando consigo mismo. Levantado, va a la iglesia.

SEMPRONIO, PÁRMENO, AREÚSA, CALISTO

PÁRM.—¿Amanece o qué es esto, que tanta claridad
está en esta cámara?

AREÚ.—¿Qué amanecer? Duerme, señor, que aun agora nos acostamos. No he yo pegado bien los ojos, ¿ya
había de ser de día? Abre, por Dios, esa ventana de tu
cabecera y verlo has.

PÁRM.—En mi seso estoy yo, señora, que es de día
claro, en ver entrar luz entre las puertas. ¡Oh traidor de
mí, en qué gran falta he caído con mi amo! De mucha
pena soy digno. ¡Oh, qué tarde que es!

AREÚ.—¿Tarde?

PÁRM.—Y muy tarde.

AREÚ.—Pues así goce de mi alma [76], no se me ha
quitado el mal de la madre. No sé cómo pueda ser.

PÁRM.—¿Pues qué quieres, mi vida?

AREÚ.—Que hablemos en mi mal.

PÁRM.—Señora mía, si lo hablado no basta, lo que
más es necesario me perdona, porque es ya mediodía.
Si voy más tarde, no seré bien recibido de mi amo.
Yo verné mañana y cuantas veces después mandares. Que
por eso hizo Dios un día tras otro, porque lo que el uno

no bastase, se cumpliese en otro. Y aun porque más nos veamos, reciba de ti esta gracia, que te vayas hoy a las doce del día a comer con nosotros a su casa de Celestina.

ARÉU.—Que me place, de buen grado. Ve con Dios, junta tras ti la puerta.

PÁRM.—A Dios te quedes.

¡Oh placer singular! ¡Oh singular alegría! ¿Cuál hombre es ni ha sido más bienaventurado que yo? ¿Cuál más dichoso y bienandante? ¡Que un tan excelente don sea por mí poseído y cuan presto pedido tan presto alcanzado! Por cierto, si las traiciones de esta vieja con mi corazón yo pudiese sufrir, de rodillas había de andar a la complacer. ¿Con qué pagaré yo esto? Oh alto Dios ¿a quién contaría yo este gozo? ¿A quién descubriría tan gran secreto? ¿A quién daré parte de mi gloria? Bien me decía la vieja que de ninguna prosperidad es buena la posesión sin compañía. El placer no comunicado no es placer. ¿Quién sentiría esta mi dicha, como yo la siento? A Sempronio veo a la puerta de casa. Mucho ha madrugado. Trabajo tengo con mi amo, si es salido fuera. No será, que no es acostumbrado; pero, como agora no anda en su seso, no me maravillo que haya pervertido su costumbre.

SEMP.—Pármeno, hermano, si yo supiese aquella tierra donde se gana el sueldo durmiendo, mucho haría por ir allá, que no daría ventaja a ninguno; tanto ganaría como otro cualquiera. ¿Y cómo, holgazán, descuidado, fuiste para no tornar? No sé qué crea de tu tardanza, sino que [te] quedaste a escalentar la vieja esta noche o a rascarle los pies, como cuando chiquito.

PÁRM.—¡Oh Sempronio, amigo y más que hermano, por Dios no corrompas mi placer, no mezcles tu ira con mi sufrimiento, no revuelvas tu descontentamiento con mi descanso, no agües con tan turbia agua el claro licor del pensamiento que traigo, no enturbies con tus envidiosos castigos y odiosas reprehensiones mi placer! Recíbeme con alegría y contarte he maravillas de mi buena andanza pasada.

SEMP.—Dilo, dilo. ¿Es algo de Melibea? ¿Hasla visto?

PÁRM.—¿Qué de Melibea? Es de otra, que yo más quiero y aun tal que, si no estoy engañado, puede vivir con ella en gracia y hermosura. Sí, que no se encerró el mundo y todas sus gracias en ella.

SEMP.—¿Qué es esto, desvariado? Reírme querría, sino que no puedo. ¿Ya todos amamos? El mundo se va a perder. Calisto a Melibea, yo a Elicia, tú de envidia has buscado con quien perder ese poco de seso que tienes.

PÁRM.—¿Luego locura es amar *y yo soy loco y sin seso? Pues si la locura fuese dolores, en cada casa habría voces.*

SEMP.—Según tu opinión, sí *eres.* Que yo te he oído dar consejos vanos a Calisto y contradecir a Celestina en cuanto habla y, por impedir mi provecho y el suyo, huelgas de no gozar tu parte. Pues a las manos me has venido, dónde te podré dañar y lo haré.

PÁRM.—No es, Sempronio, verdadera fuerza ni poderío dañar y empecer; mas aprovechar y guarecer, y muy mayor, quererlo hacer. Yo siempre te tuve por hermano. No se cumpla, por Dios, en ti lo que se dice, que pequeña causa desparte conformes amigos. Muy mal me tratas. No sé dónde nazca [77] este rencor. *No me indignes, Sempronio, con tan lastimeras razones. Cata que es muy rara la paciencia que agudo baldón no penetre y traspase.*

SEMP.—No digo mal en esto; sino que se eche otra sardina [212] para el mozo de caballos, pues tú tienes amiga.

PÁRM.—Estás enojado. Quiérote sufrir, aunque más mal me trates, *pues dicen que ninguna humana pasión es perpetua ni durable.*

SEMP.—Más maltratas tú a Calisto, aconsejando a él lo que para ti huyes, diciendo que se aparte de amar a Melibea, hecho tablilla de mesón [213], que para sí no tiene abrigo y dale a todos. ¡Oh Pármeno, agora podrás ver cuán fácil cosa es reprehender vida ajena y cuán duro guardar cada cual la suya! No *digo* [78] más, pues tú eres testigo. Y de aquí adelante veremos cómo te has, pues ya tienes tu escudilla como cada cual. Si tú mi amigo fueras, en la necesidad que de ti tuve, me habías de favorecer y ayudar a Celestina en mi provecho; que no hincar un clavo de malicia a cada palabra. Sabe que, como la hez de la taberna despide a los borrachos, así la adversidad o necesidad al fingido amigo; luego se descubre el falso metal, dorado por encima.

PÁRM.—Oídolo había decir y por experiencia lo veo, nunca venir placer sin contraria zozobra en esta triste vida. A los alegres, serenos y claros soles, nublados escuros y lluvias vemos suceder; a los solaces y placeres, dolores y muertes los ocupan; a las risas y deleites, llantos y lloros y pasiones mortales los siguen; finalmente, a mucho descanso y sosiego, mucho pesar y tristeza. ¿Quién podrá [79] tan alegre venir, como yo agora? ¿Quién tan triste recibimiento padecer? ¿Quién verse, como yo me vi, con tanta gloria alcanzada con mi querida Areúsa? ¿Quién caer de ella siendo tal maltratado tan presto, como yo de ti? Que no me has dado lugar a poderte decir cuánto soy tuyo, cuánto te he de favorecer en todo, cuánto soy arrepiso [214] de lo pasado, cuántos consejos y castigos buenos he recibido de Celestina en tu favor y provecho de todos; cómo, pues, este juego de nuestro amo y Melibea está entre las manos, podemos agora medrar o nunca.

SEMP.—Bien me agradan tus palabras, si tales tuvieses las obras, a las cuales espero para haberte de creer. Pero, por Dios, me digas qué es eso que dijiste de Areúsa. Parece que conoces tú a Areúsa, su prima de Elicia.

PÁRM.—¿Pues qué es todo el placer que traigo, sino haberla alcanzado?

SEMP.—¡Cómo se lo dice el bobo! De risa no puede [80] hablar. ¿A qué llamas haberla alcanzado? ¿Estaba a alguna ventana o qué es eso?

PÁRM.—A ponerla en duda si queda preñada o no.

SEMP.—Espantado me tienes. Mucho puede el continuo trabajo; una continua gotera horaca [215] una piedra.

PÁRM.—Verás qué tan continuo, que ayer lo pensé; ya la tengo por mía.

SEMP.—¡La vieja anda por ahí!

PÁRM.—¿En qué lo ves?

SEMP.—Que ella me había dicho que te quería mucho

y que te la haría haber. Dichoso fuiste; no hiciste sino llegar a recaudar. Por esto dicen, más vale a quien Dios ayuda, que quien mucho madruga. Pero tal padrino tuviste.

PÁRM.—Di madrina, que es más cierto. Así que, quien a buen árbol se arrima... [216] Tarde fui; pero temprano recaudé. Oh hermano, ¿qué te contaría de sus gracias de aquella mujer, de su habla y hermosura de cuerpo? Pero quede para más oportunidad.

SEMP.—¿Puede ser sino prima de Elicia? No me dirás tanto, cuanto estotra no tenga más. Todo te lo creo. Pero ¿qué te cuesta? ¿Hasle dado algo?

PÁRM.—No, cierto. Mas, aunque hobiera, era bienempleado; de todo bien es capaz. En tanto son las tales tenidas, cuanto caras son compradas; tanto valen, cuanto cuestan. Nunca mucho costó poco, sino a mí esta señora. A comer la convidé para casa de Celestina, y si te place, vamos todos allá.

SEMP.—¿Quién, hermano?

PÁRM.—Tú y ella y allá está la vieja y Elicia. Habremos placer.

SEMP.—¡Oh Dios, y cómo me has alegrado! Franco eres, nunca te faltaré. Como te tengo por hombre, como creo que Dios te ha de hacer bien, todo el enojo, que de tus pasadas hablas tenía, se me ha tornado en amor. No dudo ya tu confederación con nosotros ser la que debe. Abrazarte quiero. Seamos como hermanos, ¡vaya el diablo para ruin! [217] Sea lo pasado cuestión de San Juan [218] y así paz para todo el año. Que las iras de los amigos siempre suelen ser reintegración del amor. Comamos y holguemos, que nuestro amo ayunará por todos.

PÁRM.—¿Y qué hace el desesperado?

SEMP.—Allí está tendido en el estrado cabe la cama, donde le dejaste anoche. Que ni ha dormido ni está despierto. Si allá entro, ronca; si me salgo, canta o devanea. No le tomo tiento, si con aquello pena o descansa.

PÁRM.—¿Qué dices? ¿Y nunca me ha llamado ni ha tenido memoria de mí?

SEMP.—No se acuerda de sí, ¿acordarse ha de ti?

PÁRM.—Aun hasta en esto me ha corrido buen tiempo. Pues [que] así es, mientra recuerda, quiero enviar la comida que la aderecen.

SEMP.—¿Qué has pensado enviar, para que aquellas loquillas te tengan por hombre cumplido, biencriado y franco?

PÁRM.—En casa llena presto se adereza cena. De lo que hay en la despensa basta para no caer en falta. Pan blanco, vino de Monviedro, un pernil de tocino, y más seis pares de pollos, que trajeron estotro día los renteros de nuestro amo. Que si los pidiere, haréle creer que los ha comido. Y las tórtolas, que mandó para hoy guardar, diré que hedían. Tú serás testigo. Ternemos manera como a él no haga mal lo que de ellas comiere y nuestra mesa esté como es razón. Y allá hablaremos *más* largamente en su daño y nuestro provecho con la vieja cerca de estos amores.

SEMP.—¡Más, dolores! Que por fe tengo que de muerto o loco no escapa esta vez. Pues que así es, despacha, subamos a ver qué hace.

CAL.—En gran peligro me veo;
En mi muerte no hay tardanza,
Pues que me pide el deseo
Lo que me niega esperanza.

PÁRM.—(Escucha, escucha, Sempronio. Trovando está nuestro amo.

SEMP.—¡Oh hideputa, el trovador! El gran Antipater Sidonio [219], el gran poeta Ovidio, los cuales de improviso se les venían las razones metrificadas a la boca. ¡Sí, sí, de ésos es! ¡Trovará el diablo! Está devaneando entre sueños.)

CAL.—Corazón, bien se te emplea
Que penes y vivas triste,
Pues tan presto te venciste
Del amor de Melibea.

PÁRM.—(¿No digo yo que trova?)

CAL.—¿Quién habla en la sala? ¡Mozos!

PÁRM.—¿Señor?

CAL.—¿Es muy noche? ¿Es hora de acostar?

PÁRM.—¡Mas ya es, señor, tarde para levantar!

CAL.—¿Qué dices, loco? ¿Toda la noche es pasada?

PÁRM.—Y aun harta parte del día.

CAL.—Di, Sempronio, ¿miente este desvariado, que me hace creer que es de día?

SEMP.—Olvida, señor, un poco a Melibea y verás la claridad. Que con la mucha que en su gesto contemplas, no puedes ver de encandelado, como perdiz con la calderuela [220].

CAL.—Agora lo creo, que tañen a misa. Dacá mis ropas; iré a la Magdalena. Rogaré a Dios que aderece a Celestina y ponga en corazón a Melibea mi remedio o dé fin en breve a mis tristes días.

SEMP.—No te fatigues tanto, no lo quieras todo en una hora. Que no es de discretos desear con grande eficacia lo que se puede tristemente acabar. Si tú pides que se concluya en un día lo que en un año sería harto, no es mucha tu vida.

CAL.—¿Quieres decir que soy como el mozo del escudero gallego? [221]

SEMP.—No mande Dios que tal cosa yo diga, que eres mi señor. Y demás de esto, sé que, como me galardonas el buen consejo, me castigarías lo malhablado. *Aunque dicen que no* [81] es igual la alabanza del servicio o buena habla, con la reprehensión y pena de lo malhecho o hablado.

CAL.—No sé quién te avezó tanta filosofía, Sempronio.

SEMP.—Señor, no es todo blanco aquello que de negro no tiene semejanza, *ni es todo oro cuanto amarillo reluce*. Tus acelerados deseos, no medidos por razón, hacen parecer claros mis consejos. Quisieras tú ayer que te trajeran a la primera habla amanojada [222] y envuelta en su cordón a Melibea, como si hobieras enviado por otra cualquiera mercaduría a la plaza, en que no hobiera más trabajo de llegar y pagalla. Da, señor, alivio al corazón, que en poco espacio de tiempo no cabe gran bienaventuranza. Un solo golpe no derriba un roble. Apercíbete con sufrimiento, porque la *prudencia* [82] es cosa loable y el apercibimiento resiste el fuerte combate.

CAL.—Bien has dicho, si la cualidad de mi mal lo consintiese.

SEMP.—¿Para qué, señor, es el seso, si la voluntad priva a la razón?

CAL.—¡Oh loco, loco! Dice el sano al doliente: «Dios te dé salud». No quiero consejo ni esperarte más razones, que más avivas y enciendes las llamas que me consumen. Yo me voy solo a misa y no tornaré a casa hasta que me llaméis, pidiéndome [las] albricias de mi gozo con la buena venida de Celestina. Ni comeré hasta entonce; aunque primero sean los caballos de Febo apacentados en aquellos verdes prados que suelen, cuando han dado fin a su jornada.

SEMP.—Deja, señor, esos rodeos, deja esas poesías, que no es habla conveniente la que a todos no es común, la que todos no participan, la que pocos entienden. Di; «aunque se ponga el sol», y sabrán todos lo que dices. Y come alguna conserva, con que tanto espacio de tiempo te sostengas.

CAL.—Sempronio, mi fiel criado, mi buen consejero, mi leal servidor, sea como a ti te parece. Porque cierto tengo, según tu limpieza de servicio, quieres tanto mi vida como la tuya.

SEMP.—(¿Créeslo tú, Pármeno? Bien sé que no lo jurarías. Acuérdate, si fueres por conserva, apañes un bote para aquella gentecilla, que nos va más; y a buen entendedor... [223] En la bragueta cabrá.)

CAL.—¿Qué dices, Sempronio?

SEMP.—Dije, señor, a Pármeno que fuese por una tajada de diacitrón [224].

PÁRM.—Hela aquí, señor.

CAL.—Dacá.

SEMP.—(Verás qué engullir hace el diablo. Entero lo *quiere* [83] tragar por más apriesa hacer.)

CAL.—El alma me ha tornado. Quedaos con Dios, hijos. Esperad la vieja e id por buenas albricias.

PÁRM.—(¡Allá irás con el diablo tú y malos años! ¡Y en tal hora comieses el diacitrón, como Apuleyo el veneno, que le convirtió en asno!) [225]

Argumento del noveno auto

Sempronio y Pármeno van a casa de Celestina, entre sí hablando. Llegados allá, hallan a Elicia y Areúsa. Pónense a comer y entre comer riñe Elicia con Sempronio. Levántase de la mesa. Tórnanla apaciguar. Estando ellos todos entre sí razonando, viene Lucrecia, criada de Melibea, a llamar a Celestina que vaya a estar con Melibea.

SEMPRONIO, PÁRMENO, ELICIA, CELESTINA, AREÚSA, LU-
CRECIA

SEMP.—Baja, Pármeno, nuestras capas y espadas, si te parece, que es hora que vamos a comer.

PÁRM.—Vamos presto. Ya creo que se quejarán de nuestra tardanza. No por esta calle, sino por estotra, porque nos entremos por la iglesia y veremos si hobiere acabado Celestina sus devociones; llevarla hemos de camino.

SEMP.—A donosa hora ha de estar rezando.

PÁRM.—No se puede decir sin tiempo hecho lo que en todo tiempo se puede hacer.

SEMP.—Verdad es; pero mal conoces a Celestina. Cuando ella tiene que hacer, no se acuerda de Dios ni cura de santidades. Cuando hay que roer en casa, sanos están los santos; cuando va a la iglesia con sus cuentas en la mano, no sobra el comer en casa. Aunque ella te crió, mejor conozco yo sus propiedades que tú. Lo que en sus cuentas reza es los virgos que tiene a cargo y cuántos enamorados hay en la ciudad y cuántas mozas tiene encomendadas y qué despenseros *le dan ración y cuál mejor y cómo les llaman por nombre, porque cuando los encontrare no hable como estraña* [84], y qué canónigo es más mozo y franco. Cuando menea los labios es fingir mentiras, ordenar cautelas para haber dinero: «Por aquí le entraré, esto me responderá, esto[tro] replicaré.» Así vive esta que nosotros mucho honramos.

PÁRM.—Más que eso sé yo; sino, porque te enojaste estotro día, no quiero hablar; cuando lo dije a Calisto.

SEMP.—Aunque lo sepamos para nuestro provecho, no lo publiquemos para nuestro daño. Saberlo nuestro amo es echalla por quien es y no curar de ella. Dejándola, verná forzado otra, de cuyo trabajo no esperemos parte, como de ésta, que de grado o por fuerza nos dará de lo que le diere.

PÁRM.—Bien has dicho. Calla, que está abierta *la* [85] puerta. En casa está. Llama antes que entres, que por ventura están *r*evueltas [86] y no querrán ser así vistas.

SEMP.—Entra, no cures, que todos somos de casa. Ya ponen la mesa.

CEL.—¡Oh *mis enamorados,* mis perlas de oro; tal me venga el año, cual me parece vuestra venida!

PÁRM.—(Qué palabras tiene la noble. Bien ves, hermano, estos halagos fingidos.

SEMP.—Déjala, que de eso vive. Que no sé quién diablos le mostró tanta ruindad.

PÁRM.—La necesidad y pobreza, la hambre, que no hay mejor maestra en el mundo, no hay mejor despertadora y avivadora de ingenios. ¿Quién mostró a las picazas y papagayos imitar nuestra propia habla con sus arpadas [226] lenguas, nuestro órgano y voz, sino ésta?)

CEL.—¡Mochachas, mochachas; bobas! ¡Andad acá *a*bajo, presto, que están aquí dos hombres, que me quieren forzar.

ELIC.—¡Mas nunca acá vinieran! ¡Y mucho convidar con tiempo! Que ha tres horás que está aquí mi prima. Este perezoso de Sempronio habrá sido causa de la tardanza, que no ha ojos por do verme.

SEMP.—Calla, mi señora, mi vida, mis amores. Que quien a otro sirve, no es libre. Así que sujeción me releva de culpa. No hayamos enojo, asentémonos a comer.

ELIC.—¡Así! Para asentar a comer, muy diligente. A mesa puesta con tus manos lavadas y poca vergüenza.

SEMP.—Después reñiremos; comamos agora. Asiéntate, madre Celestina, tú primero.

CEL.—Asentaos vosotros, mis hijos, que harto lugar

hay para todos, a Dios gracias; tanto nos diesen del paraíso, cuando allá vamos. Poneos en orden, cada uno cabe
la suya; yo, que estoy sola, porné cabe mí este jarro y
taza, que no es más mi vida de cuanto con ello hablo.
Después que me fui haciendo vieja, no sé mejor oficio a
la mesa, que escanciar. Porque quien la miel trata, siempre se le pega de ella. Pues de noche en invierno no hay
tal escalentador de cama. Que con dos jarrillos de éstos
que beba, cuando me quiero acostar, no siento frío en
toda la noche. De esto aforro [227] todos mis vestidos, cuando viene la navidad; esto me calienta la sangre; esto me
sostiene continuo en un ser; esto me hace andar siempre
alegre; esto me para fresca; de esto vea yo sobrado en
casa, que nunca temeré el mal año. Que un cortezón de
pan ratonado me basta para tres días: *Esto quita la tristeza del corazón, más que el oro ni el coral; esto da
esfuerzo al mozo y al viejo fuerza, pone color al descolo-
rido, coraje al cobarde, al flojo diligencia, conforta los
celebros, saca el frío del estómago, quita el hedor del
anélito* [228]*, hace potentes los fríos, hace sufrir los afanes
de las labranzas, a los cansados segadores hace sudar toda
agua mala, sana el romadizo y las muelas, sostiene sin
heder en la mar, lo cual no hace el agua. Más propiedades
te diría de ello, que todos tenéis cabellos. Así que no sé
quien no se goce en mentarlo. No tiene sino una tacha,
que lo bueno vale caro y lo malo hace daño. Así que con
lo que sana el hígado enferma la bolsa. Pero todavía con
mi fatiga busco lo mejor, para eso poco que bebo; una
sola docena de veces a cada comida. No me harán pasar
de allí, salvo si no soy convidada como agora.*

PÁRM.—*Madre, pues tres veces dicen que es bueno y
honesto todos los que escribieron.*

CEL.—*Hijos, estará corrupta la letra: por trece, tres.*

SEMP.—*Tía señora, a todos nos sabe bien, comiendo
y hablando. Porque después no habrá tiempo para entender en los amores de este perdido de nuestro amo y de
aquella graciosa y gentil Melibea.*

ELIC.—*¡Apártateme allá, desabrido, enojoso! ¡Mal
provecho te haga lo que comes, tal comida me has dado!*

Por mi alma, revesar [229] quiero cuanto tengo en el cuerpo, de asco de oírte llamar a aquélla gentil. ¡Mirad quién gentil! ¡Jesú, Jesú, y qué hastío y enojo es ver tu poca vergüenza! ¿A quién, gentil? ¡Mal me haga Dios, si ella lo es ni tiene parte de ello; sino que hay ojos que de lagañas [230] se agradan! Santiguarme quiero de tu necedad y poco conocimiento. ¡Oh, quién estuviese de gana para disputar contigo su hermosura y gentileza! ¿Gentil, [gentil] es Melibea? Entonces lo es, entonces acertarán, cuando andan a pares los diez mandamientos [231]. Aquella hermosura por una moneda se compra en la tienda. Por cierto, que conozco yo en la calle donde ella vive cuatro doncellas, en quien Dios más repartió su gracia que no en Melibea. Que si algo tiene de hermosura, es por buenos atavíos que trae. Poneldos *a* [(87)] un palo, también diréis que es gentil. Por mi vida, que no lo digo por alabarme; mas creo que soy tan hermosa como vuestra Melibea.

AREÚ.—Pues no la has tú visto como yo, hermana mía. Dios me lo demande, si en ayunas la topases, si aquel día pudieses comer de asco. Todo el año se está encerrada con mudas [232] de mil suciedades. Por una vez que haya de salir donde pueda ser vista, enviste [233] su cara con hiel y miel, con unas *tostadas y higos pasados* y con otras cosas, que por reverencia de la mesa dejo de decir. Las riquezas las hacen a éstas hermosas y ser alabadas; que no las gracias de su cuerpo. Que así goce de mí, unas tetas tiene, para ser doncella, como si tres veces hobiese parido; no parecen sino dos grandes calabazas. El vientre no se le he visto; pero, juzgando por lo otro, creo que le tiene tan flojo, como vieja de cincuenta años. No sé qué se ha visto Calisto, porque deja de amar otras que más ligeramente podría haber y con quien más él holgase; *sino que el gusto dañado muchas veces juzga por dulce lo amargo.*

SEMP.—Hermana, paréceme aquí que cada bohonero [234] alaba sus agujas, que el contrario de eso se suena por la ciudad.

AREÚ.—Ninguna cosa es más lejos de *la* verdad que la vulgar opinión. Nunca alegre vivirás, si por voluntad de muchos te riges. Porque éstas son conclusiones verdaderas, que cualquier cosa que el vulgo piensa, es vanidad; lo que habla, falsedad; lo que reprueba es bondad; lo que aprueba, maldad. Y pues éste es su más cierto uso y costumbre, no juzgues la bondad y hermosura de Melibea por eso ser la que afirmas.

SEMP.—Señora, el vulgo parlero no perdona las tachas de sus señores y así yo creo que, si alguna tuviese Melibea, ya sería descubierta de los que con ella más que nosotros tratan. Y aunque lo que dices concediese, Calisto es caballero, Melibea hijadalgo; así que los nacidos por linaje escogidos búscanse unos a otros. Por ende no es de maravillar que ame antes a ésta que a otra.

AREÚ.—Ruin sea quien por ruin se tiene. Las obras hacen linaje, que al fin todos somos hijos de Adán y Eva. Procure de ser cada uno bueno por sí y no vaya a buscar en la nobleza de sus pasados la virtud.

CEL.—Hijos, por mi vida, que cesen esas razones de enojo. Y tú, Elicia, que te tornes a la mesa y dejes esos enojos.

ELIC.—Con tal que mala pro me hiciese, con tal que reventase *en* comiéndolo. ¿Había yo de comer, con ese malvado, que en mi cara me ha porfiado que es más gentil su andrajo de Melibea, que yo?

SEMP.—Calla, mi vida, que tú la comparaste. Toda comparación es odiosa; tú tienes la culpa y no yo.

AREÚ.—Ven, hermana, a comer. No hagas agora ese placer a estos locos porfiados; si no, levantarme he yo de la mesa.

ELIC.—Necesidad de complacerte me hace contentar a ese enemigo mío y usar de virtu*d*es con todos.

SEMP.— ¡He, he, he!

ELIC.—¿De qué te ríes? ¡De mala cancre [88] sea comida esa boca desgraciada, enojosa!

CEL.—No le respondas, hijo; si no, nunca acabaremos. Entendamos en lo que hace a nuestro caso. Decidme, ¿cómo quedó Calisto? ¿Cómo l*e* dejasteis? ¿Cómo os pudistes entrambos descabullir de él?

PÁRM.—Allá fue a la maldición, echando fuego, deses-

perado, perdido, medio loco, a misa a la Magdalena, a
rogar a Dios que te dé gracia, que puedas bien roer los
huesos de estos pollos y protestando de no volver a casa
hasta oír que eres venida con Melibea en tu arremango [235]. Tu saya y manto y aun mi sayo, cierto está; lo
otro vaya y venga. El cuándo lo dará no lo sé.

CEL.—Sea cuando fuere. Buenas son mangas pasada la
pascua [236]. Todo aquello alegra que con poco trabajo se
gana, mayormente viniendo de parte donde tan poca
mella hace, de hombre tan rico, que con los salvados de
su casa podría yo salir de lacería, según lo mucho le
sobra. No les duele a los tales lo que gastan y según la
causa por que lo dan; no *lo* sienten con el embebeci-
miento del amor, no les pena, no ven, no oyen. Lo cual
yo juzgo por otros que he conocido, menos apasionados y
metidos en este fuego de amor, que a Calisto veo. Que
ni comen ni beben, ni ríen ni lloran, ni duermen ni velan,
ni hablan ni callan, ni penan ni descansan, ni están con-
tentos ni se quejan, según la perplejidad de aquella dulce
y fiera llaga de sus corazones. Y si alguna cosa de éstas
la natural necesidad les fuerza a hacer, están en el acto
tan olvidados, que comiendo se olvida la mano de llevar
la vianda a la boca. Pues si con ellos hablan, jamás conveniente respuesta vuelven. Allí tienen los cuerpos; con
sus amigas los corazones y sentidos. Mucha fuerza tiene
el amor; no sólo la tierra, mas aun las mares traspasa,
según su poder. Igual mando tiene en todo género de
hombres. Todas las dificultades quiebra. Ansiosa cosa es,
temerosa y solícita. Todas las cosas mira en derredor.
Así que, si vosotros buenos enamorados habéis sido, juz-
garéis yo decir verdad.

SEMP.—Señora, en todo concedo con tu razón, que
aquí está quien me causó algún tiempo andar hecho otro
Calisto, perdido el sentido, cansado el cuerpo, la cabeza
vana, los días mal durmiendo, las noches todas velando,
dando alboradas [237], haciendo momos [238], saltando paredes,
poniendo cada día la vida al tablero, esperando toros,
corriendo caballos, tirando barra, echando lanza, cansan-
do amigos, quebrando espadas, haciendo escalas, vistien-

do armas y otros mil actos de enamorado, haciendo coplas, pintando motes, sacando invenciones. Pero todo lo
doy por bienempleado, pues tal joya gané.

ELIC.—¡Mucho piensas que me tienes ganada! Pues
hágote cierto que no has tú vuelto la cabeza, cuando está
en casa otro que más quiero, más gracioso que tú y aun
que no ande buscando cómo me dar enojo. A cabo de
un año que me vienes a ver, tarde y con mal.

CEL.—Hijo, déjala decir, que devanea. Mientra más
de eso la oyeres, más se confirma en tu amor. Todo es
porque habéis aquí alabado a Melibea. No sabe en otra
cosa en que os lo pagar, sino en decir eso y creo que no
ve la hora que haber comido para lo que yo me sé. Pues
esotra su prima yo [me] la conozco. Gozad vuestras frescas mocedades, que quien tiempo tiene y mejor le espera,
tiempo viene que se arrepiente. Como yo hago agora por
algunas horas que dejé perder, cuando moza, cuando me
preciaba, cuando me querían. Que ya, ¡mal pecado!,
caducado he, nadie no me quiere. ¡Que sabe Dios mi
buen deseo! Besaos y abrazaos, que a mí no me queda
otra cosa sino gozarme de vello. Mientra a la mesa estáis,
de la cinta arriba todo se perdona. Cuando seáis aparte,
no quiero poner tasa, pues que el rey no la pone [239]. Que
yo sé por las mochachas, que nunca de importunos os
acusen y la vieja Celestina mascará de dentera con sus
botas encías las migajas de los manteles. ¡Bendígaos
Dios, cómo lo reís y holgáis, putillos, loquillos, traviesos! ¡En esto había de parar el nublado de las cuestion-
cillas, que habéis tenido! ¡Mira no derribéis la mesa!

ELIC.—Madre, a la puerta llaman. ¡El solaz es derra-
mado!

CEL.—Mira, hija, quién es; por ventura será quien lo
acreciente y allegue.

ELIC.—O la voz me engaña o es mi prima Lucrecia.

CEL.—Ábrele y entre ella y buenos años. Que aun a
ella algo se le entiende de esto que aquí hablamos; aunque su mucho encerramiento le impide el gozo de su
mocedad.

AREÚ.—Así goce de mí, que es verdad, que éstas, que

sirven a señoras, ni gozan deleite ni conocen los dulces premios de amor. *Nunca tratan con parientes, con iguales a quien pueden hablar tú por tú, con quien digan «¿Qué cenaste? ¿Estás preñada? ¿Cuántas gallinas crías? Lléva- me a merendar a tu casa; muéstrame tu enamorado; ¿Cuánto ha que no te vido? ¿Cómo te va con él? ¿Quién son tus vecinas?» y otras cosas de igualdad semejantes. ¡Oh tía, y qué duro nombre y qué grave y soberbio es «señora» continuo en la boca!* Por esto me vivo sobre mí, desde que me sé conocer. Que jamás me precié de llamarme de otrie, sino mía. Mayormente de estas señoras que agora se usan. Gástase con ellas lo mejor del tiem- po, y con una saya rota de las que ellas desechan, pagan servicio de diez años. Denostadas, maltratadas las traen, continuo sojuzgadas, que hablar delante [de] ellas no osan. Y cuando ven cerca el tiempo de la obligación de casallas, levántanles un caramillo [240] que se echan con el mozo o con el hijo o pídenles celos del marido o que me- ten hombres en casa o que hurtó la taza o perdió el anillo; danles un ciento de azotes y échanlas la puerta fuera, las haldas en la cabeza, diciendo: «Allá irás, ladrona, puta, no destruirás mi casa y honra». Así que esperan galar- dón, sacan baldón; esperan salir casadas, salen amengua- das; esperan vestidos y joyas de boda, salen desnudas y denostadas. Éstos son sus premios, éstos son sus bene- ficios y pagos. Oblíganse a darles maridos, quítanles el vestido. La mejor honra que en sus casas tienen, es andar hechas callejeras, de dueña en dueña, con sus mensajes acuestas. Nunca oyen su nombre propio de la boca de ellas; sino «puta» acá, «puta» acullá. «¿A dó vas, tiñosa? ¿Qué hiciste, bellaca? ¿Por qué comiste eso, golosa? ¿Cómo fregaste la sartén, puerca? ¿Por qué no limpiaste el manto, sucia? ¿Cómo dijiste esto, necia? ¿Quién perdió el plato, desaliñada? ¿Cómo faltó el paño de manos, ladro- na? A tu rufián le habrás dado. Ven acá mala mujer, la gallina habada [241] no parece; pues búscala presto; si no, en la primera blanca de tu soldada la contaré.» Y tras esto mil chapinazos[242] y pellizcos, palos y azotes. No hay quien las sepa contentar, no quien pueda sufrirlas. Su placer es dar voces, su gloria es reñir. De lo mejor hecho, menos contentamiento muestran. Por esto, madre, he querido más vivir en mi pequeña casa, exenta y señora, que no en sus ricos palacios sojuzgada y cativa.

CEL.—En tu seso has estado, bien sabes lo que haces. Que los sabios dicen que vale más una migaja de pan con paz, que toda la casa llena de viandas con rencilla. Mas agora cese esta razón, que entra Lucrecia.

LUCR.—Buena pro os haga, tía y la compañía. Dios bendiga tanta gente y tan honrada.

CEL.—¿Tanta, hija? ¿Por mucha has ésta? Bien parece que no me conociste en mi prosperidad, hoy ha veinte años. ¡Ay, quien me vido y quien me ve agora, no sé cómo no quiebra su corazón de dolor! Yo vi, mi amor, a esta mesa, donde agora están tus primas asentadas, nueve mozas de tus días, que la mayor no pasaba de dieciocho años y ninguna había menor de catorce. Mundo es, pase, ande su rueda, rodee sus alcaduces, unos llenos, otros vacíos. La ley es de fortuna que ninguna cosa en un ser mucho tiempo permanece; su orden es mudanzas. No puedo decir sin lágrimas la mucha honra que entonces tenía; aunque por mis pecados y mala dicha poco a poco ha venido en diminución. Como declinaban mis días, así se diminuía y menguaba mi provecho. Proverbio es antiguo, que cuanto al mundo es o crece o descrece. Todo tiene sus límites, todo tiene sus grados. Mi honra llegó a la cumbre, según quien yo era; de necesidad es que desmengüe y se abaje. Cerca ando de mi fin. En esto veo que me queda poca vida. *Pero bien sé que subí para descender, florecí para secarme, gocé para entristecerme, nací para vivir, viví para crecer, crecí para envejecer, envejecí para morirme. Y pues esto antes de agora me consta, sufriré con menos pena mi mal; aunque del todo no pueda despedir el sentimiento, como sea de carne sentible formada.*

LUCR.—Trabajo tenías, madre, con tantas mozas, que es ganado muy penoso de guardar.

CEL.—¿Trabajo, mi amor? Antes descanso y alivio. Todas me obedecían, todas me honraban, de todas era

acatada, ninguna salía de mi querer, lo que yo decía era
lo bueno, a cada cual daba [su] cobro. No escogían más
de lo que yo les mandaba; cojo o tuerto o manco, aquél
habían por sano que más dinero me daba. Mío era el
provecho, suyo el afán. Pues servidores, ¿no tenía por
su causa de ellas? Caballeros viejos [y] mozos, abades de
todas dignidades, desde obispos hasta sacristanes. En entrando por la iglesia, veía derrocar bonetes en mi honor,
como si yo fuera una duquesa. El que menos había de
negociar conmigo, por más ruin se tenía. De media legua
que me viesen, dejaban las Horas. Uno a uno [y] dos a
dos, venían a donde yo estaba, a ver si mandaba algo, a
preguntarme cada uno por la suya. [Que hombre había,
que estando diciendo misa], en viéndome entrar, se tur-
baban, que no hacían, ni decían cosa a derechas. Unos me
llamaban señora, otros tía, otros enamorada, otros vieja
honrada. Allí se concertaban sus venidas a mi casa, allí las
idas a la suya, allí se me ofrecían dineros, allí promesas,
allí otras dádivas, besando el cabo de mi manto y aun algunos en la cara, por me tener más contenta. Agora hame
traído la fortuna a tal estado, que me digas: «¡Buena pro
hagan las zapatas!»

SEMP.—¡Espantados nos tienes con tales cosas como
nos cuentas de esa religiosa gente y benditas coronas; sí
que no serían todos!

CEL.—No, hijo, ni Dios lo mande que yo tal cosa
levante. Que muchos viejos devotos había con quien yo
poco medraba y aun que no me podían ver; pero creo que
de envidia de los otros que me hablaban. Como la clerecía
era grande, había de todos; unos muy castos; otros que
tenían cargo de mantener a las de mi oficio. Y aun todavía creo que no faltan. Y enviaban sus escuderos y
mozos a que me acompañasen, y apenas era llegada a mi
casa, cuando entraban por mi puerta muchos pollos y
gallinas, ansarones, anadones, perdices, tórtolas, perniles
de tocino, tortas de trigo, lechones. Cada cual, como lo
recibía de aquellos diezmos de Dios, así lo venían luego
a registrar, para que comiese yo y aquellas sus devotas.
¿Pues vino, no me sobraba? De lo mejor que se bebía

en la ciudad, venido de diversas partes, de Monviedro, de Luque, de Toro, de Madrigal, de San Martín y de otros muchos lugares, y tantos, que aunque tengo la diferencia de los gustos y sabor en la boca, no tengo la diversidad de sus tierras en la memoria. Que harto es que una vieja, como yo, en oliendo cualquiera vino, diga de dónde es. Pues otros curas sin renta, no era ofrecido el bodigo [243], cuando, en besando el feligrés la estola, era del primero voleo en mi casa. Espesos, como piedras a tablado [244], entraban mochachos cargados de provisiones por mi puerta. No sé cómo puedo vivir, cayendo de tal estado.

AREÚ.—Por Dios, pues somos venidas a haber placer, no llores, madre, ni te fatigues; que Dios lo remediará todo.

CEL.—Harto tengo, hija, que llorar, acordándome de tan alegre tiempo y tal vida como yo tenía, y cuán servida era de todo el mundo. Que jamás hobo fruta nueva, de que yo primero no gozase, que otros supiesen si era nacida. En mi casa se había de hallar, si para alguna preñada se buscase.

SEMP.—Madre, ningún provecho trae la memoria del buen tiempo, si cobrar no se puede; antes tristeza. Como a ti agora, que nos has sacado el placer de entre las manos. Álcese la mesa. Irnos hemos a holgar y tú darás respuesta a esta doncella que aquí es venida.

CEL.—Hija Lucrecia, dejadas estas razones, querría que me dijeses a qué fue agora tu buena venida.

LUCR.—Por cierto, ya se me había olvidado mi principal demanda y mensaje con la memoria de ese tan alegre tiempo como has contado, y así me estuviera un año sin comer, escuchándote y pensando en aquella vida buena, que aquellas mozas gozarían, que me parece y semeja que estoy yo agora en ella. Mi venida, señora, es lo que tú sabrás; pedirte el ceñidero y, demás de ésto, te ruega mi señora sea de ti visitada y muy presto, porque se siente muy fatigada de desmayos y de dolor del corazón.

CEL.—Hija, de estos dolorcillos tales, más es el ruido

que las nueces. Maravillada estoy sentirse del corazón mujer tan moza.

LUCR.—(¡Así te arrastren, traidora! ¿Tú no sabes qué es? Hace la vieja falsa sus hechizos y vase; después hácese de nuevas.)

CEL.—¿Qué dices, hija?

LUCR.—Madre, que vamos presto y me des el cordón.

CEL.—Vamos, que yo le llevo.

Argumento del décimo auto

Mientra andan Celestina y Lucrecia por el camino, está hablando Melibea consigo misma. Llegan a la puerta. Entra Lucrecia primero. Hace entrar a Celestina. Melibea, después de muchas razones, descubre a Celestina arder en amor de Calisto. Ven venir a Alisa, madre de Melibea. Despídense de en uno. Pregunta Alisa a Melibea su hija de los negocios de Celestina; defendióle su mucha conversación.

MELIBEA, CELESTINA, LUCRECIA, ALISA

MELIB.—¡Oh lastimada de mí! ¡Oh mal proveída doncella! ¿Y no me fuera mejor conceder su petición y demanda ayer a Celestina, cuando de parte de aquel señor, cuya vista me cautivó, me fue rogado, y contentarle a él y sanar a mí, que no venir por fuerza a descubrir mi llaga, cuando no me sea agradecido, cuando ya, desconfiando de mi buena respuesta, haya puesto sus ojos en amor de otra? ¡Cuánta más ventaja tuviera mi prometimiento rogado, que mi ofrecimiento forzoso! Oh mi fiel criada Lucrecia, ¿qué dirás de mí; qué pensarás de mi seso, cuando me veas publicar lo que a ti jamás he querido descubrir? ¡Cómo te espantarás del rompimiento de mi honestidad y vergüenza, que siempre como encerrada doncella acostumbré tener! No sé si habrás barruntado de dónde proceda mi dolor. ¡Oh, si ya vinieses con aquella medianera de mi salud! ¡Oh soberano Dios; a ti, que

todos los atribulados llaman, los apasionados piden remedio, los llagados medicina; a ti, que los cielos, mar [y]
tierra con los infernales centros obedecen; a ti, el cual
todas las cosas a los hombres sojuzgaste, humildemente
suplico: des a mi herido corazón sufrimiento y paciencia,
con que mi terrible pasión pueda disimular! No se desdo-
re aquella hoja de castidad que tengo asentada sobre este
amoroso deseo, publicando ser otro mi dolor, que no el
que me atormenta. Pero, ¿cómo lo podré hacer, lastimán-
dome tan cruelmente el ponzoñoso bocado, que la vista
de su presencia de aquel caballero me dio? ¡Oh género
feminéo, encogido y frágil! ¿Por qué no fue también a
las hembras concedido poder descubrir su congojoso y
ardiente amor, como a los varones? Que ni Calisto vivie-
ra quejoso ni yo penada.

LUCR.—Tía, detente un poquito cabe esta puerta. Entraré a ver con quien está hablando mi señora. Entra,
entra, que consigo lo ha.

MELIB.—Lucrecia, echa esa antepuerta. ¡Oh vieja sabia
y honrada, tú seas bienvenida! ¿Qué te parece, cómo ha
*que*sido [245] mi dicha y la fortuna ha rodeado que yo tuviese de tu saber necesidad, para que tan presto me hobieses
de pagar en la misma moneda el beneficio que por ti me
fue demandado para ese gentilhombre, que curabas con
la virtud de mi cordón?

CEL.—¿Qué es, señora, tu mal, que así muestra las
señas de su tormento en las coloradas colores de tu
gesto?

MELIB.—Madre mía, que comen este corazón serpientes dentro de mi cuerpo.

CEL.—(Bien está. Así lo quería yo. Tú me pagarás,
doña loca, la sobra de tu ira.)

MELIB.—¿Qué dices? ¿Has sentido en verme alguna
causa, donde mi mal proceda?

CEL.—No me has, señora, declarado la calidad del
mal. ¿Quieres que adevine la causa? Lo que yo digo es
que recibo mucha pena de ver triste tu graciosa presencia.

MELIB.—Vieja honrada, alégramela tú, que grandes nuevas me han dado de tu saber.

CEL.—Señora, el sabidor sólo Dios es, pero, como para salud y remedio de las enfermedades fueron repartidas las gracias en las gentes de hallar las melecinas, de ellas por experiencia, de ellas por arte, de ellas por natural instinto, alguna partecica alcanzó a esta pobre vieja, de la cual al presente podrás ser servida.

MELIB.—¡Oh, qué gracioso y agradable me es oírte! Saludable es al enfermo la alegre cara del que le visita. Paréceme que veo mi corazón entre tus manos hecho pedazos. El cual, si tú quisieses, con muy poco trabajo juntarías con la virtud de tu lengua; no de otra manera que, cuando vio en sueños aquel grande Alejandre, rey de Macedonia, en la boca del dragón la saludable raíz con que sanó a su criado Tolomeo del bocado de la víbora [246]. Pues, por amor de Dios, te despojes para *más* [89] diligente entender en mi mal y me des algún remedio.

CEL.—Gran parte de la salud es desearla, por lo cual creo menos peligroso ser tu dolor. Pero para yo dar, mediante Dios, congrua y saludable melecina, es necesario saber de ti tres cosas. La primera a qué parte de tu cuerpo más declina y aqueja el sentimiento. Otra, si es nuevamente por ti sentido, porque más presto se curan las tiernas enfermedades en sus principios, que cuando han hecho curso en la perseveración de su oficio; mejor se doman los animales en su primera edad, que cuando ya es su cuero endurecido, para venir mansos a la melena [247]; mejor crecen las plantas, que tiernas y nuevas se trasponen, que las que fructificando ya se mudan; muy mejor se despide el nuevo pecado, que aquel que por costumbre antigua cometemos cada día. La tercera, si procedió de algún cruel pensamiento, que asentó en aquel lugar. Y esto sabido, verás obrar mi cura. Por ende cumple que al médico como al confesor se hable toda verdad abiertamente.

MELIB.—Amiga Celestina, mujer bien sabia y maestra grande, mucho has abierto el camino por donde mi mal te pueda especificar. Por cierto, tú lo pides como mujer bien experta en curar tales enfermedades. Mi mal es de corazón, la izquierda teta es su aposentamiento, tiende sus rayos a todas partes. Lo segundo, es nuevamente nacido en mi cuerpo. Que no pensé jamás que podía dolor privar el seso, como éste hace. Túrbame la cara, quítame el comer, no puedo dormir, ningún género de risa querría ver. La causa o pensamiento, que es la final cosa por tí preguntada de mi mal, ésta no sabré decirte, porque ni muerte de deudo ni pérdida de temporales bienes ni sobresalto de visión ni sueño desvariado ni otra cosa puedo sentir que fuese, salvo [la] alteración que tú me causaste con la demanda que sospeché de parte de aquel caballero Calisto, cuando me pediste la oración.

CEL.—¿Cómo señora, tan mal hombre es aquél? ¿Tan mal nombre es el suyo, que en sólo ser nombrado trae consigo ponzoña su sonido? No creas que sea ésa la causa de tu sentimiento, antes otra que yo barrunto. Y pues que así es, si tú licencia me das, yo, señora, te la diré.

MELIB.—¿Cómo, Celestina? ¿Qué es ese nuevo salario que pides? ¿De licencia tienes tú necesidad para me dar la salud? ¿Cuál médico jamás pidió tal seguro para curar al paciente? Di, di, que siempre la tienes de mí, tal que mi honra no dañes con tus palabras.

CEL.—Véote, señora, por una parte quejar el dolor, por otra temer la melecina. Tu temor me pone miedo, el miedo silencio, el silencio tregua entre tu llaga y mi melecina. Así que será causa, que ni tu dolor cese ni mi venida aproveche.

MELIB.—Cuanto más dilatas la cura, tanto más *me* acrecientas y multiplicas la pena y pasión. ¡O tus melecinas son de polvos de infamia y licor de corrupción, confaccionados con otro más crudo dolor que el que de parte del paciente se siente, o no es ninguno tu saber! Porque si lo uno o lo otro no *te impidiese* [90], cualquiera remedio otro darías sin temor, pues te pido le muestres, quedando libre mi honra.

CEL.—Señora, no tengas por nuevo ser más fuerte de sufrir al herido la ardiente trementina y los ásperos puntos que lastiman lo llagado, doblan la pasión, que no la primera lisión, que dio sobre sano. Pues si tú quieres ser sana y que te descubra la punta de mi sotil aguja sin temor, haz para tus manos y pies una ligadura de sosiego, para tus ojos una cobertura de piedad, para tu lengua un freno de *silencio* [91], para tus oídos unos algodones de sufrimiento y paciencia, y verás obrar a la antigua maestra de estas llagas.

MELIB.—¡Oh, cómo me muero con tu dilatar! Di, por Dios, lo que quisieres, haz lo que supieres, que no podrá ser tu remedio tan áspero que iguale con mi pena y tormento. Agora toque en mi honra, agora dañe mi fama, agora lastime mi cuerpo; aunque sea romper mis carnes para sacar mi dolorido corazón, te doy mi fe ser segura y, si siento alivio, bien galardonada.

LUCR.—(El seso tiene perdido mi señora. Gran mal es éste. Cautivádola ha esta hechicera.)

CEL.—(Nunca me ha de faltar un diablo acá y acullá; escapóme Dios de Pármeno, topóme con Lucrecia.)

MELIB.—¿Qué dices, amada maestra? ¿Qué te hablaba esa moza?

CEL.—No le oí nada. *Pero diga lo que dijere, sabe que no hay cosa más contraria en las grandes curas delante los animosos cirujanos, que los flacos corazones, los cuales con su gran lástima, con sus dolorosas hablas, con sus sentibles meneos, ponen temor al enfermo, hacen que desconfíe de la salud y al médico enojan y turban, y la turbación altera la mano, rige sin orden la aguja. Por donde se puede conocer claro* [92], que es muy necesario para tu salud que no esté persona delante y así que la debes mandar salir. Y tú, hija Lucrecia, perdona.

MELIB.—Salte fuera presto.

LUCR.—(¡Ya, ya; todo es perdido!) Ya me salgo, señora.

CEL.—También me da osadía tu gran pena, como ver que con tu sospecha has ya tragado alguna parte de mi cura; pero todavía es necesario traer más clara melecina y más saludable descanso de casa de aquel caballero Calisto.

MELIB.—Calla, por Dios, madre. No traigan [93] de su casa cosa para mi provecho ni le nombres aquí.

CEL.—Sufre, señora, con paciencia, que es el primer punto y principal. No se quiebre; si no, todo nuestro trabajo es perdido. Tu llaga es grande, tiene necesidad de áspera cura. Y lo duro con duro se ablanda más eficazmente. Y dicen los sabios que la cura del lastimero médico deja mayor señal y que nunca peligro sin peligro se vence. *Ten paciencia* [94], que pocas veces lo molesto sin molestia se cura. Y un clavo con otro se expele y un dolor con otro. No concibas odio ni desamor ni consientas a tu lengua decir mal de persona tan virtuosa como Calisto, que si conocido fuese...

MELIB.—¡Oh, por Dios, que me matas! ¿Y no [te] tengo dicho que no me alabes ese hombre ni me le nombres en bueno ni en malo?

CEL.—Señora, éste es otro y segundo punto, *el cual* si tú con tu mal sufrimiento no consientes, poco aprovechará mi venida, y si, como prometiste, lo sufres, tú quedarás sana y sin deuda y Calisto sin queja y pagado. Primero te avisé de mi cura y de esta invisible aguja, que sin llegar a ti, sientes en solo mentarla en mi boca.

MELIB.—Tantas veces me nombrarás ese tu caballero, que ni mi promesa baste ni la fe que te di a sufrir tus dichos. ¿De qué ha de quedar pagado? ¿Qué le debo yo a él? ¿Qué le soy *en* [95] cargo? ¿Qué ha hecho por mí? ¿Qué necesario es él aquí para el propósito de mi mal? Más agradable me sería que rasgases mis carnes y sacases mi corazón, que no traer esas palabras aquí.

CEL.—Sin te romper las vestiduras se lanzó en tu pecho el amor; no rasgaré yo tus carnes para le curar.

MELIB.—¿Cómo dices que llaman a este mi dolor, que así se ha enseñoreado en lo mejor de mi cuerpo?

CEL.—Amor dulce.

MELIB.—Esto me declara qué es, que en sólo oírlo me alegro.

CEL.—Es un fuego escondido, una agradable llaga, un sabroso veneno, una dulce amargura, una delectable dolencia, un alegre tormento, una dulce y fiera herida, una blanda muerte.

MELIB.—¡Ay, mezquina de mí! Que si verdad es tu relación, dudosa será mi salud. Porque, según la contrariedad que esos nombres entre sí muestran, lo que al uno fuere provechoso acarreará al otro más pasión.

CEL.—No desconfíe, señora, tu noble juventud de salud. [Que], cuando el alto Dios da la llaga, tras ella envía el remedio. Mayormente que sé yo al mundo nacida una flor que de todo esto te delibre.

MELIB.—¿Cómo se llama?

CEL.—No te lo oso decir.

MELIB.—Di, no temas.

CEL.—Calisto. ¡Oh, por Dios, señora Melibea! ¿Qué poco esfuerzo es éste; qué descaecimiento? [248] ¡Oh mezquina yo! ¡Alza la cabeza! ¡Oh malaventurada vieja! ¡En esto han de parar mis pasos! Si muere, matarme han; aunque viva, seré sentida, que ya no podrá sufrir[se] de no publicar su mal y mi cura. Señora mía, Melibea, ángel mío, ¿qué has sentido? ¿Qué es de tu habla graciosa; qué es de tu color alegre? Abre tus claros ojos. ¡Lucrecia, Lucrecia, entra presto acá, verás amortecida a tu señora entre mis manos! Baja presto por un jarro de agua.

MELIB.—Paso, paso, que yo me esforzaré. No escandalices la casa.

CEL.—¡Oh cuitada de mí! No te descaezcas, señora; háblame como sueles.

MELIB.—Y muy mejor. Calla, no me fatigues.

CEL.—¿Pues qué me mandas que haga, perla preciosa? ¿Qué ha sido este tu sentimiento? Creo que se van quebrando mis puntos.

MELIB.—Quebróse mi honestidad, quebróse mi empacho, aflojó mi mucha vergüenza, y como muy naturales, como muy domésticos, no pudieron tan livianamente despedirse de mi cara, que no llevasen consigo su color por algún poco espacio, mi fuerza, mi lengua y gran parte de mi sentido. ¡Oh, pues ya, mi nueva. [96] maestra, mi fiel secretaria, lo que tú tan abiertamente conoces, en vano trabajo por te lo encubrir! Muchos y muchos días son pasados que ese noble caballero me habló en amor. Tanto me fue entonces su habla enojosa, cuanto, después que tú me le tornaste a nombrar, alegre. Cerrado han tus puntos mi llaga, venida soy en tu querer. En mi cordón le llevaste envuelta la posesión de mi libertad. Su dolor de muelas era mi mayor tormento, su pena era la mayor mía. Alabo y loo tu buen sufrimiento, tu cuerda osadía, tu liberal trabajo, tus solícitos y fieles pasos, tu agradable habla, tu buen saber, tu demasiada solicitud, tu provechosa importunidad. Mucho te debe ese señor y más yo, que jamás pudieron mis reproches aflacar tu esfuerzo y perseverar, confiando en tu mucha astucia. Antes, como fiel servidora, cuando más denostada, más diligente; cuando más disfavor, más esfuerzo; cuando peor respuesta, mejor cara; cuando yo más airada, tú más humilde. Pospuesto todo el temor, has sacado de mi pecho lo que jamás a ti ni a otro pensé descubrir.

CEL.—Amiga y señora mía, no te maravilles, porque estos fines con efecto me dan osadía a sufrir los ásperos y escrupulosos desvíos de las encerradas doncellas como tú. Verdad es que ante que me determinase, así por el camino, como en tu casa, estuve en grandes dudas si te descubriría mi petición. Visto el gran poder de tu padre, temía; mirando la gentileza de Calisto, osaba; vista tu discreción, me recelaba; mirando tu virtud y humanidad, *me* esforzaba. En lo uno hallaba [97] el miedo [y] en lo otro la seguridad. Y pues así, señora, has quesido descubrir la gran merced que nos has hecho, declara tu voluntad, echa tus secretos en mi regazo, pon en mis manos el concierto de este concierto. Yo daré forma como tu deseo y el de Calisto sean en breve cumplidos.

MELIB.—¡Oh mi Calisto y mi señor! ¡Mi dulce y suave alegría! Si tu corazón siente lo que agora el mío, maravillada estoy cómo la ausencia te consiente vivir. ¡Oh mi madre y mi señora, haz de manera como luego le pueda ver, si mi vida quieres!

CEL.—Ver y hablar.

MELIB.—¿Hablar? Es imposible.

CEL.—Ninguna cosa a los hombres, que quieren hacerla, es imposible.

MELIB.—Dime cómo.

CEL.—Yo lo tengo pensado, yo te lo diré; por entre las puertas de tu casa.

MELIB.—¿Cuándo?

CEL.—Esta noche.

MELIB.—Gloriosa me serás, si lo ordenas. Di a qué hora.

CEL.—A las doce.

MELIB.—Pues ve, mi señora, mi leal amiga, y habla con aquel señor y que venga muy paso y de allí se dará concierto, según su voluntad, a la hora que has ordenado.

CEL.—Adiós, que viene hacia acá tu madre.

MELIB.—Amiga Lucrecia, [y] mi *leal criada* y fiel secretaria, ya has visto como no ha sido más en mi mano. Cautivóme el amor de aquel caballero. Ruégote, por Dios, se cubra con secreto sello, porque yo goce de tan suave amor. Tú serás de mí tenida en aquel *grado* [98] que merece tu fiel servicio.

LUCR.—*Señora, mucho antes de agora tengo sentida tu llaga y callado tu deseo. Hame fuertemente dolido tu perdición. Cuanto más tú me querías encubrir y celar el fuego que te quemaba, tanto más sus llamas se manifestaban en la color de tu cara, en el poco sosiego del corazón, en el meneo de tus miembros, en comer sin gana, en el no dormir. Así que continuo se te caían, como de entre las manos, señales muy claras de pena. Pero como en los tiempos que la voluntad reina en los señores o desmedido apetito, cumple a los servidores obedecer con diligencia corporal y no con artificiales consejos de lengua, sufría con pena, callaba con temor, encubría con fieldad; de manera que fuera mejor el áspero consejo que la blanda lisonja* [99]. Pero, pues ya no tiene tu merced otro medio, sino morir o amar, mucha razón es que se escoja por mejor aquello que en sí lo es.

ALI.—¿En qué andas acá, vecina, cada día?

CEL.—Señora, faltó ayer un poco de hilado al peso y vínelo a cumplir, porque di mi palabra y, traído, voyme. Quede Dios contigo.

ALI.—Y contigo vaya.

Hija Melibea, ¿qué quería la vieja?

MELIB.—[Señora], venderme un poquito de solimán.

ALI.—Eso creo yo más que lo que la vieja ruin dijo. Pensó que recibiría yo pena de ello y mintióme. Guárdate hija, de ella, que es gran traidora. Que el sotil ladrón siempre rodea las ricas moradas. Sabe ésta con sus traiciones, con sus falsas mercadurías, mudar los propósitos castos. Daña la fama. A tres veces que entra en una casa, engendra sospecha.

LUCR.—(Tarde acuerda nuestra ama.)

ALI.—Por amor mío, hija, que si acá tornare sin verla yo, que no hayas por bien su venida ni la recibas con placer. Halle en ti honestidad en tu respuesta y jamás volverá. Que la verdadera virtud más se teme que espada.

MELIB.—¿De ésas es? ¡Nunca más! Bien huelgo, señora, de ser avisada, por saber de quién me tengo de guardar.

Argumento del onceno auto

Despedida Celestina de Melibea, va por la calle sola hablando. Ve a Sempronio y a Pármeno que van a la Magdalena por su señor. Sempronio habla con Calisto. Sobreviene Celestina. Van a casa de Calisto. Declárale Celestina su mensaje y negocio recaudado con Melibea. Mientra ellos en estas razones están, Pármeno y Sempronio entre sí hablan. Despídese Celestina de Calisto, va para su casa, llama a la puerta. Elicia le viene a abrir. Cenan y vanse a dormir.

CALISTO, CELESTINA, PÁRMENO, SEMPRONIO, ELICIA

CEL.— ¡Ay Dios, si llegase a mi casa con mi mucha alegría a cuestas! A Pármeno y a Sempronio veo ir a la Magdalena. Tras ellos me voy, y si ahí [no] estuviere Calisto, pasaremos a su casa a pedirle [las] albricias de su gran gozo.

SEMP.—Señor, mira que tu estada es dar a todo el mundo que decir. Por Dios, que huyas de ser traído en lenguas, que al muy devoto llaman hipócrita. ¿Qué dirán sino que andas royendo los santos? Si pasión tienes, súfrela en tu casa; no te sienta la tierra. No descubras tu pena a los extraños, pues está en manos el pandero que lo sabrá bien tañer.

CAL.—¿En qué manos?

SEMP.—De Celestina.

CEL.—¿Qué nombráis a Celestina? ¿Qué decís de esta esclava de Calisto? Toda la calle del Arcediano vengo a más andar tras vosotros por alcanzaros y jamás he podido con mis luengas haldas.

CAL.— ¡Oh joya del mundo, acorro de mis pasiones, espejo de mi vista! El corazón se me alegra en ver esa honrada presencia, esa noble senectud. Dime, ¿con qué vienes? ¿Qué nuevas traes, que te veo alegre y no sé en qué está mi vida?

CEL.—En mi lengua.

CAL.—¿Qué dices, gloria y descanso mío? Declárame más lo dicho.

CEL.—Salgamos, señor, de la iglesia y de aquí a casa te contaré algo con que te alegres de verdad.

PÁRM.—(Buena viene la vieja, hermano; recaudado debe de haber.

SEMP.—Escúcha[la].)

CEL.—Todo este día, señor, he trabajado en tu negocio y he dejado perder otros en que harto me iba. Muchos tengo quejosos por tener[te] a ti contento. Más he dejado de ganar que piensas. Pero todo vaya en buena hora, pues tan buen recaudo traigo; *y óyeme, que en pocas palabras te lo diré, que soy corta de razón: a Melibea* [100] dejo a tu servicio.

CAL.—¿Qué es esto que oigo?

CEL.—Que es más tuya que de sí misma; más está a tu mandado y querer que de su padre Pleberio.

CAL.—Habla cortés, madre, no digas tal cosa, que dirán estos mozos que estás loca. Melibea es mi señora, Melibea es mi dios, Melibea es mi vida; yo su cativo, yo su siervo.

SEMP.—Con tu desconfianza, señor, con tu poco preciarte, con tenerte en poco, hablas esas cosas con que atajas su razón. A todo el mundo turbas diciendo desconciertos. ¿De qué te santiguas? Dale algo por su trabajo; harás mejor, que eso esperan esas palabras.

CAL.—Bien has dicho. Madre mía, yo sé cierto que jamás igualará tu trabajo y mi liviano galardón. En lugar de manto y saya, porque no se dé parte a oficiales [249], toma esta cadenilla, ponla al cuello y procede en tu razón y mi alegría.

PÁRM.—(¿Cadenilla la llama? ¿No lo oyes, Sempronio? No estima el gasto. Pues yo te certifico no diese mi parte por medio marco de oro [250], por mal que la vieja lo reparta.

SEMP.—Oírte ha nuestro amo, ternémos en él que amansar y en ti que sanar, según está hinchado de tu mucho murmurar. Por mi amor, hermano, que oigas y calles, que por eso te dio Dios dos oídos y una lengua sola.

PÁRM.—¡Oirá el diablo! Está colgado de la boca de la vieja, sordo y mudo y ciego, hecho personaje sin son, que, aunque le diésemos higas [251], diría que alzábamos las manos a Dios, rogando por buen fin de sus amores.

SEMP.—Calla, oye, escucha bien a Celestina. En mi alma, todo lo merece y más que le diese. Mucho dice.)

CEL.—Señor Calisto, para tan flaca vieja como yo, *de* mucha franqueza usaste. Pero, como todo don o dádiva se juzgue grande o chica respecto del que lo da, no quiero traer a consecuencia mi poca merecer, ante quien sobra en cualidad y en cuantidad. Mas medirse ha con tu magnificencia, ante quien no es nada. En pago de la cual te restituyo tu salud, que iba perdida; tu corazón, que [te] faltaba; tu seso, que se alteraba. Melibea pena por ti más que tú por ella, Melibea te ama y desea ver, Melibea piensa más horas en tu persona que en la suya, Melibea se llama tuya y esto tiene por título de libertad y con esto amansa el fuego, que más que a ti la quema.

CAL.—Mozos, ¿estoy yo aquí? Mozos, ¿oigo yo esto? Mozos, mirad si estoy despierto. ¿Es de día o de noche? ¡Oh señor Dios, padre celestial, ruégote que esto no sea sueño! ¡Despierto, pues, estoy! Si burlas, señora, de mí por me pagar [252] en palabras, no temas, di verdad, que para lo que tú de mí has recibido, más merecen tus pasos.

CEL.—Nunca el corazón lastimado de deseo toma la buena nueva por cierta ni la mala por dudosa; pero, si burlo o si no, verlo has yendo esta noche, según el concierto dejo con ella, a su casa, en dando el reloj doce, a la hablar por entre las puertas. De cuya boca sabrás más por entero mi solicitud y su deseo y el amor que te tiene y quién lo ha causado.

CAL.—Ya, ya, ¿tal cosa espero? ¿Tal cosa es posible haber de pasar por mí? Muerto soy de aquí allá, no soy capaz de tanta gloria, no merecedor de tan gran merced, no digno de hablar con tal señora de su voluntad y grado.

CEL.—Siempre lo oí decir, que es más difícil de sufrir la próspera fortuna que la adversa; que la una no tiene sosiego y la otra tiene consuelo. ¿Cómo, señor Calisto, y no mirarías quién tú eres? ¿No mirarías el tiempo que has gastado en su servicio? ¿No mirarías a quién has puesto entremedias? ¿Y asimismo que hasta agora siempre has estado dudoso de la alcanzar y tenías sufrimiento? Agora que te certifico el fin de tu penar, ¿quieres poner fin a tu vida? Mira, mira, que está Celestina de tu parte y que, aunque todo te faltase lo que en un enamorado se requiere, te vendería por el más acabado galán del mundo, que te haría llanas las peñas para andar, que te haría las más crecidas aguas corrientes pasar sin mojarte. Mal conoces a quien das tu dinero.

CAL.—¡Cata, señora! ¿Que me dices que verná de su grado?

CEL.—Y aun de rodillas.

SEMP.—No sea ruido hechizo [253], que nos quieren tomar a manos a todos. Cata, madre, que así se suelen dar las zarazas [254] en pan envueltas, porque no las sienta el gusto.

PÁRM.—Nunca te oí decir mejor cosa. Mucha sospecha me pone el presto conceder de aquella señora y venir tan aína [255] en todo su querer de Celestina, engañando nuestra voluntad con sus palabras dulces y prestas por hurtar por otra parte, como hacen los de Egipto [256] cuando el signo nos catan en la mano. *Pues alahé, madre, con dulces palabras están muchas injurias vengadas. El manso <falso> boezuelo [257] con su blando cencerrar trae las perdices a la red; el canto de la serena engaña los simples marineros con su dulzor. Así ésta con su mansedumbre y concesión presta querrá tomar una manada de nosotros a su salvo; purgará su inocencia con la honra de Calisto y con nuestra muerte. Así como corderica mansa que mama su madre y la ajena, ella con su segurar tomará la venganza de Calisto en todos nosotros, de manera que, con la mucha gente que tiene, podrá cazar a padres e hijos en una nidada y tú estarte has rascando a tu fuego, diciendo: «a salvo está él que repica».*

CAL.—¡Callad, locos, bellacos, sospechosos! Parece que dais a entender que los ángeles sepan hacer mal. Sí, que Melibea ángel disimulado es, que vive entre nosotros.

SEMP.—(¿Todavía te vuelves a tus herejías? Escúchale, Pármeno. No te pene nada, que, si fuere trato doble, él lo pagará, que nosotros buenos pies tenemos.)

CEL.—Señor, tú estás en lo cierto; vosotros cargados de sospechas vanas. Yo he hecho todo lo que a mí era a cargo. Alegre te dejo. Dios te libre y aderece. Pártome muy contenta. Si fuere menester para esto o para más, allí estoy muy aparejada a tu servicio.

PÁRM.—(¡Hi, hi, hi!

SEMP.—¿De qué te ríes, por tu vida, [Pármeno]?

PÁRM.—De la priesa que la vieja tiene por irse. No ve la hora que haber despegado²⁵⁸ la cadena de casa. No puede creer que la tenga en su poder ni que se la han dado de verdad. No se halla digna de tal don, tan poco como Calisto de Melibea.

SEMP.—¿Qué quieres que haga una puta alcahueta, que sabe y entiende lo que nosotros [nos] callamos, y suele hacer siete virgos por dos monedas, después de verse cargada de-oro, sino ponerse en salvo con la posesión, con temor no se la tornen a tomar, después que ha cumplido de su parte aquello para que era menester? ¡Pues guárdese del diablo, que sobre el partir no le saquemos el alma!)

CAL.—Dios vaya contigo, [mi] madre. Yo quiero dormir y reposar un rato para satisfacer a las pasadas noches y cumplir con la por venir.

CEL.—Tha, tha, *tha, tha.*

ELIC.—¿Quién llama?

CEL.—Abre, hija Elicia.

ELIC.—¿Cómo vienes tan tarde? No lo debes hacer, que eres vieja; tropezarás donde caigas y mueras.

CEL.—No temo eso, que de día me aviso por donde venga de noche. *Que jamás me subo por poyo ni calzada, sino por medio de la calle. Porque como dicen: no da paso seguro quien corre por el muro y que aquel va más sano que anda por llano. Más quiero ensuciar mis zapatos con el lodo que ensangrentar las tocas y los cantos.* Pero no te duele a ti en ese lugar.

ELIC.—¿Pues qué me ha de doler?

CEL.—Que se fue la compañía; que te dejé; y quedaste sola.

ELIC.—Son pasadas cuatro horas *después,* ¿y habíaseme de acordar de eso?

CEL.—Cuanto más presto te dejaron, más con razón lo sentiste. Pero dejemos su ida y mi tardanza. Entendamos en cenar y dormir.

Argumento del doceno auto

Llegando la media noche, Calisto, Sempronio, y Pármeno, armados van para casa de Melibea. Lucrecia y Melibea están cabe la puerta, aguardando a Calisto. Viene Calisto. Háblale primero Lucrecia. Llama a Melibea. Apártase Lucrecia. Háblanse por entre las puertas Melibea y Calisto. Pármeno y Sempronio *en* (101) su cabo departen. Oyen gentes por la calle. Apercíbense para huir. Despídese Calisto de Melibea, dejando concertada la tornada para la noche siguiente. Pleberio, al son del ruido que había en la calle, despierta, llama a su mujer, Alisa. Preguntan a Melibea quién da patadas en su cámara. Responde Melibea a su padre [Pleberio] fingiendo que tenía sed. Calisto con sus criados va para su casa hablando. Échase a dormir. Pármeno y Sempronio van a casa de Celestina. Demandan su parte de la ganancia. Disimula Celestina. Vienen a reñir. Échanle mano a Celestina; mátanla. Da voces Elicia. Viene la justicia y préndelos *a* ambos.

CALISTO, LUCRECIA, MELIBEA, SEMPRONIO, PÁRMENO, PLEBERIO, ALISA, CELESTINA, ELICIA

CAL.—¿Mozos, qué hora da el reloj?

SEMP.—Las diez.

CAL.—¡Oh, cómo me descontenta el olvido en los mozos! De mi mucho acuerdo [259] en esta noche y tu descuidar y olvido se haría una razonable memoria y cuidado. ¿Cómo, desatinado, sabiendo cuánto me va, [Sempronio], en ser diez o once, me respondías a tiento lo que más aína se te vino a la boca? ¡Oh cuitado de mí! Si por caso me hobiera dormido y colgara mi pregunta de la respuesta de Sempronio para hacer[me] de once diez y así de doce once, saliera Melibea, yo no fuera ido, tornárase; de manera, que ni mi mal hobiera fin ni mi deseo ejecución. No se dice en balde que mal ajeno de pelo cuelga [260].

SEMP.—Tanto yerro, [señor], me parece sabiendo, preguntar, como ignorando, responder. [Mas éste mi amo tiene gana de reñir y no sabe cómo.

PÁRM.]—Mejor sería, señor, que se gastase esta hora

que queda en aderezar armas, que en buscar cuestiones [102].

CAL. *Bien me dice este necio. No quiero en tal tiempo recibir enojo. No quiero pensar en lo que pudiera venir, sino en lo que fue; no en el daño que resultara de su negligencia, sino en el provecho que verná de mi solicitud. Quiero dar espacio a la ira, que o se me quitará o se me ablandará.* [Pues] descuelga *Pármeno,* mis corazas *y armaos vosotros y así iremos a buen recaudo, porque como dicen: el hombre apercibido, medio combatido* [261].

PÁRM.—Helas aquí, señor.

CAL.—Ayúdame aquí a vestirlas. Mira tú, Sempronio, si parece alguno por la calle.

SEMP.—Señor, ninguna gente parece y, aunque la hobiese, la mucha escuridad privaría el viso [262] y conocimiento a los que nos encontrasen.

CAL.—Pues andemos por esta calle, aunque se rodee alguna cosa, porque más encubiertos vamos. Las doce da ya; buena hora es.

PÁRM.—Cerca estamos.

CAL.—A buen tiempo llegamos. Párate tú, Pármeno, a ver si es venida aquella señora por entre las puertas.

PÁRM.—¿Yo, señor? Nunca Dios mande que sea en dañar lo que no concerté; mejor será que tu presencia sea su primer encuentro, porque viéndome a mí no se turbe de ver que de tantos es sabido lo que tan ocultamente querría hacer y con tanto temor hace, o porque quizá pensará que la burlaste.

CAL.— ¡Oh, qué bien has dicho! La vida me has dado con tu sotil aviso, pues no era más menester para me llevar muerto a casa, que volverse ella por mi mala providencia. Yo me llego allá; quedaos vosotros en ese lugar.

PÁRM.—¿Qué te parece, Sempronio, cómo el necio de nuestro amo pensaba tomarme por broquel, para el encuentro del primer peligro? ¿Qué sé yo quién está tras las puertas cerradas? ¿Qué sé yo si hay *alguna* traición? ¿Qué sé yo si Melibea anda porque le pague nuestro amo su mucho atrevimiento de esta manera? Y *más,* aun no somos muy ciertos decir verdad la vieja. No sepas hablar, Pármeno: ¡sacarte han el alma, sin saber quién! No seas lisonjero, como tu amo quiere, y jamás llorarás duelos ajenos. No tomes en lo que te cumple el consejo de Celestina y hallarte has a escuras. Ándate ahí con tus consejos y amonestaciones fieles: ¡darte han de palos! No vuelvas la hoja y quedarte has a buenas noches. Quiero hacer cuenta que hoy me nací, pues de tal peligro me escapé.

SEMP.—Paso, paso, Pármeno. No saltes ni hagas ese bullicio de placer, que darás causa que seas sentido.

PÁRM.—Calla, hermano, que no me hallo de alegría. ¡Cómo le hice creer que por lo que a él cumplía dejaba de ir y era por mi seguridad! ¿Quién supiera así rodear su provecho, como yo? Muchas cosas me verás hacer, si estás de aquí adelante atento, que no las sientan todas personas, así con Calisto como con cuantos en este negocio suyo se entremetieren. Porque soy cierto que esta doncella ha de ser para él cebo de anzuelo o carne de buitrera [263], que suelen pagar bien el escote los que a comerla vienen.

SEMP.—Anda, no te penen a ti esas sospechas, aunque salgan verdaderas. Apercíbete; a la primer*a* voz que oyeres, tomar calzas de Villadiego.

PÁRM.—Leído has donde yo; en un corazón estamos. Calzas traigo y aun borceguíes de esos ligeros que tú dices, para mejor huir que otro. Pláceme que me has, hermano, avisado de lo que yo no hiciera de vergüenza de ti. Que nuestro amo, si es sentido, no temo que se escapará de manos de esta gente de Pleberio, para podernos después demandar cómo lo hicimos e incusarnos [264] el huir.

SEMP.—¡Oh Pármeno, amigo, cuán alegre y provechosa es la conformidad en los compañeros! Aunque por otra cosa no nos fuera buena Celestina, era harta utilidad *la* que por su causa nos ha venido.

PÁRM.—Ninguno podrá negar lo que por sí se muestra. Manifiesto es que con vergüenza el uno del otro, por

no ser odiosamente acusado de cobarde, esperáramos aquí
la muerte con nuestro amo, no siendo más de él merecedor de ella.

SEMP.—Salido debe haber Melibea. Escucha, que hablan quedito.

PÁRM.—¡Oh, cómo temo que no sea ella, sino alguno
que finja su voz!

SEMP.—Dios nos libre de traidores, no nos hayan tomado la calle por do tenemos de huir; que de otra cosa
no tengo temor.

CAL.—Este bullicio, más de una persona lo hace. Quiero hablar, sea quien fuere. ¡Ce, señora mía!

LUCR.—La voz de Calisto es ésta. Quiero llegar. ¿Quién
habla? ¿Quién está fuera?

CAL.—Aquel que viene a cumplir tu mandado.

LUCR.—¿Por qué no llegas, señora? Llega sin temor
acá, que aquel caballero está aquí.

MELIB.—¡Loca, habla paso! Mira bien si es él.

LUCR.—Allégate, señora, que sí es, que yo le conozco
en la voz.

CAL.—Cierto soy burlado; no era Melibea la que me
habló. ¡Bullicio oigo; perdido soy! Pues viva o muera,
que no he de ir de aquí.

MELIB.—Vete, Lucrecia, acostar un poco. ¡Ce señor!
¿Cómo es tu nombre? ¿Quién es el que te mandó ahí
venir?

CAL.—Es la que tiene merecimiento de mandar a todo
el mundo, la que dignamente servir yo no merezco. No
tema tu merced de se descubrir a este cativo de tu
gentileza; que el dulce sonido de tu habla, que jamás de
mis oídos se cae, me certifica ser tú mi señora Melibea.
Yo soy tu siervo Calisto.

MELIB.—La sobrada osadía de tus mensajes me ha forzado a haberte de hablar, señor Calisto. Que habiendo
habido de mí la pasada respuesta a tus razones, no sé qué
piensas más sacar de mi amor, de lo que entonces te mostré. Desvía estos vanos y locos pensamientos de tí, porque
mi honra y persona estén sin detrimento de mala sospecha

seguras. A esto fue aquí mi venida, a dar concierto en tu
despedida y mi reposo. No quieras poner mi fama en la
balanza de las lenguas maldicientes.

CAL.—A los corazones aparejados con apercibimiento
recio contra las adversidades, ninguna puede venir que
pase de claro en claro la fuerza de su muro. Pero [103] el
triste que, desarmado y sin proveer los engaños y celadas,
se vino a meter por las puertas de tu seguridad, cualquiera cosa que en contrario vea, es razón que me atormente
y pase rompiendo todos los almacenes en que la dulce
nueva estaba aposentada. ¡Oh malaventurado Calisto, oh
cuán burlado has sido de tus sirvientes! ¡Oh engañosa
mujer Celestina; dejárasme acabar de morir y no tornaras
a vivificar mi esperanza, para que tuviese más que gastar
el fuego que ya me aqueja! ¿Por qué falsaste la palabra
de esta mi señora? ¿Por qué has así dado con tu lengua
causa a mi desesperación? ¿A qué me mandaste aquí
venir, para que me fuese mostrado el disfavor, el éntre-
dicho, la desconfianza, el odio, por la misma boca de esta
que tiene las llaves de mi perdición y gloria? ¡O enemiga! ¿Y tú no me dijiste que esta mi señora me era
favorable? ¿No me dijiste que de su grado mandaba venir
este su cativo al presente lugar, no para me desterrar
nuevamente de su presencia, pero para *alzar* [104] el des-
tierro, ya por otro su mandamiento puesto ante de
agora? ¿En quién hallaré yo fe? ¿Adónde hay verdad?
¿Quién carece de engaño? ¿Adónde no moran falsarios?
¿Quién es claro enemigo? ¿Quién es verdadero amigo?
¿Dónde no se fabrican traiciones? ¿Quién osó darme tan
cruda esperanza de perdición?

MELIB.—Cesen, señor mío, tus verdaderas querellas;
que ni mi corazón basta para las sufrir ni mis ojos para
lo disimular. Tú lloras de tristeza, juzgándome cruel; yo
lloro de placer, viéndote tan fiel. ¡Oh mi señor y mi bien
todo! ¡Cuánto más alegre me fuera poder ver tu faz, que
oír tu voz! Pero, pues no se puede al presente más hacer,
toma la firma y sello de las razones que te envié escritas
en la lengua de aquella solícita mensajera. Todo lo que

te dijo confirmo, todo lo he por bueno. Limpia, señor, tus ojos, ordena de mí a tu voluntad.

CAL.—¡Oh señora mía, esperanza de mi gloria, descanso y alivio de mi pena, alegría de mi corazón! ¿Qué lengua será bastante para te dar iguales gracias a la sobrada e incomparable merced que en este punto, de tanta congoja para mí, me has quesido hacer en querer que un tan flaco e indigno hombre pueda gozar de tu suavísimo amor? Del cual, aunque muy deseoso, siempre me juzgaba indigno, mirando tu grandeza, considerando tu estado, remirando tu perfección, contemplando tu gentileza, acatando mi poco merecer y tu alto merecimiento, tus extremadas gracias, tus loadas y manifiestas virtudes. Pues, oh alto Dios, ¿cómo te podré ser ingrato, que tan milagrosamente has obrado conmigo tus singulares maravillas? ¡Oh, cuántos días antes de agora pasados me fue venido es[t]e pensamiento a mi corazón, y por imposible le rechazaba de mi memoria, hasta que ya los rayos ilustrantes de tu *muy* claro gesto dieron luz en mis ojos, encendieron mi corazón, despertaron mi lengua, extendieron mi merecer, acortaron mi cobardía, destorcieron mi encogimiento, doblaron mis fuerzas, desadormecieron mis pies y manos, finalmente me dieron tal osadía, que me han traído con su mucho poder a este sublimado estado en que agora me veo, oyendo de grado tu suave voz! La cual, si ante de agora no conociese y no sintiese tus saludable olores, no podría creer que careciesen de engaño tus palabras. Pero, como soy cierto de tu limpieza de sangre y hechos, me estoy remirando si soy yo Calisto, a quien tanto bien se [le] hace.

MELIB.—Señor Calisto, tu mucho merecer, tus extremadas gracias, tu alto nacimiento han obrado que, después que de ti hobe entera noticia, ningún momento de mi corazón te partieses. Y aunque muchos días he pugnado por lo disimular, no he podido tanto que, en tornándome aquella mujer tu dulce nombre a la memoria, no descubriese mi deseo y viniese a este lugar y tiempo, donde te suplico ordenes y dispongas de mi persona según querrás. Las puertas impiden nuestro gozo, las cuales yo maldigo y sus fuertes cerrojos y mis flacas fuerzas, que ni tú estarías quejoso ni yo descontenta.

CAL.—¿Cómo, señora mía, y mandas que consienta a un palo impedir nuestro gozo? Nunca yo pensé que, demás de tu voluntad, lo pudiera cosa estorbar. ¡Oh molestas y enojosas puertas! Ruego a Dios que tal fuego os abrase, como a mí da guerra; que con la tercia parte seríades en un punto quemadas. Pues, por Dios, señora mía, permite que llame a mis criados para que las quiebren.

PÁRM.—(¿No oyes, no oyes, Sempronio? A buscarnos quiere venir para que nos den mal año. No me agrada cosa esta venida. ¡En mal punto creo que se empezaron estos amores! Yo no espero más aquí [105].

SEMP.—Calla, calla, escucha, que ella no consiente que vamos allá.)

MELIB.—¿Quieres, amor mío, perderme a mí y dañar mi fama? No sueltes las riendas a la voluntad. La esperanza es cierta, el tiempo breve. Cuanto tú ordenares. Y pues tú sientes tu pena sencilla e yo la de entrambos, tú solo dolor, yo el tuyo y el mío, conténtate con venir mañana a esta hora por las paredes de mi huerto. Que si agora quebrases las crueles puertas, aunque al presente no fuésemos sentidos, amanecería en casa de mi padre terrible sospecha de mi yerro. Y pues sabes que tanto mayor es el yerro cuanto mayor es el que yerra, en un punto será por la ciudad publicado.

SEMP.—(¡Enoramala acá esta noche venimos! Aquí nos ha de amanecer, según del espacio que nuestro amo lo toma. Que, aunque más la dicha nos ayude, nos han en tanto tiempo de sentir de su casa o vecinos.

PÁRM.—Ya ha dos horas que te requiero que nos vamos, que no faltará un achaque.)

CAL.—¡Oh mi señora y mi bien todo! ¿Por qué llamas yerro a aquello por que los santos de Dios me fue concedido? Rezando hoy ante el altar de la Magdalena, me vino con tu mensaje alegre aquella solícita mujer.

PÁRM.—¡Desvariar, Calisto, desvariar! Por fe tengo, hermano, que no es cristiano. Lo que la vieja traidora con sus pestíferos hechizos ha rodeado y hecho, dice que los santos de Dios se lo han concedido e impetrado. Y con esta confianza quiere quebrar las puertas; y no habrá dado el primer golpe, cuando sea sentido y tomado por los criados de su padre, que duermen cerca.

SEMP.—Ya no temas, Pármeno, que harto desviados estamos. En sintiendo bullicio, el buen huir nos ha de valer. Déjale hacer, que si mal hiciere, él lo pagará.

PÁRM.—Bien hablas, en mi corazón estás. Así se haga. Huigamos la muerte, que somos mozos. *Que no querer morir ni matar no es cobardía, sino buen natural. Estos escuderos de Pleberio son locos: no desean tanto comer, ni dormir, como cuestiones y ruidos. Pues más locura sería esperar pelea con enemigo, que no ama tanto la vitoria y vencimiento, como la continua guerra y contienda.* ¡Oh, si me vieses, hermano, cómo estoy, placer habrías! A medio lado, abiertas las piernas, el pie izquierdo adelante puesto en huida, las haldas en la cinta, la adarga [265] arollada y sobre el sobaco, porque no me empache. Que, por Dios, que creo *huyese* [106] como un gamo, según el temor que tengo de estar aquí.

SEMP.—Mejor estoy yo, que tengo liado el broquel y el espada con las correas, porque no se [me] caigan al correr, y el caxquete en la capilla [266].

PÁRM.—¿Y las piedras que traías en ella?

SEMP.—Todas las vertí por ir más liviano. Que harto tengo que llevar en estas corazas que me hiciste vestir por [tu] importunidad; que bien las rehusaba de traer, porque me parecían para huir muy pesadas. ¡Escucha, escucha! ¿Oyes, Pármeno? ¡A malas andan; muertos somos! Bota presto, echa hacia casa de Celestina, no nos atajen por nuestra casa.

PÁRM.—Huye, huye, que corres poco. ¡Oh pecador de mí, si nos han de alcanzar! Deja broquel y todo.

SEMP.—¿Si han muerto ya a nuestro amo?

PÁRM.—No sé, no me digas nada; corre y calla, que el menor cuidado mío es ése.

SEMP.—¡Ce, ce, Pármeno! Torna, torna callando, que no es sino la gente del alguacil, que pasaba haciendo estruendo por la otra calle.

PÁRM.—Míralo bien; no te fíes en los ojos, que se antoja muchas veces uno por otro. No me habían dejado gota de sangre. Tragada tenía ya la muerte, que me parecía que me iban dando en estas espaldas golpes. En mi vida me acuerdo haber tan gran temor ni verme en tal afrenta, aunque he andado por casas ajenas harto tiempo y en lugares de harto trabajo. Que nueve años serví a los frailes de Guadalupe, que mil veces nos apuñeábamos yo y otros. Pero nunca como esta *vez* hobe miedo de morir.

SEMP.—*¿Y yo no serví al cura de San Miguel y al mesonero de la plaza y a Mollejar <Mollejas>, el hortelano? Y también yo tenía mis cuestiones con los que tiraban piedras a los pájaros, que asentaban en un álamo grande que tenía, porque dañaban la hortaliza.* Pero guárdete Dios de verte con armas, que aquél es el verdadero temor. No en balde dicen; cargado de hierro y cargado de miedo. Vuelve, vuelve, que el aguacil es cierto.

MELIB.—Señor Calisto, ¿qué es eso que en la calle suena? Parecen voces de gente que van en huida. Por Dios, mírate, que estás a peligro.

CAL.—Señora, no temas, que a buen seguro vengo. Los míos deben de ser, que son unos locos y desarman a cuantos pasan y huiríales alguno.

MELIB.—¿Son muchos los que traes?

CAL.—No, sino dos; pero, aunque sean seis sus contrarios, no recibirán mucha pena para les quitar las armas y hacerlos huir, según su esfuerzo. Escogidos son, señora, que no vengo a lumbre de pajas [267]. Si no fuese por lo que a tu honra toca, pedazos harían estas puertas. Y si sentidos fuésemos, a ti y a mí librarían de toda la gente de tu padre.

MELIB.—¡Oh, por Dios, no se cometa tal cosa! Pero mucho placer tengo que de tan fiel gente andas acompañado. Bienempleado es el pan que tan esforzados sirvientes comen. Por mi 'amor, señor, pues tal gracia la natura les quiso dar, sean de ti bientratados y galardonados, porque en todo te guarden secreto. *Y cuando sus osadías y atrevimientos les corrigieres, a vueltas del castigo mezcla favor, porque los ánimos esforzados no sean con encogimiento diminutos e irritados en el osar a sus tiempos.*

PÁRM.— ¡Ce, ce, señor, quítate presto dende, que viene mucha gente con hachas y serás visto y conocido, que no hay donde te metas!

CAL.—¡Oh mezquino yo y cómo es forzado, señora, partirme de ti! ¡Por cierto, temor de la muerte no obrara tanto como el de tu honra! Pues que así es, los ángeles queden con tu presencia. Mi venida será, como ordenaste, por el huerto.

MELIB.—Así sea y vaya Dios contigo.

PLEB.—Señora mujer, ¿duermes?

ALI.—Señor, no.

PLEB.—¿No oyes bullicio en el retraimiento [268] de tu hija?

ALI.—Sí oigo. ¡Melibea, Melibea!

PLEB.—No te oye; yo la llamaré más recio. ¡Hija mía, Melibea!

MELIB.— ¡Señor!

PLEB.—¿Quién da patadas y hace bullicio en tu cámara?

MELIB.—Señor, Lucrecia es, que salió por un jarro de agua para mí, que había [gran] sed.

PLEB.—Duerme, hija, que pensé que era otra cosa.

LUCR.—(Poco estruendo los despertó. Con [gran] pavor hablaban.

MELIB.—No hay tan manso animal que con amor o temor de sus hijos no aspere[ce]. Pues ¿qué harían, si mi cierta salida supiesen?)

CAL.—Cerrad esa puerta, hijos. Y tú, Pármeno, sube una vela arriba.

SEMP.—Debes, señor, reposar y dormir es[t]o que queda de aquí al día.

CAL.—Pláceme, que bien lo he menester. ¿Qué te parece, Pármeno, de la vieja, que tú me desalababas? ¿Qué obra ha salido de sus manos? ¿Qué fuera hecho sin ella?

PÁRM.—Ni yo sentía tu gran pena ni conocía la gentileza y merecimiento de Melibea; y así no tengo culpa. Conocía a Celestina y sus mañas. Avisábate como a señor; pero ya me parece que es otra. Todas las ha mudado.

CAL.—¿Y cómo mudado?

PÁRM.—Tanto que, si no lo hobiese visto, no lo creería; mas así vivas tú como es verdad.

CAL.—¿Pues habéis oído lo que con aquella mi señora he pasado? ¿Qué hacíades? ¿Teníades temor?

SEMP.—¿Temor, señor, o qué? Por cierto, todo el mundo no nos le hiciera tener. ¡Hallado habías los temerosos! Allí estuvimos esperándote muy aparejados y nuestras armas muy a mano.

CAL.—¿Habéis dormido algún rato?

SEMP.—¿Dormir, señor? ¡Dormilones son los mozos! Nunca me asenté ni aun junté por Dios los pies, mirando a todas partes para, en sintiendo, *poder* [107] saltar presto y hacer todo lo que mis fuerzas me ayudaran. Pues Pármeno, aunque [te] parecía que no te servía hasta aquí de buena gana, así se holgó, cuando vido los de las hachas, como lobo cuando siente polvo de ganado, pensando poder quitárselas [108], hasta que vido que eran muchos.

CAL.—No te maravilles, que procede de su natural ser osado y, aunque no fuese por mí, hacíalo porque no pueden los tales venir contra su uso, que aunque muda el pelo la raposa, su natural no despoja. Por cierto yo dije a mi señora Melibea lo que en vosotros hay y cuán seguras tenía mis espaldas con vuestra ayuda y guarda. Hijos, en mucho cargo os soy. Rogad a Dios por salud, que yo os galardonaré más cumplidamente vuestro buen servicio. Id con Dios a reposar.

PÁRM.—¿Adónde iremos, Sempronio? ¿A la cama a dormir o a la cocina a almorzar?

SEMP.—Ve tú donde quisieres; que, antes que venga el día, quiero yo ir a Celestina a cobrar mi parte de la cadena. Que es una puta vieja; no le quiero dar tiempo en que fabrique alguna ruindad con que nos excluya.

PÁRM.—Bien dices; olvidado lo había. Vamos entrambos y, si en eso se pone, espantémosla de manera que le pese. Que sobre dinero no hay amistad.

SEMP.—¡Ce, ce, calla, que duerme cabe esta ventanilla! Tha, tha; señora Celestina, ábrenos.

CEL.—¿Quién llama?

SEMP.—Abre, que son tus hijos.

CEL.—No tengo yo hijos que anden a tal hora.

SEMP.—Ábrenos a Pármeno y a Sempronio, que nos venimos acá almorzar contigo.

CEL.—¡Oh locos traviesos; entrad, entrad! ¿Cómo venís a tal hora, que ya amanece? ¿Qué habéis hecho? ¿Qué os ha pasado? ¿Despidióse la esperanza de Calisto o vive todavía con ella, y cómo queda?

SEMP.—¿Cómo, madre? Si por nosotros no fuera, ya anduviera su alma buscando posada para siempre. Que, si estimarse pudiese a lo que de allí nos queda obligado, no sería su hacienda bastante a cumplir la deuda, si verdad es lo que dicen, que la vida y persona es más digna y de más valor que otra cosa ninguna.

CEL.—¡Jesú! ¿Que en tanta afrenta os habéis visto? Cuéntamelo, por Dios.

SEMP.—Mira qué tanta, que por mi vida la sangre me hierve en el cuerpo en tornarlo a pensar.

CEL.—Reposa, por Dios, y dímelo.

PÁRM.—Cosa larga le pides, según venimos alterados y cansados del enojo que habemos habido. Harías mejor aparejarnos a él y a mí de almorzar; quizá nos amansaría algo la alteración que traemos. Que cierto te digo que no querría ya topar hombre que paz quisiese. Mi gloria sería agora hallar en quien vengar la ira que no pude [109] en los que nos la causaron, por su mucho huir.

CEL.—¡Landre me mate, si no me espanto en verte tan fiero! Creo que burlas. Dímelo agora, Sempronio, tú, por mi vida; ¿qué os ha pasado?

SEMP.—Por Dios, sin seso vengo, desesperado; aun-

que para contigo por demás es no templar la ira y todo
enojo y mostrar otro semblante que con los hombres.
Jamás me mostré poder mucho con los que poco pueden.
Traigo, señora, todas las armas despedazadas, el broquel
sin aro, la espada como sierra, el caxquete abollado en la
capilla. Que no tengo con que salir un paso con mi amo,
cuando menester me haya. Que quedó concertado de ir
esta noche que viene a verse por el huerto. ¿Pues com-
prarlo de nuevo? No mando un maravedí *aunque caiga* [(110)] muerto.

CEL.—Pídelo, hijo, a tu amo, pues en su servicio se
gastó y quebró. Pues sabes que es persona que luego lo
cumplirá. Que no es de los que dicen; «Vive conmigo
y busca quien te mantenga». El es tan franco, que te dará
para eso y para más.

SEMP.—¡Ha! Trae también Pármeno perdidas las su-
yas. A este cuento, en armas se le irá su hacienda. ¿Cómo
quieres que le sea tan importuno en pedirle más de lo
que él de su propio grado hace, pues es harto? No digan
por mí que dándome un palmo pido cuatro. Dionos las
cient monedas, dionos después la cadena. A tres tales aguijones no terná cera en el oído [269]. Caro le costaría este
negocio. Contentémonos con lo razonable, no lo perdamos
todo por querer más de la razón, que quien mucho abar-
ca, poco suele apretar.

CEL.—¡Gracioso es el asno! Por mi vejez que, si sobre comer fuera, que dijera que habíamos todos cargado
demasiado. ¿Estás en tu seso, Sempronio? ¿Qué tiene que
hacer tu galardón con mi salario, tu soldada con mis
mercedes? ¿Soy yo obligada a soldar vuestras armas, a
cumplir vuestras faltas? A osadas, que me maten, si no
te has asido a una palabrilla que te dije el otro día viniendo por la calle, que cuanto yo tenía era tuyo y que,
en cuanto pudiese con mis pocas fuerzas, jamás te faltaría, y que, si Dios me diese buena manderecha [270] con tu
amo, que tú no perderías nada. Pues ya sabes, Sempronio,
que estos ofrecimientos, estas palabras de buen amor
no obligan. No ha de ser oro cuanto reluce; si no, más
barato [(111)] valdría. Dime, ¿estoy en tu corazón, Sempro-

nio? Veras si, aunque soy vieja, si acierto lo que tú puedes
pensar. Tengo, hijo, en buena fe, más pesar que se me
quiere salir esta alma de enojo. Di a esta loca de Elicia,
como vine de tu casa, la cadenilla que traje para que se
holgase con ella y no se puede acordar dónde la puso. Que
en toda esta noche ella ni yo no habemos dormido sueño,
de pesar. No por su valor de la cadena, que no era mucho; pero por su mal cobro de ella y de mi mala dicha.
Entraron unos conocidos y familiares míos en aquella
sazón aquí; temo no la hayan llevado; diciendo: «Si
te vi, burléme», etc. [271]. Así que, hijos, agora que quiero
hablar con entrambos, si algo vuestro amo a mí me dio,
debéis mirar que es mío; que de tu jubón de brocado no
te pedí yo parte ni la quiero. Sirvamos todos, que a todos
dará, según viere que lo merecen. Que si me ha dado
algo, dos veces he puesto por él mi vida al tablero. Más
herramienta se me ha embotado en su servicio que a
vosotros, más materiales he gastado. Pues habéis de pensar, hijos, que todo me cuesta dinero y aun mi saber,
que no lo he alcanzado holgando. De lo cual fuera buen
testigo su madre de Pármeno, Dios haya su alma. Esto
trabajé yo; a vosotros se os debe esotro. Esto tengo yo
por oficio y trabajo; vosotros por recreación y deleite.
Pues así, no habéis vosotros de haber igual galardón de
holgar que yo de penar. Pero aun con todo lo que he
dicho, no os despidáis, si mi cadena parece, de sendos
pares de calzas de grana, que es el hábito que mejor en
los mancebos parece. Y si no, recibid la voluntad, que yo
me callaré con mi pérdida. Y todo esto, de buen amor,
porque holgasteis que hobiese yo antes el provecho de
estos pasos que [no] otra. Y si no os contentardes, de
vuestro daño haréis.

SEMP.—No es esta la primera vez que yo he dicho
cuánto en los viejos reina este vicio de codicia. Cuando
pobre, franca; cuando rica, avarienta. Así que adqui-
riendo crece la codicia, y la pobreza codiciando, y ninguna cosa hace pobre al avariento sino la riqueza. ¡Oh Dios,
y cómo crece la necesidad con la abundancia! ¡Quién la
oyó esta vieja decir que me llevase yo todo el provecho,

si quisiese, de este negocio, pensando que sería poco! Agora que lo ve crecido, no quiere dar nada, por cumplir el refrán de los niños, que dicen: «De lo poco, poco; de lo mucho, nada.»

PÁRM.—Déte lo que te prometió o tomémoselo todo. Harto te decía yo quién era esta vieja, si tú me creyeras.

CEL.—Si mucho enojo traéis con vosotros o con vuestro amo o armas, no lo quebréis en mí. Que bien sé dónde nace esto, bien sé y barrunto de qué pie coxqueáis. No cierto de la necesidad que tenéis de lo que pedís, ni aun por la mucha codicia que lo tenéis, sino pensando que os ha de tener toda vuestra vida atados y cativos con Elicia y Areúsa, sin quereros buscar otras, movéisme estas amenazas de dinero, ponéisme estos temores de la partición. Pues callad, que quien éstas os supo acarrear, os dará otras diez, agora que hay más conocimiento y más razón y más merecido de vuestra parte. Y si sé cumplir lo que prometo [(112)] en este caso, dígalo Pármeno. Dilo, dilo, no hayas empacho de contar cómo nos pasó cuando a la otra dolía la madre.

SEMP.—*Yo dígole que se vaya y abájase las bragas* [272]; *no ando por lo que piensas. No entremetas burlas a nuestra demanda, que con ese galgo no tomarás, si yo puedo, más liebres.* Déjate conmigo de razones. A perro viejo no cuz cuz. Dános las dos partes por cuenta de cuanto de Calisto has recibido, no quieras que se descubra quién tú eres. A los otros, a los otros, con esos halagos, vieja.

CEL.—¿Quién soy yo, Sempronio? ¿Quitásteme de la putería? Calla tu lengua, no amengües mis canas, que soy una vieja cual Dios me hizo, no peor que todas. Vivo de mi oficio, como cada cual oficial del suyo, muy limpiamente. A quien no me quiere no le busco. De mi casa me vienen a sacar, en mi casa me ruegan. Si bien o mal vivo, Dios es el testigo de mi corazón. Y no pienses con tu ira maltratarme, que justicia hay para todos, a todos es igual. También seré oída, aunque mujer, como vosotros muy peinados. Déjame en mi casa con mi fortuna. Y tú, Pármeno, *no* pienses que soy tu cativa por saber

mis secretos y mi vida pasada [113] y los casos que nos
acaecieron a mí y a la desdichada de tu madre. [Y] aun
así me trataba ella, cuando Dios quería.

PÁRM.—No me hinches las narices con esas memorias;
si no, enviarte he con nuevas a ella, donde mejor te puedas quejar.

CEL.—¡Elicia, Elicia! Levántate de esa cama, dacá mi
manto presto, que por los santos de Dios para aquella
justicia me vaya bramando como una loca. ¿Qué es esto,
qué quieren decir tales amenazas en mi casa? ¿Con una
oveja mansa tenéis vosotros manos y braveza? ¿Con una
gallina atada? ¿Con una vieja de sesenta años? ¡Allá,
allá, con los hombres como vosotros; contra los que ci-
ñen espada, mostrad vuestras iras; no contra mi flaca
rueca! *Señal es de gran cobardía acometer a los menores
y a los que poco pueden. Las sucias moscas nunca pican
sino los bueyes magros y flacos; los guzques* [273] *ladradores a los pobres peregrinos aquejan con mayor ímpetu.
Si aquélla, que allí está en aquella cama, me hobiese a
mí creído, jamás quedaría esta casa de noche sin varón
ni dormiríamos a lumbre de pajas; pero por aguardarte,
por serte fiel, padecemos esta soledad. Y como nos veis
mujeres, habláis y pedís demasías. Lo cual, si hombre
sintiésedes en la posada, no haríades. Que como dicen:
el duro adversario entibia las iras y sañas.*

SEMP.—¡Oh vieja avarienta, [garganta] muerta de sed
por dinero! ¿No serás contenta con la tercia parte de lo
ganado?

CEL.—¿Qué tercia parte? Vete con Dios de mi casa
tú. Y esotro no dé voces, no allegue la vecindad. No me
hagáis salir de seso. No queráis que salgan a plaza las
cosas de Calisto y vuestras.

SEMP.—Da voces o gritos, que tú cumplirás lo que
prometiste o *cumplirás* [113ª] hoy tus días.

ELIC.—Mete, por Dios, el espada. Tenle, Pármeno,
tenle, no la mate ese desvariado.

CEL.—¡Justicia, justicia, señores vecinos; justicia, que
me matan en mi casa estos rufianes!

SEMP.—¡Rufianes o qué! Esperad, doña hechicera, que yo te haré ir al infierno con cartas.

CEL.— ¡Ay, que me ha muerto, ay, ay! ¡Confesión, confesión!

PÁRM.— ¡Dale, dale, acábale, pues comenzaste! ¡Que nos sentirán! ¡Muera, muera; de los enemigos los menos!

CEL.— ¡Confesión!

ELIC.—¡Oh crueles enemigos, en mal poder os veáis! ¡Y para quién tuvistes manos! ¡Muerta es mi madre y mi bien todo!

SEMP.— ¡Huye, huye, Pármeno, que carga mucha gente! ¡Guarte, guarte [274], que viene el alguacil!

PÁRM.—¡Oh pecador de mí, que no hay por do nos vamos, que está tomada la puerta!

SEMP.—Saltemos de estas ventanas. No muramos en poder de justicia.

PÁRM.—Salta, que *yo* tras ti voy.

Argumento del treceno auto

Despertado Calisto de dormir, está hablando consigo mismo. Dende a un poco está llamando a Tristán y [a] otros sus criados. Torna a dormir Calisto. Pónese Tristán a la puerta. Viene Sosia llorando. Preguntado de Tristán, Sosia cuéntale la muerte de Sempronio y Pármeno. Van a decir las nuevas a Calisto, el cual sabiendo la verdad hace gran lamentación.

CALISTO, TRISTÁN, SOSIA

CAL.—¡Oh, cómo he dormido tan a mi placer, después de aquél azucarado rato, después de aquel angélico razonamiento! Gran reposo he tenido. El sosiego y descanso, ¿proceden de mi alegría o *lo* causó el trabajo corporal, mi mucho dormir o la gloria y placer del ánimo? Y no me maravillo que lo uno y lo otro se juntasen a cerrar los candados de mis ojos, pues trabajé con el cuerpo y persona y holgué con el espíritu y sentido la pasada no-

che. Muy cierto es que la tristeza acarrea pensamiento y
el mucho pensar impide el sueño, como a mí estos días
es acaecido con la desconfianza que tenía de la mayor
gloria que ya poseo. ¡Oh señora y amor mío, Melibea!
¿Qué piensas agora? ¿Si duermes o estás despierta? ¿Si
piensas en mí o en otro? ¿Si estás levantada o acostada?
¡Oh dichoso y bienandante Calisto, si verdad es que no ha
sido sueño lo pasado! ¿Soñélo o no? ¿Fue fantaseado
o pasó en verdad? Pues no estuve solo; mis criados me
acompañaron. Dos eran. Si ellos dicen que pasó en verdad, creerlo he según derecho. Quiero mandarlos llamar
para más confirmar mi gozo. ¡Tristanico! ¡Mozos! ¡Tristanico! ¡Levanta de allí!

TRISTÁN.—Señor, levantado estoy.

CAL.—Corre, llámame a Sempronio y a Pármeno.

TRIST.—Ya voy, señor.

CAL.—Duerme y descansa, penado,
      Desde agora,
      Pues te ama tu señora
      De tu grado.
      Vence placer al cuidado
      Y no le vea,
      Pues te ha hecho su privado
      Melibea.

TRIST.—Señor, no hay ningún mozo en casa.

CAL.—Pues abre esas ventanas, verás qué hora es.

TRIST.—Señor, bien de día.

CAL.—Pues tórnalas a cerrar y déjame dormir hasta que
sea hora de comer.

TRIST.—Quiero bajarme a la puerta, porque duerma
mi amo sin que ninguno le impida y a cuantos le busca-
ren se le negará. ¡Oh, qué grita suena en el mercado!
¿Qué es esto? Alguna justicia se hace o madrugaron a
correr toros. No sé qué me diga de tan grandes voces
como se dan. De allá viene Sosia, el mozo de espuelas.
Él me dirá qué es esto. Desgreñado viene el bellaco. En
alguna taberna se debe haber revolcado, y si mi amo le
cae en el rastro, mandarle ha dar dos mil palos. Que,
aunque es algo loco, la pena le hará cuerdo. Parece que

viene llorando. ¿Qué es esto, Sosia? ¿Por qué lloras? ¿De do vienes?

SOSIA.—¡Oh, malaventurado yo, y qué pérdida tan grande! ¡Oh deshonra de la casa de mi amo! ¡Oh, qué mal día amaneció éste! ¡Oh desdichados mancebos!

TRIST.—¿*Qué es?* ¿Qué has? [¿Qué quejas?] ¿Por qué te matas? ¿Qué mal es éste?

SOS.—Sempronio y Pármeno...

TRIST.—¿Qué dices, Sempronio y Pármeno? ¿Qué es esto, loco? Aclárate más, que me turbas.

SOS.—Nuestros compañeros, nuestros hermanos...

TRIST.—O tú estás borracho o has perdido el seso o traes alguna mala nueva. ¿No me *dices* (113b) qué es esto? ¿Qué dices de es[t]os mozos?

SOS.—Que quedan degollados en la plaza.

TRIST.—¡Oh, mala fortuna la nuestra, si es verdad! *¿Vístelos cierto o habláronte?*

SOS.—*Ya sin sentido iban; pero el uno con harta dificultad, como me sintió que con lloro le miraba, hincó los ojos en mí, alzando las manos al cielo, casi dando gracias a Dios y como preguntándome* <*si me*> *sentía de su morir. Y en señal de triste despedida abajó su cabeza con lágrimas en los ojos, dando bien a entender que no me había de ver más hasta el día del gran juicio.*

TRIST.—*No sentiste bien; que sería preguntarte si estaba presente Calisto. Y pues tan claras señas traes de este cruel dolor,* vamos presto con las tristes nuevas a nuestro amo.

SOS.— ¡Señor, señor!

CAL.—¿Qué es eso, locos? ¿No os mandé que no me recordásedes?

SOS.—Recuerda y levanta, que si tú no vuelves por los tuyos, de caída vamos. Sempronio y Pármeno quedan descabezados en la plaza, como públicos malhechores, con pregones que manifestaban su delito.

CAL.—¡Oh, válasme Dios! ¿Y qué es esto que me dices? No sé si te crea tan acelerada y triste nueva. ¿Vístelos tú?

sos.—Yo los vi.

CAL.—Cata, mira qué dices, que esta noche han estado conmigo.

sos.—Pues madrugaron a morir.

CAL.—¡Oh mis leales criados! ¡Oh mis grandes servidores! ¡Oh mis fieles secretarios y consejeros! ¿Puede ser tal cosa verdad? ¡Oh amenguado Calisto! Deshonrado quedas para toda tu vida. ¿Qué será de ti, muertos tal par de criados? Dime, por Dios, Sosia, ¿qué fue la causa? ¿Qué decía el pregón? ¿Dónde los tomaron? ¿Qué justicia lo hizo?

sos.—Señor, la causa de su muerte publicaba el cruel verdugo a voces, diciendo; «Manda la justicia que mueran los violentos matadores».

CAL.—¿A quién mataron tan presto? ¿Qué puede ser esto? No ha cuatro horas que de mí se despidieron. ¿Cómo se llamaba el muerto?

sos.—Señor, una mujer [era] que se llamaba Celestina.

CAL.—¿Qué me dices?

sos.—Esto que oyes.

CAL.—Pues si eso es verdad, mátame tú a mí, yo te perdono; que más mal hay que viste ni puedes pensar, si Celestina, la de la cuchillada, es la muerta.

sos.—Ella misma es. De más de treinta estocadas la vi llagada, tendida en su casa, llorándola una su criada.

CAL.—¡Oh tristes mozos! ¿Cómo iban? ¿Viéronte? ¿Habláronte?

sos.—¡Oh señor, que si los vieras, quebraras el corazón de dolor! El uno llevaba todos los sesos de la cabeza de fuera, sin ningún sentido; el otro quebrados entrambos brazos y la cara magullada. Todos llenos de sangre. Que saltaron de unas ventanas muy altas por huir del alguacil. Y así casi muertos les cortaron las cabezas, que creo que ya no sintieron nada.

CAL.—Pues yo bien siento mi honra. Pluguiera a Dios que fuera yo ellos y perdiera la vida y no la honra, y no la esperanza de conseguir mi comenzado propósito, que es lo que más en este caso desastrado siento. ¡Oh mi triste

nombre y fama, cómo andas al tablero de boca en boca!
¡Oh mis secretos más secretos, cuán públicos andaréis por
las plazas y mercados! ¿Qué será de mí? ¿Adónde iré?
¿Que salga allá? A los muertos no puedo ya remediar.
¿Que me esté aquí? Parecerá cobardía. ¿Qué consejo
tomaré? Dime, Sosia, ¿qué era la causa por que la mataron?

SOS.—Señor, aquella su criada, dando voces, llorando
su muerte, la publicaba a cuantos la querían oír, diciendo
que porque no quiso partir con ellos una cadena de oro
que tú le diste.

CAL.—¡Oh día de congoja! ¡Oh fuerte tribulación; y
en que anda mi hacienda de mano en mano y mi nombre
de lengua en lengua! Todo será público cuanto con ella
y con ellos hablaba, cuanto de mí sabían, el negocio en
que andaban. No osaré salir ante gentes. ¡Oh pecadores
de mancebos, padecer por tan súbito desastre! ¡Oh mi
gozo, cómo te vas diminuyendo! Proverbio es antiguo,
que de muy alto grandes caídas se dan. Mucho había
anoche alcanzado; mucho tengo hoy perdido. Rara es la
bonanza en el piélago. Yo estaba en título de alegre, si
mi ventura quisiera tener quedos los ondosos vientos de
mi perdición. ¡Oh fortuna, cuánto y por cuántas partes me
has combatido! Pues, por más que sigas mi morada y seas
contraria a mi persona, las adversidades con igual ánimo
se han de sufrir y en ellas se prueba el corazón recio o
flaco. No hay mejor toque para conocer qué quilates de
virtud o esfuerzo tiene el hombre. Pues por más mal y
daño que me venga, no dejaré de cumplir el mandado de
aquella por quien todo esto se ha causado. Que más me
va en conseguir la ganancia de la gloria que espero, que
en la pérdida de morir los que murieron. Ellos eran sobra-
dos [275] y esforzados; agora o en otro tiempo de pagar
habían. La vieja era mala y falsa, según parece que hacía
trato con ellos, y así que riñeron sobre la capa del
justo [276]. Permisión fue divina que así acabase en pago
de muchos adulterios que por su intercesión o causa son
cometidos. Quiero hacer aderezar a Sosia y a Tristanico.

Irán conmigo este tan esperado camino. Llevarán escalas,
que son [muy] altas las paredes. Mañana haré que vengo
de fuera, si pudiere vengar estas muertes; si no *purgaré* [114] mi inocencia con mi fingida ausencia *o me fingiré
loco, por mejor gozar de este sabroso deleite de mis
amores, como hizo aquel gran capitán Ulises por evitar
la batalla troyana y holgar con Penélope su mujer.*

Argumento del catorceno auto

*Está Melibea muy afligida hablando con Lucrecia sobre la tar-
danza de Calisto, el cual le había hecho voto de venir en aquella
noche a visitalla, lo cual cumplió, y con él vinieron Sosia y Tristán. Y después que cumplió su voluntad, volvieron todos a la
posada. Y Calisto se retrae en <a> su palacio y quéjase por haber
estado tan poca cuantidad de tiempo con Melibea, y ruega a Febo
que cierre sus rayos, para haber de restaurar su deseo* [115].

MELIBEA, LUCRECIA, SOSIA, TRISTÁN, CALISTO

MELIB.—Mucho se tarda aquel caballero que esperamos. ¿Qué crees tú o sospechas de su estada [277], Lucrecia?

LUCR.—Señora, que tiene justo impedimento y que no
es en su mano venir más presto.

MELIB.—Los ángeles sean en su guarda, su persona
esté sin peligro, que su tardanza no me *da* [116] pena. Mas,
cuitada, pienso muchas cosas que desde su casa acá le
podrían acaecer. *¿Quién sabe si él, con voluntad de venir al prometido plazo en la forma que los tales mancebos
a las tales horas suelen andar, fue topado de los alguaci-
les nocturnos y sin le conocer le han acometido; el cual
por se defender los ofendió o es de ellos ofendido? ¿O si
por acaso los ladradores perros con sus crueles dientes,
que ninguna diferencia saben hacer ni acatamiento de personas, le hayan mordido? ¿O si ha caído en alguna calzada o hoyo, donde algún daño le viniese? Mas, oh mezquina*

de mí, ¿qué son estos inconvenientes que el concebido amor me pone delante y los atribulados imaginamientos me acarrean? No plega a Dios que ninguna de estas cosas sea, antes esté cuanto le placerá sin verme. Mas oye, oye [117], que pasos suenan en la calle y aun parece que hablan destotra parte del huerto.

SOS.—Arrima esa escala, Tristán, que éste es el mejor lugar, aunque alto.

TRIST.—Sube, señor. Yo iré contigo, porque no sabemos quién está dentro. Hablando están.

CAL.—Quedaos, locos, que yo entraré solo, que a mi señora oigo.

MELIB.—Es tu sierva, es tu cativa, es la que más tu vida que la suya estima. ¡Oh mi señor, no saltes de tan alto, que me moriré en verlo; baja, baja poco a poco por el escala; no vengas con tanta presura!

CAL.—¡Oh angélica imagen; oh preciosa perla ante quien el mundo es feo; oh mi señora y mi gloria! En mis brazos te tengo y no lo creo. Mora en mi persona tanta turbación de placer, que me hace no sentir todo el gozo que poseo.

MELIB.—Señor mío, pues me fié en tus manos, pues quise cumplir tu voluntad, no sea de peor condición, por ser piadosa, que si fuera esquiva y sin misericordia; no quieras perderme por tan breve deleite y en tan poco espacio. Que las malhechas cosas, después de cometidas, más presto se pueden reprehender que enmendar. Goza de los que yo gozo, que es ver y llegar a tu persona; no pidas ni tomes aquello que, tomado, no será en tu mano volver. Guarte, señor, de dañar lo que con todos los tesoros del mundo no se restaura.

CAL.—Señora, pues por conseguir esta merced toda mi vida he gastado, ¿qué sería, cuando me la diesen, desechalla? Ni tú, señora, me lo mandarás ni yo podría acabarlo conmigo. No me pidas tal cobardía. No es hacer tal cosa de ninguno que hombre sea, mayormente amando como yo. Nadando por este fuego de tu deseo toda mi vida, ¿no quieres que me arrime al dulce puerto a descansar de mis pasados trabajos?

MELIB.—Por mi vida, que aunque hable tu lengua cuanto quisiere, no obren las manos cuanto pueden. Está quedo, señor mío. *Bástete, pues ya soy tuya, gozar de lo exterior, de esto que es propio fruto de amadores; no me quieras robar el mayor don que la natura me ha dado. Cata que del buen pastor es propio tresquilar sus ovejas y ganado; pero no destruirlo y estragarlo.*

CAL.—¿Para qué, señora? ¿Para que no esté queda mi pasión? ¿Para penar de nuevo? ¿Para tornar el juego de comienzo? Perdona, señora, a mis desvergonzadas manos, que jamás pensaron de tocar tu ropa con su indignidad y poco merecer; agora gozan de llegar a tu gentil cuerpo y lindas y delicadas carnes.

MELIB.—Apártate allá, Lucrecia.

CAL.—¿Por qué, mi señora? Bien me huelgo que estén semejantes testigos de mi gloria.

MELIB.—Yo no los quiero de mi yerro. Si pensara que tan desmesuradamente te habías de haber conmigo, no fiara mi persona de tu cruel conversación.

SOS.—Tristán, bien oyes lo que pasa. ¡En qué términos anda el negocio!

TRIST.—Oigo tanto, que juzgo a mi amo por el más bienaventurado hombre que nació. Y por mi vida que, aunque soy mochacho, que diese tan buena cuenta como mi amo.

SOS.—Para con tal joya quienquiera se ternía manos; pero con su pan se la coma, que bien caro le cuesta; dos mozos entraron en la salsa de estos amores.

TRIST.—Ya los tiene olvidados. ¡Dejaos morir sirviendo a ruines, haced locuras en confianza de su defensión! Viviendo con el conde, que no matase *a*l hombre [278], me daba mi madre [(118)] por consejo. Veslos a ellos alegres y abrazados, y sus servidores con harta mengua degollados.

MELIB.—¡Oh mi vida y mi señor! ¿Cómo has quesido que pierda el nombre y corona de virgen por tan breve deleite? ¡Oh pecadora de ti, mi madre, si de tal cosa fueses sabidora, cómo tomarías de grado tu muerte y me la darías a mí por fuerza! ¡Cómo serías cruel verdugo de tu propia sangre! ¡Cómo sería yo fin quejosa de tus días! ¡Oh mi padre honrado, cómo he dañado tu fama y dado causa y lugar a quebrantar tu casa! ¡Oh traidora de mí, cómo no miré primero el gran yerro que se seguía de tu entrada, el gran peligro que esperaba!

SOS.—(¡Ante quisiera yo oírte esos miraglos! Todas sabéis esa oración después que no puede dejar de ser hecho. ¡Y el bobo de Calisto, que se lo escucha!)

CAL.—Ya quiere amanecer. ¿Qué es esto? No [me] parece que ha una hora que estamos aquí, y da el reloj las tres.

MELIB.—Señor, por Dios, pues ya todo queda por ti, pues ya soy tu dueña, pues ya no puedes negar mi amor, no me niegues tu vista [de día, pasando por mi puerta; de noche donde tú ordenares]. *Y más, las noches que ordenares, sea tu venida por este secreto lugar a la misma hora, porque siempre te espere apercibida del gozo con que quedo, esperando las venideras noches.* Y por el presente te ve con Dios, que no serás visto, que hace *muy* escuro, ni yo en casa sentida, que aun no amanece.

CAL.—Mozos, pone*d* el escala.

SOS.—Señor, vesla aquí. Baja.

MELIB.—Lucrecia, vente acá, que estoy sola. Aquel señor mío es ido. Conmigo deja su corazón, consigo lleva el mío. ¿Hasnos oído?

LUCR.—No, señora, *que* durmiendo he estado [279].

SOS.—Tristán, debemos ir muy callando, porque suelen levantarse a esta hora los ricos, los codiciosos de temporales bienes, los devotos de templos, monesterios e iglesias, los enamorados como nuestro amo, los trabajadores de los campos y labranzas, y los pastores que en este tiempo traen las ovejas a estos apriscos a ordeñar,

y podría ser que cogiesen de pasada alguna razón, por
do toda su honra y la de Melibea se turbase.

TRIST.—¡Oh simple rascacaballos! Dices que callemos
y nombras su nombre de ella. Bueno eres para adalid [280]
o para regir gente en tierra de moros de noche. Así que,
prohibiendo, permites; encubriendo, descubres; asegu-
rando, ofendes; callando, voceas y pregonas; preguntan-
do, respondes. Pues tan sotil y discreto eres, ¿no me
dirás en qué mes cae Santa María de Agosto, porque
sepamos si hay harta paja en casa que comas ogaño?

CAL.—Mis cuidados y los de vosotros no son todos
unos. Entrad callando, no nos sientan en casa. Cerrad esa
puerta y vamos a reposar, que yo me quiero subir solo a
mi cámara. Yo me desarmaré. Id vosotros a vuestras
camas.

¡Oh mezquino yo, cuánto me es agradable de mi natural la solicitud y silencio y escuridad! No sé si lo causa
que me vino a la memoria la traición que hice en me
despartir de aquella señora que tanto amo, hasta que más
fuera de día, o el dolor de mi deshonra. ¡Ay, ay, que
esto es! Esta herida es la que siento agora que se ha
resfriado, agora que está helada la sangre, que ayer
hervía; agora que veo la mengua de mi casa, la falta de
mi servicio, la perdición de mi patrimonio, la infamia
que tiene mi persona; de la muerte de mis criados se
ha seguido. ¿Qué hice? ¿En qué me detuve? ¿Cómo
me puedo sufrir, que no me mostré luego presente, como
hombre injuriado, vengador soberbio y acelerado de la
manifiesta injusticia que me fue hecha? ¡Oh mísera sua-
vidad de esta brevísima vida! ¿Quién es de ti tan codi-
cioso que no quiera más morir luego que gozar un año
de vida denostado y prorrogarle con deshonra, corrom-
piendo la buena fama de los pasados? Mayormente que
no hay hora cierta ni limitada ni aun un solo momento.
Deudores somos sin tiempo, continuo estamos obligados
a pagar luego. ¿Por qué no salí a inquirir siquiera la
verdad de la secreta causa de mi manifiesta perdición?
¡Oh breve deleite mundano; cómo duran poco y cuestan
mucho tus dulzores! No se compra tan caro el arrepen-

tir. Oh triste yo; ¿cuándo se restaurará tan grande pérdida? ¿Qué haré? ¿Qué consejo tomaré? ¿A quién descubriré mi mengua? ¿Por qué lo celo a los otros mis servidores y parientes? Tresquílanme en concejo y no lo saben en mi casa. Salir quiero; pero, si salgo para decir que he estado presente, es tarde; si ausente, es temprano. Y para proveer amigos y criados antiguos, parientes y allegados, es menester tiempo y para buscar armas y otros aparejos de venganza. ¡Oh cruel juez, y qué mal pago me has dado del pan que de mi padre comiste! Yo pensaba que pudiera con tu favor matar mil hombres sin temor de castigo, inicuo falsario, perseguidor de verdad, hombre de bajo suelo. Bien dirán de ti que te hizo alcalde mengua de hombres buenos. Miraras que tú y los que mataste, en servir a mis pasados y a mí, érades compañeros; mas, cuando el vil está rico, no tiene pariente ni amigo. ¿Quién pensara que tú me habías de destruir? No hay, cierto, cosa más empecible, que el incogitado [281] enemigo. ¿Por qué quisiste que dijesen: del monte sale con que se arde [282] y que crié cuervo que me sacase el ojo? Tú eres público delincuente y mataste a los que son privados. Y pues sabe que menor delito es el privado que el público, menor su utilidad <cualidad>, según las leyes de Atenas disponen. Las cuales no son escritas con sangre; antes muestran que es menor yerro no condenar los malhechores que punir los inocentes. ¡Oh, cuán peligroso es seguir justa causa delante injusto juez! Cuanto más este exceso de mis criados, que no carecía de culpa. Pues mira, si mal has hecho, que hay sindicado en el cielo y en la tierra; así que a Dios y al rey serás reo y a mí capital enemigo. ¿Que pecó el uno por lo que hizo el otro, que por sólo ser su compañero los mataste a entrambos? ¿Pero qué digo? ¿Con quién hablo? ¿Estoy en mi seso? ¿Qué es esto, Calisto? ¿Soñabas, duermes o velas? ¿Estás en pie o acostado? Cata que estás en tu cámara. ¿No ves que el ofendedor ño está presente? ¿Con quién lo has? Torna en tí. Mira que nunca los ausentes se hallaron justos. Oye entrambas partes para sentenciar. ¿No ves que por ejecutar, la justicia no había

de mirar amistad ni deudo ni crianza? ¿No miras que la
ley tiene de ser igual a todos? Mira que Rómulo, el primer cimentador de Roma, mató a su propio hermano,
porque la ordenada ley traspasó. Mira a Torcato [283] romano, como mató a su hijo porque excedió la tribunicia
constitución. Otros muchos hicieron lo mismo. Considera
que, si aquí presente él estuviese, respondería que hacien-
tes y consintientes merecen igual pena; aunque a entrambos matase por lo que el uno pecó. Y que, si aceleró
en su muerte, que era crimen notorio y no eran necesarias muchas pruebas y que fueron tomados en el acto del
matar; que ya estaba el uno muerto de la caída que dio.
Y también se debe creer que aquella lloradera moza, que
Celestina tenía en su casa, le dio recia priesa con su triste
llanto, y él, por no hacer bullicio, por no me disfamar,
por no esperar a que la gente se levantase y oyesen el
pregón, del cual gran infamia se me seguía, los mandó
justiciar tan de mañana, pues era forzoso el verdugo y
voceador para la ejecución y su descargo. Lo cual todo,
así como creo es hecho, antes le quedo deudor y obligado
para cuanto viva, no como a criado de mi padre, pero
como a verdadero hermano. Y puesto caso que así no
fuese, puesto caso que no echase lo pasado a la mejor
parte, acuérdate, Calisto, del gran gozo pasado. Acuérdate
de tu señora y tu bien todo. Y pues tu vida no tienes en
nada por su servicio, no has de tener las muertes de otros,
pues ningún dolor igualará con el recibido placer.

   ¡Oh mi señora y mi vida! Que jamás pensé en ausencia
ofenderte. Que parece que tengo en poca estima la merced que me has hecho. No quiero pensar en enojo, no
quiero tener ya con la tristeza amistad. ¡Oh bien sin comparación! ¡Oh insaciable contentamiento! ¿Y cuándo pi-
diera yo más a Dios por premio de mis méritos, si algunos son en esta vida, de lo que alcanzado tengo? ¿Por
qué no estoy contento? Pues no es razón ser ingrato a
quien tanto bien me ha dado. Quiérolo conocer, no quiero
con enojo perder mi seso, porque perdido no caiga de tan
alta posesión. No quiero otra honra ni otra gloria, no
otras riquezas, no otro padre ni madre, no otros deudos

ni parientes. De día estaré en mi cámara, de noche en aquel paraíso dulce, en aquel alegre vergel, entre aquellas suaves plantas y fresca verdura. ¡Oh noche de mi descanso, si fueses ya tornada! ¡Oh luciente Febo, date priesa a tu accstumbrado camino! ¡Oh deleitosas estrellas, apareceos ante de la continua orden! ¡Oh espacioso reloj, aún te vea yo arder en vivo fuego de amor! Que si tú esperases lo que yo, cuando des doce, jamás estarías arrendado a la voluntad del maestro que te compuso. Pues, ¡vosotros, invernales meses, que agora estáis escondidos; viniésedes con vuestras muy cumplidas noches a trocarlas por estos prolijos días! Ya me parece haber un año que no he visto aquel suave descanso, aquel deleitoso refrigerio de mis trabajos. ¿Pero qué es lo que demando? ¿Qué pido, loco, sin sufrimiento? Lo que jamás fue ni puede ser. No aprenden los cursos naturales a rodearse sin orden, que a todos es un igual curso, a todos un mismo espacio para muerte y vida, un limitado término a los secretos movimientos del alto firmamento celestial de los planetas, y norte de los crecimientos y mengua de la menstrua luna [284]. Todo se rige con un freno igual, todo se mueve con igual espuela; cielo, tierra, mar, fuego, viento, calor, frío. ¿Qué me aprovecha a mí que dé doce horas el reloj de hierro, si no las ha dado el del cielo? Pues, por mucho que madrugue, no amanece más aína. Pero tú, dulce imaginación, tú que puedes, me acorre [285]. Trae a mi fantasía la presencia angélica de aquella imagen luciente; vuelve a mis oídos el suave son de sus palabras, aquellos desvíos sin gana, aquel «Apártate allá, señor, no llegues a mí»; aquel «No seas descortés» que con sus rubicundos labrios veía sonar; aquel «No quieras mi perdición» que de rato en rato proponía; aquellos amorosos abrazos entre palabra y palabra, aquel soltarme y prenderme, aquel huir y llegarse, aquellos azucarados besos, aquella final salutación con que se me despidió. ¡Con cuánta pena salió por su boca; con cuántos desperezos! ¡Con cuántas lágrimas, que parecían granos de aljófar [286], que sin sentir se le caían de aquellos claros y resplandecientes ojos!

sos.—Tristán, ¿qué te parece de Calisto, qué dormir ha hecho? Que ya son las cuatro de la tarde y no nos ha llamado ni ha comido.

trist.—Calla, que el dormir no quiere priesa. Demás de esto, aquéjale por una parte la tristeza de aquellos mozos, por otra le alegra el muy gran placer de lo que con su Melibea ha alcanzado. Así que dos tan recios contrarios verás qué tal pararán un flaco sujeto, donde estuvieren aposentados.

sos.—¿Piénsaste tú que le penan a él mucho los muertos? Si no le penase más <a> aquella que desde esta ventana yo veo ir por la calle, no llevaría las tocas de tal color.

trist.—¿Quién es, hermano?

sos.—Llégate acá y verla has antes que trasponga. Mira aquella lutosa que se limpia agora las lágrimas de los ojos. Aquélla es Elicia, criada de Celestina y amiga de Sempronio. Una muy bonita moza, aunque queda agora perdida la pecadora, porque tenía a Celestina por madre y a Sempronio por el principal de sus amigos. Y aquella casa donde entra, allí mora una hermosa mujer, muy graciosa y fresca, enamorada, medio ramera; pero no se tiene por poco dichoso quien la alcanza tener por amiga sin grande escote, y llámase Areúsa. Por la cual sé yo que hobo el triste de Pármeno más de tres noches malas y aun que no le place a ella con su muerte.

Argumento del decimoquinto auto

Areúsa dice palabras injuriosas a un rufián llamado Centurio, el cual se despide de ella por la venida de Elicia, la cual cuenta a Areúsa las muertes que sobre los amores de Calisto y Melibea se habían ordenado, y conciertan Areúsa .y Elicia que Centurio haya de vengar las muertes de los tres en los dos enamorados. En fin, despídese Elicia de Areúsa, no consintiendo en lo que le ruega, por no perder el buen tiempo que se daba, estando en su asueta casa.

AREÚSA, CENTURIO, ELICIA

ELIC.—¿Qué vocear es este de mi prima? Si ha sabido las tristes nuevas que yo le traigo, no habré yo las albricias de dolor que por tal mensaje se ganan. Llore, llore, vierta lágrimas, pues no se hallan tales hombres a cada rincón. Pláceme que así lo siente. Mese aquellos cabellos como yo triste he hecho, sepa que es perder buena vida más trabajo que la misma muerte. ¡Oh, cuánto más la quiero que hasta aquí por el gran sentimiento que muestra!

AREÚ.—Vete de mi casa, rufián, bellaco, mentiroso, burlador, que me traes engañada, boba, con tus ofertas vanas. Con tus ronces [287] y halagos hasme robado cuanto tengo. Yo te di, bellaco, sayo y capa, espada y broquel, camisas de dos en dos a las mil maravillas labradas, yo te di armas y caballo, púsete con señor que no le merecías descalzar; agora una cosa que te pido que por mí hagas, pónesme mil achaques.

CENTURIO.—Hermana mía, mándame tú matar con diez hombres por tu servicio y que no ande una legua de camino a pie.

AREÚ.—¿Por qué jugaste tú el caballo, tahúr, bellaco? Que si por mí no hobiese sido, estarías tú ya ahorcado. Tres veces te he librado de la justicia, cuatro veces desempeñado en los tableros. ¿Por qué lo hago? ¿Por qué soy loca? ¿Por qué tengo fe con este cobarde? ¿Por qué creo sus mentiras? ¿Por qué le consiento entrar por mis puertas? ¿Qué tiene bueno? Los cabellos crespos, la cara acuchillada, dos veces azotado, manco de la mano del espada, treinta mujeres en la putería. Salte luego de ahí. No te vea yo más, no me hables ni digas que me conoces; si no, por los huesos del padre que me hizo y de la madre que me parió, yo te haga dar mil palos en esas espaldas de molinero. Que ya sabes que tengo quien lo sepa hacer y, hecho, salirse con ello.

CENT.—¡Loquear, bobilla! Pues, si yo me ensaño,

alguna llorará. Mas quiero irme y sufrirte, que no sé quien entra, no nos oigan.

ELIC.—Quiero entrar, que no es son de buen llanto donde hay amenazas y denuestos.

AREÚ.—¡Ay triste yo! ¿Eres tú, mi Elicia? ¡Jesú, Jesú, no lo puedo creer! ¿Qué es esto? ¿Quién te me cubrió de dolor? ¿Qué manto de tristeza es éste? Cata, que me espantas, hermana mía. Dime presto qué cosa es, que estoy sin tiento, ninguna gota de sangre has dejado en mi cuerpo.

ELIC.—¡Gran dolor, gran pérdida! Poco es lo que muestro con lo que siento y encubro; más negro traigo el corazón que el manto, las entrañas que las tocas. ¡Ay hermana, hermana, que no puedo hablar! No puedo de ronca sacar la voz del pecho.

AREÚ.—¡Ay triste, que me tienes suspensa! Dímelo, no te meses, no te rascuñes ni maltrates. ¿Es común de entrambas este mal? ¿Tócame a mí?

ELIC.—¡Ay, prima mía y mi amor! Sempronio y Pármeno ya no viven, ya no son en el mundo. Sus ánimas ya están purgando su yerro. Ya son libres de esta triste vida.

AREÚ.—¿Qué me cuentas? No me lo digas. Calla por Dios, que me caeré muerta.

ELIC.—Pues más mal hay que suena. Oye a la triste, que te contará más quejas. Celestina, aquella que tú bien conociste, aquella que yo tenía por madre, aquella que me regalaba, aquella que me encubría, aquella con quien yo me honraba entre mis iguales, aquella por quien yo era conocida en toda la ciudad y arrabales, ya está dando cuenta de sus obras. Mil cuchilladas les vi dar a mis ojos; en mi regazo me la mataron.

AREÚ.—¡Oh fuerte tribulación! ¡Oh dolorosas nuevas, dignas de mortal lloro! ¡Oh acelerados desastres! ¡Oh pérdida incurable! ¿Cómo ha rodeado a tan presto la fortuna su rueda? ¿Quién los mató? ¿Cómo murieron? Que estoy embelesada, sin tiento, como quien cosa imposible oye. No ha ocho días que los vide vivos y ya podemos decir; perdónelos Dios. Cuéntame, amiga mía, cómo es acaecido tan cruel y desastrado caso.

ELIC.—Tú lo sabrás. Ya oíste decir, hermana, los amores de Calisto y la loca de Melibea. Bien verías como Celestina había tomado el cargo, por intercesión de Sempronio, de ser medianera, pagándole su trabajo. La cual puso tanta diligencia y solicitud, que a la segunda azadonada sacó agua [288]. Pues, como Calisto tan presto vido buen concierto en cosa que jamás lo esperaba, a vueltas de otras cosas dio a la desdichada de mi tía una cadena de oro. Y como sea de tal cualidad aquel metal, que mientra más bebemos de ello más sed nos pone, con sacrílega hambre, cuando se vido tan rica, alzóse con su ganancia y no quiso dar parte a Sempronio ni a Pármeno de ello, lo cual había quedado entre ellos que partiesen lo que Calisto diese. Pues, como ellos viniesen cansados una mañana de acompañar a su amo toda la noche, muy airados de no sé qué cuestiones que dicen que habían habido, pidieron su parte a Celestina de la cadena para remediarse. Ella púsose en negarles la convención y promesa y decir que todo era suyo lo ganado, y aun descubriendo otras cosillas de secretos, que, como dicen; riñen las comadres, etc. [289]. Así que ellos muy enojados, por una parte los aquejaba la necesidad, que priva todo amor; por otra el enojo grande y cansancio que traían, que acarrea alteración; por otra habían <veían> la fe quebrada de su mayor esperanza. No sabían qué hacer. Estuvieron gran rato en palabras. Al fin viéndola tan codiciosa, perseverando en su negar, echaron mano a sus espadas y diéronle mil cuchilladas.

AREÚ.—¡Oh desdichada de mujer! ¡Y en esto había su vejez de fenecer! ¿Y de ellos, que me dices? ¿En qué pararon?

ELIC.—Ellos, como hobieron hecho el delito, por huir de la justicia, que acaso pasaba por allí, saltaron de las ventanas y casi muertos los prendieron y sin más dilación los degollaron.

AREÚ.—¡Oh mi Pármeno y mi amor, y cuánto dolor me pone su muerte! ¡Pésame del grande amor que con él tan poco tiempo había puesto, pues no me había más de durar! Pero pues ya este mal recaudo es hecho, pues ya esta desdicha es acaecida, pues ya no se pueden por lágrimas comprar ni restaurar sus vidas, no te fatigues tú tanto, que cegarás llorando. Que creo que poca ventaja me llevas en sentimiento y verás con cuánta paciencia lo sufro y paso.

ELIC.—¡Ay, que rabio! ¡Ay mezquina, que salgo de seso! ¡Ay, que no hallo quien lo sienta como yo! No hay quien pierda lo que yo pierdo. ¡Oh, cuánto mejores y más honestas fueran mis lágrimas en pasión ajena, que en la propia mía! ¿Adónde iré, que pierdo madre, manto y abrigo; pierdo amigo y tal que nunca faltaba de mí marido? ¡Oh Celestina sabia, honrada y autorizada, cuántas faltas me encubrías con tu buen saber! Tú trabajabas, yo holgaba; tú salías fuera, yo estaba encerrada; tú rota, yo vestida; tú entrabas continuo como abeja por casa, yo destruía, que otra cosa no sabía hacer. ¡Oh bien y gozo mundano, que mientras eres poseído eres menospreciado y jamás te consientes conocer hasta que te perdemos! ¡Oh Calisto y Melibea, causadores de tantas muertes! ¡Mal fin hayan vuestros amores, en mal sabor se conviertan vuestros dulces placeres! Tórnese lloro vuestra gloria, trabajo vuestro descanso. Las hierbas deleitosas, donde tomáis los hurtados solaces, se conviertan en culebras, los cantares se os tornen lloro, los sombrosos árboles del huerto se sequen con vuestra vista, sus flores olorosas se tornen de negra color.

AREÚ.—Calla, por Dios, hermana, pon silencio a tus quejas, ataja tus lágrimas, limpia tus ojos, torna sobre tu vida. Que cuando una puerta se cierra, otra suele abrir la fortuna, y este mal, aunque duro, se soldará. Y muchas cosas se pueden vengar que es imposible remediar y ésta tiene el remedio dudoso y la venganza en la mano.

ELIC.—¿De quién se ha de haber enmienda, que la muerta y los matadores me han acarreado esta cuita? No menos me fatiga la punición de los delincuentes que el yerro cometido. ¿Qué mandas que haga, que todo carga sobre mí? Pluguiera a Dios que fuera yo con ellos y no quedara para llorar a todos. Y de lo que más dolor siento es ver que por eso no deja aquel vil de poco sentimiento de ver y visitar festejando cada noche a su estiércol de Melibea, y ella muy ufana en ver sangre vertida por su servicio.

AREÚ.—Si eso es verdad, ¿de quién mejor se puede tomar venganza? De manera que quien lo comió, aquél lo escote. Déjame tú, que si yo les caigo en el rastro, cuándo se ven y cómo, por dónde, y a qué hora, no me hayas tú por hija de la pastelera vieja, que bien conociste, si no hago que les amarguen los amores. Y si pongo en ello a aquel con quien me viste que reñía cuando entrabas, si no sea él peor verdugo para Calisto que Sempronio de Celestina. ¡Pues, qué gozo habría agora él en que le pusiese yo en algo por mi servicio, que se fue muy triste de verme que le traté mal; y vería él los cielos abiertos en tornalle yo a hablar y mandar! Por ende, hermana, dime tú de quién pueda yo saber el negocio cómo pasa, que yo le haré armar un lazo con que Melibea llore cuanto agora goza.

ELIC.—Yo conozco, amiga, otro compañero de Pármeno, mozo de caballos, que se llama Sosia, que le acompaña cada noche. Quiero trabajar de se lo sacar todo el secreto y éste será buen camino para lo que dices.

AREÚ.—Mas hazme este placer, que me envíes acá ese Sosia. Yo le halagaré y diré mil lisonjas y ofrecimientos hasta que no le deje en el cuerpo cosa de lo hecho y por hacer. Después a él y a su amo haré revesar el placer comido. Y tú, Elicia, alma mía, no recibas pena. Pasa a mi casa tu ropa y alhajas y vente a mi compañía, que estarás muy sola y la tristeza es amiga de la soledad. Con nuevo amor olvidarás los viejos. Un hijo que nace restaura la falta de tres finados; con nuevo sucesor se pierde la alegre memoria y placeres perdidos del pasado. De un pan que yo tenga, ternás tú la meitad. Más lástima tengo de tu fatiga que de los que te la ponen. Verdad sea, que cierto duele más la pérdida de lo que hombre tiene que da placer la esperanza de otro tal, aunque sea cierta. Pero ya lo hecho es sin remedio y los

muertos irrecuperables. Y como dicen; mueran y viva-
mos. A los vivos me deja a cargo, que yo te les daré
tan amargo jarope [290] a beber, cual ellos a ti han dado.
¡Ay prima, prima, cómo sé yo, cuando me ensaño,
revolver estas trampas, aunque soy moza! Y de él me
vengue Dios, que de Calisto, Centurio me vengará.

ELIC.—Cata que creo que, aunque llame el que mandas, no habrá efecto lo que quieres, porque la pena de
los que murieron por descubrir el secreto porná silencio
al vivo para guardarle. Lo que me dices de mi venida
a tu casa te agradezco mucho. Y Dios te ampare y alegre en tus necesidades, que bien muestras el parentesco
y hermandad no servir de viento, antes en las adversidades aprovechar. Pero, aunque lo quiera hacer, por
gozar de tu dulce compañía, no podrá ser por el daño
que me vernía. La causa no es necesario decir, pues
hablo con quien me entiende. Que allí, hermana, soy
conocida, allí estoy aparrochada [291]. Jamás perderá aquella casa el nombre de Celestina, que Dios haya. Siempre
acuden allí mozas conocidas y allegadas, medio parientas
de las que ella crió. Allí hacen sus conciertos, de donde se
me seguirá algún provecho. Y también esos pocos amigos
que me quedan, no me saben otra morada. Pues ya sabes
cuán duro es dejar lo usado y que mudar costumbre es
a par de muerte y piedra movediza que nunca moho la
cobija. Allí quiero estar, siquiera porque el alquile de
la casa, que está pagado por ogaño, no se vaya en balde.
Así que, aunque cada cosa no abastase por sí, juntas
aprovechan y ayudan. Ya me parece que es hora de
irme. De lo dicho me llevo el cargo. Dios quede contigo, que me voy.

Argumento del decimosexto auto

Pensando Pleberio y Alisa tener su hija Melibea el don de la virginidad conservado, lo cual, según ha parecido, está en contrario, y están razonando sobre el casamiento de Melibea; y en tan gran cuantidad le dan pena las palabras que de sus padres oye, que envía a Lucrecia para que sea causa de su silencio en aquel propósito.

PLEBERIO, ALISA, LUCRECIA, MELIBEA

PLEB.—Alisa, amiga, el tiempo, según me parece, se nos va, como dicen, de entre las manos. Corren los días como agua de río. No hay cosa tan ligera para huir como la vida. La muerte nos sigue y rodea, de la cual somos vecinos y hacia su bandera [292] nos acostamos, según natura. Esto vemos muy claro, si miramos nuestros iguales, nuestros hermanos y parientes en derredor. Todos los come ya la tierra, todos están en sus perpetuas moradas. Y pues somos inciertos cuándo habemos de ser llamados, viendo tan ciertas señales, debemos echar nuestras barbas en remojo y aparejar nuestros fardeles [293] para andar este forzoso camino; no nos tome improvisos ni de salto aquella cruel voz de la muerte. Ordenemos nuestras ánimas con tiempo, que más vale prevenir que ser prevenidos. Demos nuestra hacienda a dulce sucesor, acompañemos nuestra única hija con marido, cual nuestro estado requiere, porque vamos descansados y sin dolor de este mundo. Lo cual con mucha diligencia debemos poner desde agora por obra, y lo que otras veces habemos principiado en este caso, agora haya ejecución. No quede por nuestra negligencia nuestra hija en manos de tutores, pues parecerá ya mejor en su propia casa que en la nuestra. Quitarla hemos de lenguas del vulgo, porque ninguna virtud hay tan perfecta que no tenga vituperadores y maldicientes. No hay cosa con que mejor se conserve la limpia fama en las vírgines, que con temprano casamiento. ¿Quién rehuirá nuestro parentesco en toda la ciudad? ¿Quién no se hallará gozoso de tomar tal joya en su compañía? En quien caben las cuatro principales cosas que en los casamientos se demandan, conviene a saber: lo primero, discreción, honestidad y virginidad; segundo, hermosura; lo tercero, el alto origen y parientes; lo final, riqueza. De todo esto la dotó natura. Cualquiera cosa que nos pidan hallarán bien cumplida.

ALI.—Dios la conserve, mi señor Pleberio, porque nuestros deseos veamos cumplidos en nuestra vida. Que antes pienso que faltará igual a nuestra hija, según tu virtud y tu noble sangre, que no sobrarán muchos que la merezcan. Pero como esto sea oficio de los padres y muy ajeno a las mujeres, como tú lo ordenares, seré yo alegre, y nuestra hija obedecerá, según su casto vivir y honesta vida y humildad.

LUCR.—¡Aun si bien lo supieses, reventarías! ¡Ya, ya, perdido es lo mejor! ¡Mal año se os apareja a la vejez! Lo mejor, Calisto lo lleva. No hay quien ponga virgos, que ya es muerta Celestina. Tarde acordáis y más habíades de madrugar. ¡Escucha, escucha, señora Melibea!

MELIB.—¿Qué haces ahí escondida, loca?

LUCR.—Llégate aquí, señora, oirás a tus padres la priesa que traen por te casar.

MELIB.—Calla, por Dios, que te oirán. Déjalos parlar, déjalos devaneen. Un mes ha que otra cosa no hacen ni en otra cosa entienden. No parece sino que les dice el corazón el gran amor que a Calisto tengo, y todo lo que con él, un mes ha, he pasado. No sé si me han sentido, no sé qué se sea aquejarles más agora este cuidado que nunca. Pues mándoles yo trabajar en vano, que por demás es la cítola en el molino [294]. ¿Quién es el que me ha de quitar mi gloria? ¿Quién apartarme mis placeres? Calisto es mi ánima, mi vida, mi señor, en quien yo tengo toda mi esperanza. Conozco de él que no vivo engañada. Pues él me ama, ¿con qué otra cosa le puedo pagar? Todas las deudas del mundo reciben

compensación en diverso género; el amor no admite
sino sólo amor por paga. En pensar en él me alegro, en
verlo me gozo, en oírlo me glorifico. Haga y ordene de
mí a su voluntad. Si pasar quisiere la mar, con él iré;
si rodear el mundo, lléveme consigo; si venderme en
tierra de enemigos, no rehuiré su querer. Déjenme mis
padres gozar de él, si ellos quieren gozar de mí. No piensen en estas vanidades ni en estos casamientos; que
más vale ser buena amiga que mala casada. Déjenme
gozar mi mocedad alegre, si quieren gozar su vejez
cansada; si no, presto podrán aparejar mi perdición y su
sepultura. No tengo otra lástima sino por el tiempo
que perdí de no gozarlo, de no conocerlo, después que
a mí me sé conocer. No quiero marido, no quiero ensuciar los ñudos del matrimonio, ni las maritales pisadas
de ajeno hombre repisar, como muchas hallo en los
antiguos libros que leí o que hicieron más discretas que
yo, más subidas en estado y linaje. Las cuales algunas
eran de la gentilidad tenidas por diosas, así como Venus, madre de Eneas y de Cupido, el dios de amor, que
siendo casada corrompió la prometida fe marital. Y aun
otras, de mayores fuegos encendidas, cometieron nefa-
rios e incestuosos yerros, como Mirra con su padre,
Semíramis con su hijo, Cánace con su hermano y aun
aquella forzada Tamar, hija del rey David [295]. Otras aun
más cruelmente traspasaron las leyes de natura, como
Pasife, mujer del rey Minos, con el toro. Pues reinas
eran y grandes señoras, debajo de cuyas culpas la razonable mía podrá pasar sin denuesto. Mi amor fue con
justa causa. Requerida y rogada, cativada de su merecimiento, aquejada por tan astuta maestra como Celestina, servida de muy peligrosas visitaciones, antes que
concediese por entero en su amor. Y después un mes
ha, como has visto, que jamás noche ha faltado sin ser
nuestro huerto escalado como fortaleza, y muchas haber
venido en balde, y por eso no me mostrar más pena ni
trabajo. Muertos por mí sus servidores, perdiéndose su
hacienda, fingiendo ausencia con todos los de la ciudad,
todos los días encerrado en casa con esperanza de verme

a la noche. ¡Afuera, afuera la ingratitud, afuera las lisonjas y el engaño con tan verdadero amador, que ni quiero marido ni quiero padre ni parientes! Faltándome Calisto, me falte la vida, la cual, porque él de mí goce, me aplace.

LUCR.—Calla, señora, escucha, que todavía perseveran.

PLEB.—Pues, ¿qué te parece, señora mujer? ¿Debemos hablarlo a nuestra hija, debemos darle parte de tantos como me la piden, para que de su voluntad venga, para que diga cuál le agrada? Pues en esto las leyes dan libertad a los hombres y mujeres, aunque estén so el paterno poder, para elegir.

ALI.—¿Qué dices? ¿En qué gastas tiempo? ¿Quién ha de irle con tan grande novedad a nuestra Melibea, que no la espante? ¡Cómo! ¿Y piensas que sabe ella qué cosa sean hombres? ¿Si se casan o qué es casar? ¿O que del ayuntamiento de marido y mujer se procreen los hijos? ¿Piensas que su virginidad simple le acarrea torpe deseo de lo que no conoce ni ha entendido jamás? ¿Piensas que sabe errar aun con el pensamiento? No lo creas, señor Pleberio, que si alto o bajo de sangre o feo o gentil de gesto le mandaremos tomar, aquello será su placer, aquello habrá por bueno. Que yo sé bien lo que tengo criado en mi guardada hija.

MELIB.—Lucrecia, Lucrecia, corre presto, entra por el postigo en la sala y estórbales su hablar, interrúmpeles sus alabanzas con algún fingido mensaje, si no quieres que vaya yo dando voces como loca, según estoy enojada del concepto engañoso que tienen de mi ignorancia.

LUCR.—Ya voy, señora.

Argumento del decimoséptimo auto

Elicia, careciendo de la castimonia de Penélope, determina de despedir el pesar y luto que por causa de los muertos trae, alabando el consejo de Areúsa en este propósito; la cual va a casa de Areúsa, adonde viene Sosia; al cual Areúsa con palabras fictas[296] saca todo el secreto que está entre Calisto y Melibea.

ELICIA, AREÚSA, SOSIA

ELIC.—Mal me va con este luto. Poco se visita mi casa, poco se pasea mi calle. Ya no veo las músicas de la alborada, ya no las canciones de mis amigos, ya no las cuchilladas ni ruidos de noche por mi causa, y lo que peor siento, que ni blanca ni presente veo entrar por mi puerta. De todo esto me tengo yo la culpa, que si tomara el consejo de aquella que bien me quiere, de aquella verdadera hermana, cuando el otro día le llevé las nuevas de este triste negocio, que esta mi mengua ha acarreado, no me viera agora entre dos paredes sola, que de asco ya no hay quien me vea. El diablo me da tener dolor por quien no sé si, yo muerta, lo tuviera. A osadas, que me dijo ella a mí lo cierto: nunca, hermana, traigas ni muestres más pena por el mal ni muerte de otro que él hiciera por ti. Sempronio holgara, yo muerta; pues, ¿por qué, loca, me peno yo por él degollado? ¿Y qué sé si me matara a mí, como era acelerado y loco, como hizo a aquella vieja que tenía yo por madre? Quiero en todo seguir su consejo de Areúsa, que sabe más del mundo que yo y verla muchas veces y traer materia como viva. ¡Oh, qué participación tan suave, qué conversación tan gozosa y dulce! No en balde se dice: que vale más un día del hombre discreto que toda la vida del necio y simple. Quiero, pues, deponer el luto, dejar tristeza, despedir las lágrimas, que tan aparejadas han estado a salir. Pero como sea el primer oficio que en naciendo hacemos, llorar, no me maravilla ser más ligero de comenzar y de dejar más duro. Mas para esto es el buen seso, viendo la pérdida al ojo, viendo que los atavíos hacen la mujer hermosa, aunque no lo sea, tornan de vieja moza y a la moza más. No es otra cosa la color y albayalde [297], sino pegajosa liga en que se traban los hombres. Ande, pues, mi espejo y alcohol, que tengo dañados estos ojos; anden mis tocas blancas, mis gorgueras labradas, mis ropas de placer. Quiero aderezar lejía para estos cabellos, que perdían ya la rubia color y, esto hecho, contaré mis gallinas, haré mi cama, porque la limpieza alegra el corazón, barreré mi puerta y regaré la calle, porque los que pasaren vean que es ya desterrado el dolor. Mas primero quiero ir a visitar mi prima, por preguntarle si ha ido allá Sosia y lo que con él ha pasado, que no le he visto después que le dije como le quería hablar Areúsa. Quiera Dios que la halle sola, que jamás está desacompañada de galanes, como buena taberna de borrachos.

Cerrada está la puerta. No debe estar allá hombre. Quiero llamar. Tha, tha.

AREÚ.—¿Quién es?

ELIC.—Ábreme, amiga; Elicia soy.

AREÚ.—Entra, hermana mía. Véate Dios, que tanto placer me haces en venir como vienes, mudado el hábito de tristeza. Agora nos gozaremos juntas, agora te visitaré, vernos hemos en mi casa y en la tuya. Quizá por bien fue para entrambas la muerte de Celestina, que yo ya siento la mejoría más que antes. Por esto se dice que los muertos abren los ojos de los que viven, a unos con haciendas, a otros con libertad, como a ti.

ELIC.—A tu puerta llaman. Poco espacio nos dan para hablar, que te querría preguntar si había venido acá Sosia.

AREÚ.—No ha venido; después hablaremos. ¡Qué porradas que dan! Quiero ir abrir, que o es loco o privado [298]. ¿Quién llama?

SOS.—Ábreme, señora. Sosia soy, criado de Calisto.

AREÚ.—(Por los santos de Dios, el lobo es en la

conseja[299]. Escóndete hermana, tras ese paramento, y
verás cuál te lo paro, lleno de viento de lisonjas, que
piense, cuando se parta de mí, que es él y otro no.
Y sacarle he lo suyo y lo ajeno del buche con halagos,
como él saca el polvo con la almohaza a los caballos.)
¿Es mi Sosia, mi secreto amigo? ¿El que yo me quiero
bien sin que él lo sepa? ¿El que deseo conocer por su
buena fama? ¿El fiel a su amo? ¿El buen amigo de sus
compañeros? Abrazarte quiero, amor, que agora que te veo
creo que hay más virtudes en ti, que todos me decían.
Andacá, entremos a asentarnos, que me gozo en mirarte, que me representa la figura del desdichado de Pármeno. Con esto hace hoy tan claro día, que habías tú
de venir a verme. Dime, señor, ¿conocíasme antes de
agora?

SOS.—Señora, la fama de tu gentileza, de tus gracias
y saber, vuela tan alto por esta ciudad que no debes
tener en mucho ser de más conocida que conociente,
porque ninguno habla en loor de hermosas que primero
no se acuerde de ti que de cuantas son.

ELIC.—(¡Oh hideputa el pelón[300], y cómo se desasna!
¡Quién le ve ir al agua con sus caballos en cerro[301] y
sus piernas de fuera, en sayo, y agora en verse medrado
con calzas y capa, sálenle alas y lengua!)

AREÚ.—Ya me correría con tu razón, si alguno estuviese delante, en oírte tanta burla como de mí haces;
pero, como todos los hombres traigáis proveídas esas
razones, esas engañosas alabanzas, tan comunes para todas, hechas de molde, no me quiero de ti espantar.
Pero hágote cierto, Sosia, que no tienes de ellas necesidad; sin que me alabes te amo y sin que me ganes
de nuevo me tienes ganada. Para lo que te envié a rogar
que me vieses, son dos cosas, las cuales, si más lisonja
o engaño en ti conozco, te dejaré de decir, aunque sean de
tu provecho.

SOS.—Señora mía, no quiera Dios que yo te haga
cautela. Muy seguro venía de la gran merced que me
piensas hacer y haces. No me sentía digno para descal-

zarte. Guía tú mi lengua, responde por mí a tus razones, que todo lo habré por rato y firme [302].

AREÚ.—Amor mío, ya sabes cuánto quise a Pármeno, y como dicen; quien bien quiere a Beltrán a todas sus cosas ama [303]. Todos sus amigos me agradaban; el buen servicio de su amo, como a él mismo, me placía. Donde veía su daño de Calisto, le apartaba. Pues como esto así sea, acordé decirte, lo uno, que conozcas el amor que te tengo y cuanto contigo y con tu visitación siempre me alegrarás y que en esto no perderás nada, si yo pudiere, antes te verná provecho. Lo otro y segundo, que pues yo pongo mis ojos en ti, y mi amor y querer, avisarte que te guardes de peligros y más de descubrir tu secreto a ninguno, pues ves cuánto daño vino a Pármeno y a Sempronio de lo que supo Celestina, porque no querría verte morir mal logrado como a tu compañero. Harto me basta haber llorado al uno. Porque has de saber que vino a mí una persona y me dijo que le habías tú descubierto los amores de Calisto y Melibea y cómo la había alcanzado y cómo ibas cada noche a le acompañar y otras muchas cosas, que no sabría relatar. Cata, amigo, que no guardar secreto es propio de las mujeres. No de todas, sino de las bajas y de los niños. Cata que te puede venir gran daño. Que para esto te dio Dios dos oídos y dos ojos y no más de una lengua, porque sea doblado lo que vieres y oyeres que no el hablar. Cata no confíes que tu amigo te ha de tener secreto de lo que le dijeres, pues tú no le sabes a ti mismo tener. Cuanto hobieres de ir con tu amo Calisto a casa de aquella señora, no hagas bullicio, no te sienta la tierra, que otros me dijeron que ibas cada noche dando voces, como loco de placer.

SOS.—¡Oh, cómo son sin tiento y personas desacordadas las que tales nuevas, señora, te acarrean! Quien te dijo que de mi boca lo había oído, no dice verdad. Los otros de verme ir con la luna de noche a dar agua a mis caballos, holgando y habiendo placer, diciendo cantares por olvidar el trabajo y desechar enojo, y esto antes de las diez, sospechan mal y de la sospecha hacen

certidumbre, afirman lo que barruntan. Sí, que no estaba
Calisto loco, que a tal hora había de ir a negocio de
tanta afrenta sin esperar que repose la gente, que des-
cansen todos en el dulzor del primer sueño. Ni menos
había de ir cada noche, que aquel oficio no sufre coti-
diana visitación. Y si más clara quieres, señora, ver su
falsedad, como dicen, que toman antes al mentiroso que
al que coxquea, en un mes no habemos ido ocho veces,
y dicen los falsarios revolvedores que cada noche.

AREÚ.—Pues por mi vida, amor mío, porque yo los
acuse y tome en el lazo del falso testimonio, me dejes
en la memoria los días que habéis concertado de salir
y, si yerran, estaré segura de tu secreto y cierta de su
levantar [304]. Porque no siendo su mensaje verdadero,
será tu persona segura de peligro y yo sin sobresalto de
tu vida. Pues tengo esperanza de gozarme contigo largo tiempo.

SOS.—Señora, no alarguemos los testigos. Para esta
noche en dando el reloj las doce está hecho el concierto
de su visitación por el huerto. Mañana preguntarás lo
que han sabido, de lo cual si alguno te diere señas, que
me tresquilen a mí a cruces [305].

AREÚ.—¿Y por qué parte, alma mía, porque mejor
los pueda contradecir, si anduvieren errados vacilando?

SOS.—Por la calle del vicario gordo, a las espaldas
de su casa.

ELIC.—(¡Tiénente, don andrajoso! ¡No es más menester! ¡Maldito sea el que en manos de tal acemilero
se confía! ¡Qué desgoznarse hace el badajo!)

AREU.—Hermano Sosia, esto hablado, basta para que
tome cargo de saber tu inocencia y la maldad de tus
adversarios. Vete con Dios, que estoy ocupada en otro
negocio y me he detenido mucho contigo.

ELIC.—(¡Oh sabia mujer! ¡Oh despidiente [306] propio,
cual le merece el asno que ha vaciado su secreto tan de
ligero!)

SOS.—Graciosa y suave señora, perdóname si te he
enojado con mi tardanza. Mientra holgares con mi ser-

vicio, jamás hallarás quien tan de grado aventure en él su vida. Y queden los ángeles contigo.

AREÚ.—Dios te guíe.

¡Allá irás, acemilero! ¡Muy ufano vas por tu vida! Pues toma para tu ojo, bellaco, y perdona, que te la doy de espaldas. ¿A quién digo? Hermana, sal acá. ¿Qué te parece cuál le envío? Así sé yo tratar los tales, así salen de mis manos los asnos, apaleados como éste y los locos corridos y los discretos espantados y los devotos alterados y los castos encendidos. Pues, prima, aprende, que otra arte es ésta que la de Celestina; aunque ella me tenía por boba, porque me quería yo serlo. Y pues ya tenemos de este hecho sabido cuanto deseábamos, debemos ir a casa de aquel otro cara de ahorcado que el jueves eché delante de ti baldonado de mi casa, y haz tú como que nos quieres hacer amigos y que rogaste que fuese a verlo.

Argumento del decimoctavo auto

Elicia determina hacer las amistades entre Areúsa y Centurio por precepto de Areúsa y vanse a casa de Centurio, onde ellas le ruegan que haya de vengar las muertes en Calisto y Melibea; el cual lo prometió delante de ellas. Y como sea natural a éstos no hacer lo que prometen, escúsase como en el proceso parece.

CENTURIO, ELICIA, AREÚSA

ELIC.—¿Quién está en su casa?

CENT.—Mochacho, corre, verás quién osa entrar sin llamar a la puerta. Torna, torna acá, que ya he visto quién es. No te cubras con el manto, señora; ya no te puedes esconder, que, cuando vi adelante entrar a Elicia, vi que no podía traer consigo mala compañía ni nuevas que me pesasen, sino que me habían de dar placer.

AREÚ.—No entremos, por mi vida, más adentro, que se estiende [307] ya el bellaco, pensando que le vengo a rogar. Que más holgara con la vista de otras como él, que con la nuestra. Volvamos, por Dios, que me fino en ver tan mal gesto. ¿Parécete, hermana, que me traes por buenas estaciones y que es cosa justa venir de vísperas y entrarnos a ver un desuellacaras que ahí está?

ELIC.—Torna por mi amor, no te vayas; si no, en mis manos dejarás el medio manto.

CENT.—Tenla, por Dios, señora, tenla; no se te suelte.

ELIC.—Maravillada estoy, prima, de tu buen seso. ¿Cuál hombre hay tan loco y fuera de razón que no huelgue de ser visitado, mayormente de mujeres? Llégate acá, señor Centurio, que en cargo de mi alma por fuerza haga que te abrace, que yo pagaré la fruta.

AREÚ.—Mejor lo vea yo en poder de justicia y morir a manos de sus enemigos, que yo tal gozo le dé. ¡Ya, ya hecho ha conmigo para cuanto viva! ¿Y por cuál carga de agua le tengo de abrazar ni ver a ese enemigo? Porque le rogué estotro día que fuese una jornada de aquí, en que me iba la vida, y dijo de no.

CENT.—Mándame tú, señora, cosa que yo sepa hacer, cosa que sea de mi oficio. Un desafío con tres juntos y si más vinieren, que no huya por tu amor. Matar un hombre, cortar una pierna o brazo, arpar [308] el gesto de alguna que se haya igualado contigo; éstas tales cosas, antes serán hechas que encomendadas. No me pidas que ande camino ni que te dé dinero, que bien sabes que no dura conmigo, que tres saltos daré sin que me se caiga blanca. Ninguno da lo que no tiene. En una casa vivo cual ves, que rodará el majadero [309] por toda ella, sin que tropiece. Las alhajas que tengo es el ajuar de la frontera, un jarro desbocado [310], un asador sin punta. La cama en que me acuesto está armada sobre aros de broqueles, un rimero [311] de malla rota por colchones, una talega de dados por almohada. Que, aunque quiero dar colación, no tengo qué empeñar, sino esta capa arpada, que traigo acuestas.

ELIC.—Así goce, que tus razones me contentan a maravilla. Como un santo está obediente, como ángel te habla, a toda razón se allega; ¿qué más le pides? Por mi vida que le hables y pierdas enojo, pues tan de grado se te ofrece con su persona.

CENT.—¿Ofrecer dices, señora? Yo te juro por el santo martilogio [312] de pe a pa, el brazo me tiembla de lo que por ella entiendo hacer, que continuo pienso cómo la tenga contenta y jamás acierto. La noche pasada soñaba que hacía armas en un desafío por su servicio con cuatro hombres que ella bien conoce, y maté al uno. Y de los otros que huyeron, el que más sano se libró me dejó a los pies un brazo izquierdo. Pues muy mejor lo haré despierto de día, cuando alguno tocare en su chapín.

AREÚ.—Pues aquí te tengo, a tiempo somos. Yo te perdono, con condición que me vengues de un caballero, que se llama Calisto, que nos ha enojado a mí y a mi prima.

CENT.—¡Oh, reniego de la condición! Dime luego si está confesado.

AREÚ.—No seas tú cura de su ánima.

CENT.—Pues sea así. Enviémosle a comer al infierno sin confesión.

AREÚ.—Escucha, no atajes mi razón. Esta noche lo tomarás.

CENT.—No me digas más, al cabo estoy. Todo el negocio de sus amores sé y los que por su causa hay muertos y lo que os tocaba a vosotras, por dónde va y a qué hora y con quién es. Pero dime, ¿cuántos son los que le acompañan?

AREÚ.—Dos mozos.

CENT.—Pequeña presa es ésa, poco cebo tiene ahí mi espada. Mejor cebara ella en otra parte esta noche, que estaba concertada.

AREÚ.—Por excusarte lo haces. A otro perro con ese hueso. No es para mí esa dilación. Aquí quiero ver si decir y hacer si comen juntos a tu mesa.

CENT.—Si mi espada dijese lo que hace, tiempo le

faltaría para hablar. ¿Quién sino ella puebla los más cimenterios? ¿Quién hace ricos los cirujanos de esta tierra? ¿Quién da continuo quehacer a los armeros? ¿Quién destroza la malla más fina? ¿Quién hace riza de los broqueles de Barcelona? ¿Quién rebana los capacetes [313] de Calatayud, sino ella? Que los caxquetes de Almacén así los corta como si fuesen hechos de melón. Veinte años ha que me da de comer. Por ella soy temido de hombres y querido de mujeres; sino de ti. Por ella le dieron Centurio por nombre a mi abuelo y Centurio se llamó mi padre y Centurio me llamo yo.

—ELIC.—Pues, ¿qué hizo el espada porque ganó tu abuelo ese nombre? Dime, ¿por ventura fue por ella capitán de cient hombres?

CENT.—No; pero fue rufián de cient mujeres.

AREÚ.—No curemos de linaje ni hazañas viejas. Si has de hacer lo que te digo, sin dilación determina, porque nos queremos ir.

CENT.—Más deseo ya la noche por tenerte contenta, que tú por verte vengada. Y porque más se haga todo a tu voluntad, escoge qué muerte quieres que le dé. Allí te mostraré un reportorio [314] en que hay sietecientas y setenta especies de muertes; verás cuál más te agradare.

ELIC.—Areúsa, por mi amor, que no se ponga este hecho en manos de tan fiero hombre. Más vale que se quede por hacer que no escandalizar la ciudad, por donde nos venga más daño de lo pasado.

AREÚ.—Calla, hermana; díganos alguna, que no sea de mucho bullicio.

CENT.—Las que agora estos días yo uso y más traigo entre manos son espaldarazos sin sangre o porradas de pomo de espada o revés mañoso; a otros, agujereo como harnero a puñaladas, tajo largo, estocada temerosa, tiro mortal [315]. Algún día doy palos por dejar holgar mi espada.

ELIC.—No pase, por Dios, adelante; déle palos, porque quede castigado y no muerto.

CENT.—Juro por el cuerpo santo de la letanía, no es

más en mi brazo derecho dar palos sin matar que en el sol dejar de dar vueltas al cielo.

AREÚ.—Hermana, no seamos nosotras lastimeras; haga lo que quisiere, mátele como se le antojare. Llore Melibea como tú has hecho. Dejémosle. Centurio, da buena cuenta de lo encomendado. De cualquier muerte holgaremos. Mira que no se escape sin alguna paga de su yerro.

CENT.—Perdónele Dios, si por pies no se me va. Muy alegre quedo, señora mía, que se ha ofrecido caso, aunque pequeño, en que conozcas lo que yo sé hacer por tu amor.

AREÚ.—Pues Dios te dé buena manderecha [316] y a él te encomiendo, que nos vamos.

CENT.—Él te guíe y te dé más paciencia con los tuyos.

¡Allá irán estas putas atestadas de razones! Agora, quiero pensar cómo me excusaré de lo prometido, de manera que piensen que puse diligencia con ánimo de ejecutar lo dicho y no negligencia, por no me poner en peligro. Quiérome hacer doliente; pero, ¿qué aprovecha? Que no se apartarán de la demanda, cuando sane. Pues si digo que fui allá y que les hice huir, pedirme han señas de quién eran y cuántos iban y en qué lugar los tomé y qué vestidos llevaban; yo no las sabré dar. ¡Helo todo perdido! Pues ¿qué consejo tomaré que cumpla con mi seguridad y su demanda? Quiero enviar a llamar a Traso, el cojo, y a sus dos compañeros y decirles que, porque yo estoy ocupado esta noche en otro negocio, vaya a dar un repiquete de broquel a manera de levada [317], para ojear [318] unos garzones, que me fue encomendado, que todo esto es pasos seguros y donde no conseguirán ningún daño, mas de hacerlos huir y volverse a dormir.

Argumento del decimonono auto

Yendo Calisto con Sosia y Tristán al huerto de Pleberio a visitar a Melibea, que lo estaba esperando y con ella Lucrecia, cuenta Sosia lo que le aconteció con Areúsa. Estando Calisto dentro del huerto con Melibea, viene Traso y otros por mandado de Centurio a cumplir lo que había prometido a Areúsa y a Elicia. A los cuales sale Sosia; y oyendo Calisto desde el huerto, donde estaba con Melibea, el ruido que traían, quiso salir fuera; la cual salida fue causa que sus días pereciesen, porque los tales este don reciben por galardón y por esto han de saber desamar los amadores.

SOSIA, TRISTÁN, CALISTO, MELIBEA, LUCRECIA

SOS.—Muy quedo, para que no seamos sentidos, desde aquí al huerto de Pleberio te contaré, hermano Tristán, lo que con Areúsa me ha pasado hoy, que estoy el más alegre hombre del mundo. Sabrás que ella, por las buenas nuevas que de mí había oído, estaba presa de mi amor y envióme a Elicia, rogándome que la visitase. Y dejando aparte otras razones de buen consejo que pasamos, mostró al presente ser tanto mía cuanto algún tiempo fue de Pármeno. Rogóme que la visitase siempre, que ella pensaba gozar de mi amor por tiempo. Pero yo te juro por el peligroso camino en que vamos, hermano, y así goce de mí, que estuve dos o tres veces por me arremeter a ella, sino que me empachaba la vergüenza de verla tan hermosa y arreada y a mí con una capa vieja ratonada. Echaba de sí en bullendo un olor de almizque; yo hedía al estiércol que llevaba dentro de los zapatos. Tenía unas manos como la nieve, que cuando las sacaba de rato en rato de un guante parecía que se derramaba azahar por casa. Así por esto, como porque tenía un poco ella de hacer, se quedó mi atrever para otro día. Y aun porque a la primera vista todas las cosas no son bien tratables y cuanto más se comunican mejor se entienden en su participación.

TRIST.—Sosia, amigo, otro seso más maduro y experimentado, que no el mío, era necesario para darte consejo en este negocio; pero lo que con mi tierna edad y mediano natural alcanzo al presente te diré. Esta mujer es marcada ramera, según tú me dijiste; cuanto con ella te pasó has de creer que no carece de engaño. Sus ofrecimientos fueron falsos y no sé yo a qué fin. Porque amarte por gentilhombre, ¿cuántos más terná ella desechados? Si por rico, bien sabe que no tienes más del polvo que se te pega del almohaza. Si por hombre de linaje, ya sabrá que te llaman Sosia, y a tu padre llamaron Sosia, nacido y criado en una aldea, quebrando terrones con un arado, para lo cual eres tú más dispuesto que para enamorado. Mira, Sosia, y acuérdate bien si te quería sacar algún punto del secreto de este camino que agora vamos, para con que lo supiese revolver a Calisto y Pleberio, de envidia del placer de Melibea. Cata que la envidia es una incurable enfermedad donde asienta, huésped que fatiga la posada; en lugar de galardón, siempre goza de mal ajeno. Pues si esto es así, ¡oh, cómo te quiere aquella malvada hembra engañar con su alto nombre, del cual todas se arrean! Con su vicio ponzoñoso quería condenar el ánima por cumplir su apetito, revolver tales casas <cosas> para contentar su dañada voluntad. ¡Oh arrufianada mujer, y con qué blanco pan te daba zarazas! Quería vender su cuerpo a trueco de contienda. Óyeme, y si así presumes que sea, ármale trato doble [319], cual yo te diré; que quien engaña al engañador [320]... ya me entiendes. Y si sabe mucho la raposa, más el que la toma. Contramínale [321] sus malos pensamientos, escala sus ruindades cuando más segura la tengas, y cantarás después en tu establo; uno piensa el bayo y otro el que lo ensilla.

SOS.—¡Oh Tristán, discreto mancebo! Mucho más me has dicho que tu edad demanda. Astuta sospecha has remontado y creo que verdadera. Pero, porque ya llegamos al huerto y nuestro amo se nos acerca, dejemos este cuento, que es muy largo, para otro día.

CAL.—Poned, mozos, la escala y callad, que me parece que está hablando mi señora de dentro. Subiré encima de la pared y en ella estaré escuchando, por ver si oiré alguna buena señal de mi amor en ausencia.

MELIB.—Canta más, por mi vida, Lucrecia, que me huelgo en oírte, mientra viene aquel señor, y muy paso entre estas verduricas, que no nos oirán los que pasaren.

LUCR.   ¡Oh, quién fuese la hortelana
           de aquestas viciosas [322] flores,
           por prender cada mañana
           al partir a tus amores!

           Vístanse nuevas colores
           los lirios y el azucena;
           derramen frescos olores,
           cuando entre por estrena [323].

MELIB.—¡Oh, cuán dulce me es oírte! De gozo me deshago. No ceses, por mi amor.

LUCR.   Alegre es la fuente clara
           a quien con gran sed la vea;
           mas muy más dulce es la cara
           de Calisto a Melibea.

           Pues, aunque más noche sea,
           con su vista gozará.
           ¡Oh, cuando saltar le vea,
           qué de abrazos le dará!

           Saltos de gozo infinitos
           da el lobo viendo ganado;
           con las tetas, los cabritos;
           Melibea con su amado.

> Nunca fue más deseado
> amador de su amiga,
> ni huerto más visitado,
> ni noche más sin fatiga.

MELIB.—Cuanto dices, amiga Lucrecia, se me representa delante; todo me parece que lo veo con mis ojos. Procede, que a muy buen son lo dices, y ayudarte he yo.

LUCR , MELIB.

> Dulces árboles sombrosos,
> humillaos cuando veáis
> aquellos ojos graciosos
> del que tanto deseáis.

> Estrellas que relumbráis,
> norte y lucero del día,
> ¿por qué no le despertáis,
> si duerme mi alegría?

MELIB.—Óyeme tú, por mi vida, que yo quiero cantar sola.

> Papagayos, ruiseñores,
> que cantáis al alborada,
> llevad nueva a mis amores,
> cómo espero aquí asentada.

> La media noche es pasada,
> y no viene.
> Sabedme si hay otra amada
> que lo detiene.

CAL.—Vencido me tiene el dulzor de tu suave canto; no puedo más sufrir tu penado esperar. ¡Oh mi señora y mi bien todo! ¿Cuál mujer podía haber nacida, que desprivase tu gran merecimiento? ¡Oh salteada melodía! ¡Oh gozoso rato! ¡Oh corazón mío! ¿Y cómo no pudiste más tiempo sufrir sin interrumper tu gozo y cumplir el deseo de entrambos?

MELIB.—¡Oh sabrosa traición, oh dulce sobresalto! ¿Es mi señor de mi alma? ¿Es él? No lo puedo creer. ¿Dónde estabas, luciente sol? ¿Dónde me tenías tu claridad escondida? ¿Había rato que escuchabas? ¿Por qué me dejabas echar palabras sin seso al aire, con mi ronca voz de cisne? Todo se goza este huerto con tu venida. Mira la luna cuán clara se nos muestra, mira las nubes cómo huyen. ¡Oye la corriente agua de esta fontecica, cuánto más suave murmurio y zurrío <y ruzio> lleva por entre las frescas hierbas! Escucha los altos cipreses, cómo se dan paz unos ramos con otros por intercesión de un templadico viento que los menea. Mira sus quietas sombras, cuán escuras están y aparejadas para encubrir nuestro deleite. Lucrecia, ¿qué sientes, amiga? ¿Tórnaste loca de placer? Déjamele, no me le despedaces, no le trabajes sus miembros con tus pesados abrazos. Déjame gozar lo que es mío, no me ocupes mi placer.

CAL.—Pues, señora y gloria mía, si mi vida quieres, no cese tu suave canto. No sea de peor condición mi presencia, con que te alegras, que mi ausencia, que te fatiga.

MELIB.—¿Qué quieres que cante, amor mío? ¿Cómo cantaré, que tu deseo era el que regía mi son y hacía sonar mi canto? Pues conseguida tu venida, desaparecióse el deseo, destemplóse el tono de mi voz. Y pues tú, señor, eres el dechado de cortesía y buena crianza, ¿cómo mandas a mi lengua hablar y no a tus manos que estén quedas? ¿Por qué no olvidas estas mañas? Mándalas estar sosegadas y dejar su enojoso uso y conversación incomportable. Cata, ángel mío, que así como me es agradable tu vista sosegada, me es enojoso tu riguroso trato; tus honestas burlas me dan placer, tus deshonestas manos me fatigan cuando pasan de la razón. Deja estar mis ropas en su lugar y, si quieres ver si es el hábito de encima de seda o de paño, ¿para qué me tocas en la camisa? Pues cierto es de lienzo. Holguemos y burlemos de otros mil modos que yo te mostraré; no me destroces ni maltrates como sueles. ¿Qué provecho te trae dañar mis vestiduras?

CAL.—Señora, el que quiere comer el ave, quita primero las plumas.

LUCR.—(Mala landre me mate si más los escucho. ¿Vida es ésta? ¡Que me esté yo deshaciendo de dentera y ella esquivándose porque la rueguen! Ya, ya apaciguado es el ruido; no hobieron menester despartidores. Pero también me lo haría yo, si estos necios de sus criados me hablasen entre día; pero esperan que los tengo de ir a buscar.)

MELIB.—¿Señor mío, quieres que mande a Lucrecia traer alguna colación?

CAL.—No hay otra colación para mí sino téner tu cuerpo y belleza en mi poder. Comer y beber, dondequiera se da por dinero, en cada tiempo se puede haber y cualquiera lo puede alcanzar; pero lo no vendible, lo que en toda la tierra no hay igual que en este huerto, ¿cómo mandas que se me pase ningún momento que no goce?

LUCR.—(Ya me duele a mí la cabeza de escuchar y no a ellos de hablar ni los brazos de retozar ni las bocas de besar. ¡Andar! Ya callan; a tres me parece que va la vencida.)

CAL.—Jamás querría, señora, que amaneciese, según la gloria y descanso que mi sentido recibe de la noble conversación de tus delicados miembros.

MELIB.—Señor, yo soy la que gozo, yo la que gano; tú, señor, el que me haces con tu visitación incomparable merced.

SOS.—¿Así, bellacos, rufianes, veníades a asombrar a los que no os temen? Pues yo juro que si esperárades, que yo os hiciera ir como merecíades.

CAL.—Señora, Sosia es aquel que da voces. Déjame ir a valerle, no le maten, que no está sino un pajecico con él. Dame presto mi capa, que está debajo de ti.

MELIB.—¡Oh triste de mi ventura! No vayas allá sin tus corazas; tórnate a armar.

CAL.—Señora, lo que no hace espada y capa y corazón, no lo hacen corazas y capacete y cobardía.

SOS.—¿Aun tornáis? Esperadme. Quizá venís por lana [324].

CAL.—Déjame, por Dios, señora, que puesta está el escala.

MELIB.—¡Oh desdichada yo, y cómo vas tan recio y con tanta priesa y desarmado a meterte entre quien no conoces? Lucrecia, ven presto acá, que es ido Calisto a un ruido. Echémosle sus corazas por la pared, que se quedan acá.

TRIST.—Tente, señor, no bajes, que idos son; que no era sino Traso el cojo y otros bellacos, que pasaban voceando. Que ya se torna Sosia. Tente, tente, señor, con las manos al escala.

CAL.—¡Oh, válame Santa María! ¡Muerto soy! ¡Confesión!

TRIST.—Llégate presto, Sosia, que el triste de nuestro amo es caído del escala y no habla ni se bulle.

SOS.—¡Señor, señor! ¡A esotra puerta! [325] ¡Tan muerto es como mi abuelo! ¡Oh gran desventura! [326]

LUCR.—¡Escucha, escucha, gran mal es éste!

MELIB.—¿Qué es esto que oigo, amarga de mí?

TRIST.—¡Oh mi señor y mi bien muerto! ¡Oh mi señor [y nuestra honra], despeñado! ¡Oh triste muerte [y] sin confesión! Coge, Sosia, esos sesos de esos cantos, júntalos con la cabeza del desdichado amo nuestro. ¡Oh día de aciago! ¡Oh arrebatado fin!

MELIB.—¡Oh desconsolada de mí! ¿Qué es esto? ¿Qué puede ser tan áspero acontecimiento como oigo? Ayúdame a subir, Lucrecia, por estas paredes, veré mi dolor; si no, hundiré con alaridos la casa de mi padre. ¡Mi bien y placer, todo es ido en humo! ¡Mi alegría es perdida! ¡Consumióse mi gloria!

LUCR.—Tristán, ¿qué dices, mi amor; qué es eso, que lloras tan sin mesura?

TRIST.—¡Lloro mi gran mal; lloro mis muchos dolores! Cayó mi señor Calisto del escala y es muerto. Su cabeza está en tres partes. Sin confesión pereció. Díselo a la triste y nueva amiga, que no espere más su penado amador. Toma tú, Sosia, de esos pies. Llevemos el cuerpo de nuestro querido amo donde no padezca su honra detrimento, aunque sea muerto en este lugar. Vaya con nosotros llanto, acompáñenos soledad, síganos desconsuelo, *vístenos* (119) tristeza, cúbranos luto y dolorosa jerga 327.

MELIB.—¡Oh la más de las tristes, triste! ¡Tan *poco tiempo poseído* (120) el placer, tan presto venido el dolor!

LUCR.—Señora, no rasgues tu cara ni meses tus cabellos. ¡Agora en placer, agora en tristeza! ¿Qué planeta hobo, que tan presto contrarió su operación? ¿Qué poco corazón es éste? Levanta, por Dios, no seas hallada de tu padre en tan sospechoso lugar, que serás sentida. Señora, señora, ¿no me oyes? No te amortezcas, por Dios. Ten esfuerzo para sufrir la pena, pues tuviste osadía para el placer.

MELIB.—¿Oyes lo que aquellos mozos van hablando? ¿Oyes sus tristes cantares? ¡Rezando llevan con responso mi bien todo! ¡Muerta llevan mi alegría! ¡No es tiempo de yo vivir! ¿Cómo no gocé más del gozo? ¿Cómo tuve en tan poco la gloria que entre mis manos tuve? ¡Oh ingratos mortales! ¡Jamás conocéis vuestros bienes, sino cuando de ellos carecéis!

LUCR.—Avívate, aviva, que mayor mengua será hallarte en el huerto que placer sentiste con la venida ni pena con ver que es muerto. Entremos en la cámara, acostarte has. Llamaré a tu padre y fingiremos otro mal, pues éste no es para se poder encubrir.

Argumento del veinteno auto

Lucrecia llama a la puerta de la cámara de Pleberio. Pregúntale Pleberio lo que quiere. Lucrecia le da priesa que vaya a ver a su hija Melibea. Levantado Pleberio, va a la cámara de Melibea. Consuélala, preguntándo*le* qué mal tiene. Finge Melibea dolor del corazón. Envía Melibea a su padre por algunos instrumentos músicos. Sube ella y Lucrecia en una torre. Envía de sí a Lucrecia. Cierra tras ella la puerta. Llégase su padre al pie de la torre. Descubri*óle* Melibea todo el negocio que había pasado. En fin, déjase caer de la torre abajo.

PLEBERIO, LUCRECIA, MELIBEA

PLEBERIO.—¿Qué quieres, Lucrecia? ¿Qué quieres tan presurosa y qué pides con tanta importunidad y poco sosiego? ¿Qué es lo que mi hija ha sentido? ¿Qué mal tan arrebatado puede ser, que no haya yo tiempo de me vestir ni me des aun espacio a me levantar?

LUCR.—Señor, apresúrate mucho, si la quieres ver viva, que ni su mal conozco de fuerte ni a ella ya de desfigurada.

PLEB.—*Vamos presto, anda allá, entra adelante, alza esa antepuerta y abre bien esa ventana, porque le pueda ver el gesto con claridad.* ¿Qué es esto, hija mía? ¿Qué dolor y sentimiento es el tuyo? ¿Qué novedad es ésta? ¿Qué poco esfuerzo es éste? Mírame, que soy tu padre. Hábla*me, por Dios,* [conmigo, cuéntame la causa de tu arrebatada pena. ¿Qué has? ¿Qué sientes? ¿Qué quieres? Háblame, mírame], dime la razón de tu dolor, porque presto sea remediado. No quieras enviarme con triste postrimería al sepulcro. Y sabes que no tengo otro bien sino a ti. Abre esos alegres ojos y mírame.

MELIB.—¡Ay, dolor!

PLEB.—¿Qué dolor puede ser, que iguale con ver yo el tuyo? Tu madre está sin seso en oír tu mal. No pudo venir a verte de turbada. Esfuerza tu fuerza, aviva tu corazón, arréciate de manera que puedas tú conmigo ir a visitar a ella. Dime, ánima mía, la causa de tu sentimiento.

MELIB.—¡Pereció mi remedio!

PLEB.—Hija, mi bien amada y querida del viejo padre, por Dios, no te ponga desesperación el cruel tormento de esta tu enfermedad y pasión, que a los flacos corazones el dolor los arguye [328]. Si tú me cuentas tu mal, luego será remediado. Que ni faltarán medicinas ni médicos ni sirvientes para buscar tu salud, agora consista en hierbas o en piedras o en palabras o esté secreta en cuerpos de animales. Pues no me fatigues más, no me atormentes, no me hagas salir de mi seso y dime ¿qué sientes?

MELIB.—Una mortal llaga en medio del corazón, que no me consiente hablar. No es igual a los otros males; menester es sacarle para ser curada, que está en lo más secreto de él.

PLEB.—Temprano cobraste los sentimientos de la vejez. La mocedad toda suele ser placer y alegría, enemiga de enojo. Levántate de ahí. Vamos a ver los frescos aires de la ribera; alegrarte has con tu madre; descansará tu pena. Cata, si huyes de placer, no hay cosa más contraria a tu mal.

MELIB.—Vamos donde mandares. Subamos, señor, al azotea alta, porque desde allí goce de la deleitosa vista de los navíos: por ventura aflojará algo mi congoja.

PLEB.—Subamos y Lucrecia con nosotros.

MELIB.—Mas, si a ti placerá, padre mío, mandar traer algún instrumento de cuerdas con que se sufra mi dolor o tañendo o cantando, de manera que, aunque aqueje por una parte la fuerza de su accidente, mitigarlo han por otra los dulces sones y alegre armonía.

PLEB.—Eso, hija mía, luego es hecho. Yo lo voy a mandar aparejar.

MELIB.—Lucrecia, amiga, muy alto es esto. Ya me pesa por dejar la compañía de mi padre. Baja a él y dile que se pare al pie de esta torre, que le quiero decir una palabra que se me olvidó que hablase a mi madre.

LUCR.—Ya voy, señora.

MELIB.—De todos soy dejada. Bien se ha aderezado la manera de mi morir. Algún alivio siento en ver que tan presto seremos juntos yo y aquel mi querido y amado Calisto. Quiero cerrar la puerta, porque ninguno suba a me estorbar mi muerte. No me impidan la partida, no me atajen el camino, por el cual en breve tiempo podré visitar en este día al que me visitó la pasada noche. Todo se ha hecho a mi voluntad. Buen tiempo terné para contar a Pleberio mi señor la causa de mi ya acordado fin. Gran sinrazón hago a sus canas, gran ofensa a su vejez. Gran fatiga le acarreo con mi falta, en gran soledad le dejo. *Y caso que por mi morir a mis queridos padres sus días se diminuyesen, ¿quién duda que no haya habido otros más crueles contra sus padres? Bursia, rey de Bitinia, sin ninguna razón, no aquejándole pena como a mí, mató su propio padre. Tolomeo, rey de Egipto, a su padre y madre y hermanos y mujer, por gozar de una manceba; Orestes a su madre Clitenestra. El cruel emperador Nero a su madre Agripina por sólo su placer hizo matar. Éstos son dignos de culpa, éstos son verdaderos parricidas, que no yo; que con mi pena, con mi muerte purgo la culpa que de su dolor se me puede poner. Otros muchos crueles hobo, que mataron hijos y hermanos, debajo de cuyos yerros el mío no parecerá grande. Filipo, rey de Macedonia; Herodes, rey de Judea; Constantino, emperador de Roma; Laodice, reina de Capadocia, y Medea, la nigromantesa. Todos éstos mataron hijos queridos y amados, sin ninguna razón, quedando sus personas a salvo. Finalmente, me ocurre aquella gran crueldad de Frates, rey de los Partos, que, porque no quedase sucesor después de él, mató a Orode, su viejo padre, y a su único hijo y treinta hermanos suyos* [329]. *Éstos fueron delitos dignos de culpable culpa, que, guardando sus personas de peligro, mataban sus mayores y descendientes y hermanos. Verdad es que, aunque todo esto así sea, no había de remedarlos en lo que malhicieron; pero no es más en mi mano. Tú, Señor, que de mi habla eres testigo, ves mi poco poder, ves cuán cativa tengo mi libertad, cuán* presos mis sentidos de tan poderoso amor del muerto caballero, que priva al que tengo con los vivos padres.

PLEB.—Hija mía Melibea, ¿qué haces sola? ¿Qué es tu voluntad decirme? ¿Quieres que suba allá?

MELIB.—Padre mío, no pugnes ni trabajes por venir adonde yo estoy, que estorbarás la presente habla que te quiero hacer. Lastimado serás brevemente con la muerte de tu única hija. Mi fin es llegado, llegado es mi descanso y tu pasión, llegado es mi alivio y tu pena, llegada es mi acompañada hora y tu tiempo de soledad. No habrás, honrado padre, menester instrumentos para aplacar mi dolor, sino campanas para sepultar mi cuerpo. Si me escuchas sin lágrimas, oirás la causa desesperada de mi forzada y alegre partida. No la interrumpas con lloro ni palabras; si no, quedarás más quejoso en no saber por qué me mato, que doloroso por verme muerta. Ninguna cosa me preguntes ni respondas, más de lo que de mi grado decirte quisiere. Porque, cuando el corazón está embargado de pasión, están cerrados los oídos al consejo y en tal tiempo las fructuosas palabras, en lugar de amansar, acrecientan la saña. Oye, padre viejo [121], mis últimas palabras y, si como yo espero, las recibes, no culparás mi yerro. Bien ves y oyes este triste y doloroso sentimiento que toda la ciudad hace. Bien *oyes* [122] este clamor de campanas, este alarido de gentes, este aullido de canes, este [grande] estrépito de armas. De todo esto fui yo [la] causa. Yo cubrí de luto y jergas en este día casi la mayor parte de la ciudadana caballería, yo dejé [hoy] muchos sirvientes descubiertos de señor, yo quité muchas raciones y limosnas a pobres y envergonzantes [330], yo fui ocasión que los muertos tuviesen compañía del más acabado hombre que en gracias nació, yo quité a los vivos el dechado de gentileza, de invenciones galanas, de atavíos y bordaduras, de habla, de andar, de cortesía, de virtud; yo fui causa que la tierra goce sin tiempo el más noble cuerpo y más fresca juventud, que al mundo era en nuestra edad criada. Y porque estarás espantado con el son de mis no acostumbrados delitos, te quiero más aclarar el hecho. Muchos días son pasados, padre mío, que penaba por mi

amor un caballero, que se llamaba Calisto, el cual tú bien
conociste. Conociste asimismo sus padres y claro linaje;
sus virtudes y bondad a todos eran manifiestas. Era tanta
su pena de amor y tan poco el lugar para hablarme, que
descubrió su pasión a una astuta y sagaz mujer, que
llamaban Celestina. La cual, de su parte venida a mí,
sacó mi secreto amor de mi pecho. Descubrí[a] a ella lo
que a mi querida madre encubría. Tuvo manera como
ganó mi querer, ordenó cómo su deseo y el mío hobiesen
efecto. Si él mucho me amaba, no vivía engañado. Con-
certó el triste concierto de la dulce y desdichada ejecución
de su voluntad. Vencida de su amor, dile entrada en tu
casa. Quebrantó con escalas las paredes de tu huerto,
quebrantó mi propósito. Perdí mi virginidad. *Del cual
deleitoso yerro de amor gozamos casi un mes. Y como
esta pasada noche viniese, según era acostumbrado,* a la
vuelta de su venida, como de la fortuna mudable estuviese dispuesto y ordenado, según su desordenada costumbre, como las paredes eran altas, la noche escura, la
escala delgada, los sirvientes que traía no diestros en
aquel género de servicio *y él bajaba presuroso a ver
un ruido que con sus criados sonaba en la calle, con el
gran ímpetu que llevaba,* no vido bien los pasos, puso
el pié en vacío y cayó. De la triste caída sus más escondidos sesos quedaron repartidos por las piedras y paredes.
Cortaron las hadas sus hilos, cortáronle sin confesión su
vida, cortaron mi esperanza, cortaron mi gloria, cortaron
mi compañía. Pues, ¿qué crueldad sería, padre mío, muriendo él despeñado, que viviese yo penada? Su muerte
convida a la mía, convídame y fuerza que sea presto, sin
dilación; muéstrame que ha de ser despeñada por seguille
en todo. No digan por mí: «a muertos y a idos»...[331]
Y así contentarle he en la muerte, pues no tuve tiempo
en la vida. ¡Oh mi amor y señor Calisto! Espérame, ya
voy; detente, si me esperas; no me incuses la tardanza
que hago, dando esta última cuenta a mi viejo padre,
pues le debo mucho más. ¡Oh padre mío muy amado!
Ruégote, si amor en esta pasada y penosa vida me has
tenido, que sean juntas nuestras sepulturas; juntas nos

hagan nuestras obsequias [332]. Algunas consolatorias palabras te diría antes de mi agradable fin, colegidas y sacadas de aquellos antiguos libros que [tú], por más aclarar mi ingenio, me mandabas leer; sino que ya la dañada memoria con la gran turbación me las ha perdido y aun porque veo tus lágrimas mal sufridas *descender* [(123)] por tu arrugada faz. Salúdame a mi cara y amada madre; sepa de tí largamente la triste razón porque muero. ¡Gran placer llevo de no la ver presente! Toma, padre viejo, los dones de tu vejez, que en largos días largas se sufren tristezas. Recibe las arras de tu senectud antigua, recibe allá tu amada hija. Gran dolor llevo de mí, mayor de ti, muy mayor de mi vieja madre. Dios quede contigo y con ella. A él ofrezco mi alma [(124)]. Pon tú en cobro este cuerpo que allá baja.

Argumento del veinte y un auto

Pleberio, tornado a su cámara con grandísimo llanto, pregúntale Alisa, su mujer, la causa de tan súpito mal. Cuéntale la muerte de su hija Melibea, mostrándole el cuerpo de ella todo hecho pedazos; y haciendo su planto concluye.

PLEBERIO, ALISA

ALI.—¿Qué es esto, señor Pleberio? ¿Por qué son tus fuertes alaridos? Sin seso estaba adormida del pesar que hobe cuando oí decir que sentía dolor nuestra hija; agora oyendo tus gemidos, tus voces tan altas, tus quejas no acostumbradas, tu llanto y congoja de tanto sentimiento, en tal manera penetraron mis entrañas, en tal manera traspasaron mi corazón, así avivaron mis turbados sentidos, que el ya recibido pesar alancé de mí. Un dolor sacó otro, un sentimiento otro. Dime la causa de tus quejas. ¿Por qué maldices tu honrada vejez? ¿Por qué pides la muerte? ¿Por qué arrancas tus blancos cabellos? ¿Por

qué hieres tu honrada cara? ¿Es algún mal de Melibea?
Por Dios, que me lo digas, porque si ella pena, no quiero
yo vivir.

PLEB.—¡Ay, ay, noble mujer! Nuestro gozo en el
pozo. Nuestro bien todo es perdido. ¡No queramos más
vivir! Y porque el incogitado dolor te dé más pena, todo
junto sin pensarlo, porque más presto vayas al sepulcro,
porque no llore yo solo la pérdida dolorida de entrambos,
ves allí a la que tú pariste y yo engendré, hecha pedazos.
La causa supe de ella; más la he sabido por extenso de
esta su triste sirvienta. Ayúdame a llorar nuestra llagada [125] postrimería. ¡Oh gentes que venís a mi dolor!
¡Oh amigos y señores, ayudadme a sentir mi pena! ¡Oh mi
hija y mi bien todo!, crueldad sería que viva yo sobre ti.
Más dignos eran mis sesenta años de la sepultura, que tus
veinte. Turbóse la orden del morir con la tristeza que te
aquejaba. ¡Oh mis canas, salidas para haber pesar! Mejor
gozara de vosotras la tierra que de aquellos rubios cabellos que presentes veo. Fuertes [333] días me sobran para
vivir; quejarme he de la muerte, incusarle he su dilación,
cuanto tiempo me dejare solo después de ti. Fálteme la
vida, pues me faltó su agradable compañía. ¡Oh mujer
mía! Levántate de sobre ella y, si alguna vida te queda,
gástala conmigo en tristes gemidos, en quebrantamiento y
sospirar. Y si por caso tu espíritu reposa con el suyo, si ya
has dejado esta vida de dolor, ¿por qué quisiste que lo
pase yo todo? En esto tenéis ventaja las hembras a los
varones, que puede un gran dolor sacaros del mundo
sin lo sentir o a lo menos perdéis el sentido, que es
parte de descanso. Oh duro corazón de padre, ¿cómo no
te quiebras de dolor, que ya quedas sin tu amada heredera? ¿Para quién edifiqué torres; para quién adquirí
honras; para quién planté árboles; para quién fabriqué
navíos? ¡Oh tierra dura!, ¿cómo me sostienes? ¿Adónde
hallará abrigo mi desconsolada vejez? Oh fortuna variable,
ministra y mayordoma de los temporales bienes, ¿por qué
no ejecutaste tu cruel ira, tus mudables ondas, en aquello
que a ti es sujeto? ¿Por qué no destruiste mi patrimonio;
por qué no quemaste mi morada; por qué no asolaste

mis grandes heredamientos? Dejárasme aquella florida
planta, en quien tú poder no tenías; diérasme, fortuna
flutuosa triste la mocedad con vejez alegre; no perver-
tieras la orden. Mejor sufriera persecuciones de tus engaños en la recia y robusta edad, que no en la flaca postrimería. ¡Oh vida de congojas llena, de miserias acompañada;
oh mundo, mundo! Muchos mucho de ti dijeron, muchos
en tus cualidades metieron la mano, a diversas cosas por
oídas te compararon; yo por triste experiencia lo contaré,
como a quien las ventas y compras de tu engañosa feria
no prósperamente sucedieron, como aquel que mucho ha
hasta agora callado tus falsas propiedades, por no encen-
der con odio tu ira, porque no me *secases* [126] sin tiempo
esta flor que este día echaste de tu poder. Pues agora sin
temor, como quien no tiene qué perder, como aquel a
quien tu compañía es ya enojosa, como caminante pobre,
que sin temor de los crueles salteadores va cantando en
alta voz. Yo pensaba en mi más tierna edad que eras y
eran tus hechos regidos por alguna orden; agora, visto
el pro y la contra de tus bienandanzas, me pareces un
laberinto de errores, un desierto espantable, una morada
de fieras, juego de hombres que andan en corro, laguna
llena de cieno, región llena de espinas, monte alto, campo
pedregoso, prado lleno de serpientes, huerto florido y sin
fruto, fuente de cuidados, río de lágrimas, mar de miserias, trabajo sin provecho, dulce ponzoña, vana esperanza, falsa alegría, verdadero dolor. Cébasnos, mundo falso,
con el manjar de tus deleites; al mejor sabor nos descubres el anzuelo: no lo podemos huir, que nos tiene ya
cazadas las voluntades. Prometes mucho, nada no cum-
ples; échasnos de ti, porque no te podamos pedir que man-
tengas tus vanos prometimientos. Corremos por los prados de tus viciosos vicios, muy descuidados, a rienda
suelta; descúbresnos la celada, cuando ya no hay lugar de
volver. Muchos te dejaron con temor de tu arrebato dejar;
bienaventurados se llamarán, cuando vean el galardón que
a este triste viejo has dado en pago de tan largo servicio.
Quiébrasnos el ojo y úntasnos con consuelo[s] el caxco.
Haces mal a todos, porque ningún triste se halle solo en

ninguna adversidad, diciendo que es alivio a los míseros,
como yo, tener compañeros en la pena. Pues desconsolado
viejo, ¡qué solo estoy! Yo fui lastimado sin haber igual
compañero de semejante dolor; aunque más en mi fatigada memoria revuelvo presentes y pasados. Que si aquella
severidad y paciencia de Paulo Emilio [334] me viniere a
consolar con pérdida de dos hijos muertos en siete días,
diciendo que su animosidad obró que consolase él al pueblo romano y no el pueblo a él, no me satisface, que
otros dos le quedaban dados en adopción. ¿Qué compañía me ternán en mi dolor aquel Pericles, capitán ateniense, ni el fuerte Xenofón [335], pues sus pérdidas fueron
de hijos ausentes de sus tierras? Ni fue mucho no mudar
su frente y tenerla serena y el otro responder al mensajero, que las tristes albricias de la muerte de su hijo le
venía a pedir, que no recibiese él pena, que él no sentía
pesar. Que todo esto bien diferente es a mi mal. Pues
menos podrás decir, mundo lleno de males, que fuimos
semejantes en pérdida aquel Anaxágoras [336] e yo, que seamos iguales en sentir y que responda yo, muerta mi
amada hija, lo que él su único hijo, que dijo: «Como
yo fuese mortal sabía que había de morir el que yo
engendraba». Porque mi Melibea mató a sí misma de su
voluntad a mis ojos, con la gran fatiga de amor que le
aquejaba; el otro matáronle en muy lícita batalla. ¡Oh incomparable pérdida; oh lastimado viejo! Que cuanto más
busco consuelos, menos razón hallo para me consolar.
Que, si el profeta y rey David al hijo que enfermo llora-
ba, muerto no quiso llorar, diciendo que era casi locura
llorar lo irrecuperable, quedábanle otros muchos con que
soldase su llaga; y yo no lloro triste a ella muerta, pero
la causa desastrada de su morir. Agora perderé contigo,
mi desdichada hija, los miedos y temores que cada día me
espavorecían: sola tu muerte es la que a mí me hace
seguro de sospecha. ¿Qué haré, cuando entre en tu cámara y retraimiento y la halle sola? ¿Qué haré de que no
me respondas, si te llamo? ¿Quién me podrá cubrir la
gran falta que tú me haces? Ninguno perdió lo que yo el
día de hoy, aunque algo conforme parecía la fuerte ani-

mosidad de Lambas de Auria, duque de los atenienses [337],
que a su hijo herido con sus brazos desde la nao echó en
la mar. Porque todas éstas son muertes que, si roban la
vida, es forzado *de* cumplir con la fama. Pero ¿quién
forzó a mi hija [a] morir, sino la fuerte fuerza de amor?
Pues, mundo halagüero, ¿qué remedio das a mi fatigada
vejez? ¿Cómo me mandas quedar en ti, conociendo tus
falsías [(127)], tus lazos, tus cadenas y redes, con que pescas
nuestras flacas voluntades? ¿A do me pones mi hija?
¿Quién acompañará mi desacompañada morada? ¿Quién
terná en regalos mis años, que caducan? ¡Oh amor, amor,
que no pensé que tenías fuerza ni poder de matar a tus
sujetos! Herida fue de ti mi juventud, por medio de tus
brasas pasé. ¿Cómo me soltaste, para me dar la paga de
la huida en mi vejez? Bien pensé que de tus lazos me
había librado, cuando los cuarenta años toqué, cuando
fui contento con mi conyugal compañera, cuando me vi
con el fruto que me cortaste el día de hoy. No pensé
que tomabas en los hijos la venganza de los padres. Ni
sé si hieres con hierro, ni si quemas con fuego. Sana
dejas la ropa; lastimas el corazón. Haces que feo amen
y hermoso les parezca. ¿Quién te dio tanto poder? ¿Quién
te puso nombre que no te conviene? Si amor fueses, ama-
rías a tus sirvientes. Si los amases, no les darías pena. Si
alegres viviesen, no se matarían, como agora mi amada
hija. ¿En qué pararon tus sirvientes y sus ministros? La
falsa alcahueta Celestina murió a manos de los más fieles
compañeros que ella para tu servicio emponzoñado jamás
halló. Ellos murieron degollados, Calisto, despeñado. Mi
triste hija quiso tomar la misma muerte por seguir-
le. Esto todo causas. Dulce nombre te dieron; amargos
hechos haces. No das iguales galardones. Inicua es la ley
que a todos igual no es. Alegra tu sonido; entristece tu
trato. Bienaventurados los que no conociste o de los que
no te curaste [338]. Dios te llamaron otros, no sé con qué
error de su sentido traídos. Cata que Dios mata los que
crió; tú matas los que te siguen. Enemigo de toda razón,
a los que menos te sirven das mayores dones, hasta tener-
los metidos en tu congojosa danza. Enemigo de amigos,

amigo de enemigos, ¿por qué te riges sin orden ni concierto? Ciego te pintan, pobre y mozo. Pónente un arco
en la mano, con que tires a tiento; más ciegos son tus
ministros, que jamás sienten ni ven el desabrido galardón
que sacan de tu servicio. Tu fuego es de ardiente rayo,
que jamás hace señal do llega. La leña que gasta tu llama,
son almas y vidas de humanas criaturas, las cuales son
tantas, que de quien comenzar pueda, apenas me ocurre.
No sólo de cristianos, mas de gentiles y judíos y todo en
pago de buenos servicios. ¿Qué me dirás de aquel Macías
de nuestro tiempo, cómo acabó amando, cuyo triste fin tú
fuiste la causa? ¿Qué hizo por ti Paris? ¿Qué Elena?
¿Qué hizo Hipermestra? ¿Qué Egisto? Todo el mundo lo
sabe. Pues a Safo, Ariadna, Leandro, ¿qué pago les diste? [339] Hasta David y Salomón no quisiste dejar sin pena.
Por tu amistad Sansón pagó lo que mereció, por creerse
de quien tú le forzaste a darle fe. Otros muchos, que
callo, porque tengo harto que contar en mi mal. Del
mundo me quejo, porque en sí me crió, porque no me
dando vida, no engendrara en él a Melibea; no nacida,
no amara; no amando, cesara mi quejosa y desconsolada
postrimería. ¡Oh mi compañera buena, y [oh] mi hija des-
pedazada! ¿Por qué no quisiste que estorbase tu muerte?
¿Por qué no hobiste lástima de tu querida y amada madre? ¿Por qué te mostraste tan cruel con tu viejo padre?
[¿Por qué me dejaste, cuando yo te había de dejar?] ¿Por
qué me dejaste penado? ¿Por qué me dejaste triste y
solo in hac lachrymarum valle?

Concluye el autor

aplicando la obra al propósito por que la acabó [128].

Pues aquí vemos cuán mal fenecieron
Aquestos amantes, huigamos su danza,
Amemos a aquel que espinas y lanza,
Azotes y clavos su sangre vertieron.

Los falsos judíos su haz escupieron,
Vinagre con hiel fue su potación [340];
Porque nos lleve con el buen ladrón,
De dos que a sus santos lados pusieron.

No dudes ni hayas vergüenza, lector.
Narrar lo lascivo, que aquí se te muestra;
Que siendo discreto verás que es la muestra
Por donde se vende la honesta labor.
De nuestra vil masa con tal lamedor [341]
Consiente coxquillas de alto consejo;
Con motes y trufas [342] del tiempo más viejo
Escritas a vueltas le ponen sabor.

Y así no me juzgues por eso liviano,
Mas antes celoso de limpio vivir;
Celoso de amar, temer y servir
Al alto Señor y Dios soberano.
Por ende, si vieres turbada mi mano,
Turbias con claras mezclando razones,
Deja las burlas, que es paja y granzones [343];
Sacando muy limpio de entre ellas el grano.

Alonso de Proaza, corrector de la impresión, al lector [(129)]

La arpa de Orfeo y dulce armonía
Forzaba las piedras venir a su son;
Abríe los palacios del triste Plutón,
Las rápidas aguas parar las hacía.
Ni ave volaba ni bruto pacía,
Ella asentaba en los muros troyanos;
Las piedras y froga [344] sin fuerza de manos,
Según la dulzura con que se tañía.

Prosigue y aplica

Pues mucho más puede tu lengua hacer,
Lector, con la obra que aquí te refiero;
Que a un corazón más duro que acero
Bien la leyendo harás liquecer.
Harás al que ama amar no querer,
Harás no ser triste al triste penado,
Al que es sin aviso, harás avisado;
Así que no es tanto las piedras mover.

Prosigue

No dibujó la cómica mano
De Nevio ni Plauto, varones prudentes,
Tan bien los engaños de falsos sirvientes
Y malas mujeres en metro romano.
Cratino y Menandro y Magnes anciano [345]
Esta materia supieron apenas
Pintar en estilo primero de Atenas
Como este poeta en su castellano.

Dice el modo que se ha de tener leyendo esta *tragi*comedia.

Si amas y quieres a mucha atención
Leyendo a Calisto mover los oyentes,
Cumple que sepas hablar entre dientes,
A veces con gozo, esperanza y pasión,
A veces airado con gran turbación.
Finge leyendo mil artes y modos,
Pregunta y responde por boca de todos,
Llorando y riendo en tiempo y sazón.

Declara un secreto que el autor encubrió en los metros que puso al principio del libro.

Ni quiere mi pluma ni manda razón
Que quede la fama de aqueste gran hombre
Ni su digna gloria ni su claro nombre

Cubierto de olvido por nuestra ocasión.
Por ende juntemos de cada renglón
De sus once coplas la letra primera,
Las cuales descubren por sabia manera
Su nombre, su tierra, su clara nación.

Toca cómo se debía la obra llamar
tragicomedia y no comedia [(130)].

Penados amantes jamás conseguieron
De empresa tan alta tan prompta victoria,
Como éstos de quien recuenta la historia,
Ni sus grandes penas tan bien sucedieron.
Mas, como firmeza nunca tuvieron
Los gozos de aqueste mundo traidor,
Suplico que llores, discreto lector,
El trágico fin que todos hobieron.

Describe el tiempo y lugar en que la obra
primeramente se imprimió acabada.

El carro Febeo después de haber dado
Mil y quinietas vueltas en rueda [(131)]
Ambos entonces los hijos de Leda [346]
A Febo en su casa teníen posentado,
Cuando este muy dulce y breve tratado
Después de revisto y bien corregido,
Con gran vigilancia puntado y leído,
Fue en Salamanca impreso acabado.

[A Dios gracias.]

[1] La primera edición que se conoce es de 1499, y se ha especulado mucho sobre anteriores ediciones perdidas. Las pruebas internas recientemente descubiertas indican 1497 como la primera fecha de composición posible.

[2] Los primeros impresores, nos dice el mismo autor, añadieron un resumen de toda la obra, así como resúmenes individuales para cada acto: práctica normal de la época para la publicación de diálogos.

[3] Es característico que el diálogo de Dante está basado en una situación estática, a la cual uno de los personajes está irrevocablemente ligado y la cual explica él *después del hecho*. El diálogo de *La Celestina*, por el contrario, avanza con la «acción» de una serie de situaciones constantemente cambiantes. En este sentido es mucho más dramático que narrativo.

[4] El *Decamerón* y, el *Libro de buen amor* (el *Conde Lucanor* es un ejemplo aún más extremo) muestran una relativa falta de interés en el diálogo a pesar de su utilización del lenguaje hablado. El papel del narrador es de suma importancia. Esto es mucho menos cierto del Chaucer del *Troilus,* pero, visto en conjunto y exceptuando los poemas épicos orales, considero válida mi generalización.

[5] El primer «editor» del texto (un humanista llamado Alonso de Proaza) añadió a la edición de 1500 algunas estrofas finales. En ellas, entre otras cosas, indica que *La Celestina* había sido escrita para leerse en alta voz con la mímica apropiada. La obra

representa una transición en los hábitos de lectura. La introducción de la imprenta fue también una introducción a un nuevo mundo de lectura mental. Pero *La Celestina* aún no había entrado del todo en este mundo y a menudo debe ser realmente declamada para su completa comprensión.

[6]   Tales afirmaciones son, por supuesto, peligrosas, pero los «defensores» de la literatura española consideran que la novela, tanto en Francia como en Inglaterra, procede del *Quijote*. Respecto al teatro señalan con orgullo los orígenes españoles de *Le Menteur* y *Le Cid*. No cabe duda de que los franceses habrían llegado a dominar el diálogo sin estos ejemplos españoles (igual que los ingleses desarrollaron su propio teatro), pero a pesar de ello, éstos son hechos de la historia literaria.

[7]   De *Liber primis* (pág. 39, primera edición).

[8]   Única en su época es la atención sistemática que se presta en *La Celestina* al recuerdo y al olvido. Los acontecimientos son presenciados y contados de nuevo basándose en el recuerdo con adornos de la imaginación; la reminiscencia del pasado remoto es observada clínicamente; y el olvido de la vejez contrasta con los significativos lapsos mentales de los más jóvenes (por ejemplo, cuando Alisa olvida a Celestina en el cuarto acto). Esto lo desarrolla en forma ejemplar la profesora Severin en una tesis todavía inédita.

[9]   El lector no debe dejarse engañar por la retórica poco familiar y aparentemente artificial de algunos parlamentos. Rojas sabía usarla para los fines del diálogo. Así como Shakespeare conservó y usó los «elevados y asombrosos términos» del monólogo de Marlowe en su propio diálogo intenso, así en *La Celestina* se mantienen algunos rasgos del lenguaje anterior. Pero leído como es debido —teniendo en mente lo que cada personaje tiene que revelar y quiere comunicar— el texto apenas contiene una palabra (después de completado el aprendizaje del primer acto) que no encuentre su razón de ser en el nuevo arte del diálogo.

[10]   Me refiero a la «carta a un amigo» y versos introductorios, incluidos por primera vez en la edición de dieciséis actos de 1500, así como al prólogo que fue añadido a la edición de veintiún actos de 1502.

[11]   La primera persona que vio el significado completo de los judíos en la peculiar historia de España fue Américo Castro en su decisiva *España en su historia* (Buenos Aires, 1948). Descubrimientos posteriores y libros suyos subsecuentes han confirmado abundantemente su percepción.

[12]   Esto no está dicho con intención de provocar en cuanto a la santidad, por ejemplo, de una Santa Teresa. Ella sigue siendo lo que es, pero este nuevo conocimiento de su origen ayuda a explicar algunos aspectos de sus diferencias fundamentales con la sociedad de su época (por mucho que ésta la haya llegado a aceptar más tarde). En cuanto a la raza, muchos conversos

no eran más que remotamente judíos. Se trata, mucho más, de una variedad de aguda y a menudo fecunda conciencia de sí en relación a la sociedad, que de características heredadas o incluso de un clima ideológico. En este sentido la Inquisición, como representante de la opinión general, puede considerarse un instrumento para la provocación de la autoconciencia individual además de serlo para la represión de ideas y la eliminación de linajes.

[13] Esta distinción fundamental fue introducida por Castro.

[14] *The Problem of Style* (Londres, 1922). Murry señala que si bien el comediógrafo censura la desviación de la norma social, el satírico tiene exigencias más radicales. Pero Rojas, al no proponer ni norma ni ideal, cae fuera de este intento de clasificación.

[15] Véanse las dos breves escenas de vuelta a casa al final del séptimo y del undécimo actos. Hay también una cuarta casa en la que Areúsa vive sola e intenta mantener una rebelión estéril y a menudo desesperada contra la vida hogareña y contra la sociedad.

[16] Excepciones: los habituales ataques medievales contra los cosméticos y el comportamiento promiscuo del clero. También hay una o dos referencias disimuladas a la justicia inquisitorial.

[17] La palabra que él usa es *Obdachlosigkeit*. Véase su *Die Theorie des Romans* (Berlín, 1920).

[18] *Das Groteske* (Oldenburg, 1957), pág. 38. Mi traducción no es literal, pero presenta cabalmente la interpretación de Kayser de lo grotesco.

[19] Quizá sería útil recordar aquí al Rey Lear, Tom y el Bufón en la tormenta, que sin duda es la mejor escena grotesca de toda la literatura. Ahí, con extrema intensidad poética, un ilimitado y enfurecido universo (los «abgründige Mächte» de Kayser) actúa sobre tres combinaciones distintas de ridiculez y sublimidad humanas. Rojas es prosaico y sardónico (más que poético y patético), pero es precisamente este encuentro lo que constituye el centro temático de *La Celestina*.

[1] *ventores*, perros de caza que, guiados por su olfato, buscan un rastro.

[2] Juan de Mena (1411-1456), autor del *Laberinto de Fortuna* o *Las trescientas*. Rodrigo Cota, poeta de la época de los Reyes Católicos, escribió un *Diálogo entre el Amor y un viejo*.

[3] *copia*, cantidad.

[4] *acepto*, conveniente, agradable.

[5] *maldoladas*, desbastadas.

[6] *ogaño*, hogaño, en este año, en esta época.

[7] *mi pluma se embarga*, se embaraza, se detiene.

[8] *tíbar*, oro puro (del río Tíbar).

[9] *pornán*, pondrán.

[10] *forro*, defensa y decoración.

[11] *Dédalo*, escultor de la mitología griega; constructor del laberinto de Creta.

[12] *entretalladura*, bajo relieve.

[13] *Vide* o *vido* en lugar de *vi* y *vio*.

[14] *tosca*, lengua italiana.

[15] *Heráclito*, filósofo griego de Éfeso, el más destacado de los presocráticos.

[16] *sciente*, sabio (cultismo).

[17] *aguaduchos*, avenidas impetuosas de agua.

[18] *conseja de tras el fuego*, cuento del tipo que dicen las viejas. Puede aludir a la obra del marqués de Santillana, *Refranes que dizen las viejas tras el fuego*.

[19] *vajarisco* o *basilisco*, animal fabuloso, al cual se atribuía la propiedad de matar con la vista.

[20] *carraca,* antigua nave de transporte.

[21] *fustas,* buques ligeros de remos y con uno o dos palos.

[22] *roen los huesos,* se preocupan de...

[23] *pungido,* herido el corazón de amor.

[24] *entreviniendo,* interviniendo.

[25] *ministraron,* sirvieron.

[26] *mixto,* mezclando carne con espíritu.

[27] *esquivo,* terrible, dañoso.

[28] *ternía,* tendría.

[29] Es decir, «no puede mi paciencia tolerar que el ilícito amor haya subido en corazón humano para comunicar conmigo su deleite».

[30] *gerifalte,* ave de caza; *alcándara,* percha de las aves de caza.

[31] *Plebérico corazón,* el corazón de Melibea, hija de Pleberio (cultismo).

[32] *Píramo y Tisbe,* arquetipos de los amantes desdichados en la literatura clásica; viene el cuento de las *Metamorfosis* de Ovidio. Píramo, acudiendo a una cita con su amada, ve la túnica de Tisbe ensangrentada por un león, y creyéndola muerta, se suicida. Tisbe, que está escondida en una cueva, también se mata al encontrar a su amante muerto.

[33] *por ál,* por otra cosa.

[34] *apremiar las postemas duras,* apretar los absesos supurados.

[35] *irán allá la soga y el calderón,* perdido lo principal se pierde lo secundario.

[36] *empece,* daña.

[37] *guarecer,* curar.

[38] Ponemos los apartes entre paréntesis.

[39] *premia,* apremio, fuerza, urgencia.

[40] *pungidos y esgarrochados,* punzados con garrochas, largas banderillas.

[41] *Nembrot,* Nemrod o Nimrod, rey bíblico de Babilonia, el cazador.

[42] *Minerva con el can,* según la crítica moderna, es una errata de Rojas; se debe leer «Minerva con Vulcán». *Pasife,* hija legendaria del Sol, y esposa del rey Minos.

[43] *ximio,* simio, mono.

[44] *Bernardo,* San Bernardo de Claraval, cisterciense, que predicó la segunda cruzada en el siglo XII.

[45] *embaimientos,* engaños.

[46] *gorgueras,* adornos del cuello, hechos de lienzo plegado.

[47] *albañares,* albañales, repugnancias.

[48] *a constelación,* por destino, por las estrellas.

[49] *Así te medre Dios,* así te mejore Dios; aquí expresión irónica.

[50] *crinados,* de cabellos muy largos, o crenchados.

[51] *Paris y las tres Deesas,* refiere al famoso juicio de Paris. Durante el matrimonio de Peleo y Tetis, arrojó Eris una manzana

de oro para ser entregada a la más bella diosa. Paris fue escogido por juez, y se decidió por Venus, que le había prometido la mujer más hermosa del mundo (Juno le había prometido el poder, Minerva la sabiduría). El odio de Juno y Minerva ayudó a la destrucción de Troya.

⁵² *ojos de alinde,* ojos de aumento, con potencia amplificadora.

⁵³ *traérgela, ge* por *se;* traérsela.

⁵⁴ *cátale,* mírale.

⁵⁵ *Alahé,* a la fe.

⁵⁶ *petreras,* llagas hechas en la barriga por el petral, la faja que ciñe la silla de montar.

⁵⁷ *correlarios,* corolarios.

⁵⁸ *certenidad,* certeza, seguridad.

⁵⁹ *alcoholada,* el pelo ennegrecido con alcohol.

⁶⁰ *cofadrías,* cofradías.

⁶¹ *arcadores,* los que tienen por oficio ahuecar la lana.

⁶² *qué comedor de huevos asados,* se refiere a una costumbre funeraria hebraica.

⁶³ *tenerías,* curtidurías.

⁶⁴ *labrandera,* mujer que sabe hacer labores mujeriles, costurera.

⁶⁵ *desatacados,* desabrochados los calzones o ropa.

⁶⁶ *aleluyas,* alegrías.

⁶⁷ *estoraques,* bálsamo del árbol así llamado; *menjuí* o benjuí, bálsamo aromático que se obtiene de un árbol de las Indias Orientales; *ánimes,* resina de la planta curbaril; *algalia,* substancia untuosa, de olor fuerte, que se saca de la bolsa que cerca del ano tiene el gato de algalia; *almizcles,* substancia odorífera que se saca de la bolsa que el almizclero tiene en el vientre: *mosquetes,* de la mosqueta, rosal de flores blancas, de olor almizclado.

⁶⁸ *arambre,* cobre.

⁶⁹ *solimán,* extirpa las manchas de la piel; *argentadas,* afeite; *bujelladas,* pomos con cosmético; *cerillas,* afeite de cera; *llanillas,* para allanar asperezas del rostro; *lucentores* y *clarimientes,* para enlucir; *albalinos,* blanquetes para la cara. *Rasuras* o raeduras *de gamones* para limpiar la piel; *espantalobos* que produce vainillas, *taraguncia* o dragontea, para secar la piel.

⁷⁰ *turbino,* polvo de la raíz turbit de levante; *tuétano de corzo,* medula del ciervo; *confacciones,* confecciones.

⁷¹ *marrubios* y *millifolia* son plantas medicinales; se emplea el *alumbre* y el *salitre* o nitro por sus propiedades astringentes.

⁷² Estos untos y mantecas tienen valor medicinal. Es el *alcaraván* un ave zancuda.

⁷³ Una serie de hierbas con valor medicinal; el *culantrillo* o culantro, por ejemplo, restituye los cabellos perdidos.

⁷⁴ *jazmín* quita las manchas del rostro; *neguilla* o ajenuz estirpa las pecas y las asperezas.

⁷⁵ *de punto,* cosiéndolo.

⁷⁶ Esta serie de cosas sirve tanto para los amores como para

la hechicería. *La lengua de víbora* y las *cabezas de codornizes* atraen a enamorados; la *tela de caballo* es un polvo hecho de los callos duros cerca de las uñas del caballo; el *mantillo de niño,* membranas ovulares de la mujer encinta. La *haba morisca,* judías, fueron estímulo amoroso; la *espina de erizo* servía a las hechiceras para clavarla en la imagen de cera de la víctima. Los *granos de helecho* hacían estériles a las mujeres y el *nido del águila* facilitaba el parto.

[77] *y... tres al mohino,* y tres contra uno.

[78] *filosomía,* fisonomía, cara.

[79] *Jo que te estriego, asna coja.* Se dice desechando las alabanzas no merecidas.

[80] *los panes,* trigo.

[81] *escardilla,* azada pequeña.

[82] *impervio,* impenetrable, invulnerable.

[83] *¿Lobitos en tal gestico?* Pármeno pone cara obstinada.

[84] *insipiente,* ignorante.

[85] *landre,* tumor.

[86] *maguera,* aunque.

[87] *en flores,* en cosas sin sustancia.

[88] *rompenecios,* el amo que no paga a sus criados.

[89] *más aína,* más pronto.

[90] *pintemos los motes.* Los motes eran las sentencias breves que incluían un secreto que necesitaba explicación. Los pintaban los caballeros que los llevaban en la empresa en las justas y torneos.

[91] *¿qué cimera sacaremos o qué letra?* La *cimera* es la parte superior del morrión, que se solía adornar con plumas, cabezas de animales, etc. *Letra,* mote.

[92] *lo ál,* la otra cosa, aquí con sentido obsceno.

[93] *dos tanto,* doblemente.

[94] *y luego,* y ven luego, pronto.

[95] *esperas,* esferas.

[96] *aquejes,* aquí con sentido de «aguijes».

[97] *tanga,* taña.

[98] *arme mates,* alusión al juego de ajedrez.

[99] *Macías,* trovador gallego del siglo xv; por su muerte legendaria a manos de un marido celoso, llegó a ser símbolo del amante desdichado, llamándole por antonomasia «el enamorado».

[100] *ayunar estas franquezas,* en casa de Calisto sentirán los efectos de su generosidad (franqueza) con la vieja.

[101] *esquividad de género,* renuencia.

[102] *neblí,* ave de rapiña, especie de halcón.

[103] *emplumada,* se refiere al castigo de poner miel y plumas a una alcahueta.

[104] *desentido,* insensible.

[105] *Mal me quieren mis comadres porque digo las verdades.*

[106] *decildes,* decildes.

[107] *¡Nunca más perro a molino!* Dicen esto las gentes escarmentadas del mal que les sucedió.

[108] *espacio,* calma, lentitud.

[109] *a dineros pagados, brazos quebrados,* recibida la paga, se trabaja con menos entusiasmo que antes.

[110] *aguijado,* de aguijar, correr, darse prisa.

[111] *no se le cuece el pan,* está impaciente.

[112] *se acuesta,* se desploma, inclina.

[113] *contingibles,* posibles.

[114] *a pie enjuto,* con seguridad, sin peligro.

[115] *pasaste,* hablaste.

[116] *el sueño y la soltura,* decírselo todo.

[117] *blanca,* moneda de bajo valor.

[118] *en mi cabo,* aparte, sola.

[119] *a osadas,* ciertamente.

[120] *gostaduras,* degustaciones, pruebas.

[121] *taja,* el palo en que marcaban para conocer el gasto al pagar.

[122] *¿Hay algún buen ramo?,* seña, tomado del ramo que se pone en las tabernas en señal de que se vende vino.

[123] *Coxquillosicas,* quisquillosas.

[124] *las cabrillas,* constelación de las Pléyades; *estrelleras,* astrólogas.

[125] *garvines,* cofias hechas de red; *rodeos,* ruedos como franjas; *tenazuelas* o tenacillas para arrancarse el pelo; *albayalde* para blanquearse la cara.

[126] *donde me tomare la voz,* donde me llamaren.

[127] *no vayas por lana y vengas sin pluma,* Sempronio cambia el refrán «ir por lana y volver trasquilado», ir a ofender y volver ofendido.

[128] *lacería,* miseria.

[129] *hacer una raya en el agua,* maravillarse de que uno hizo lo que no solía; dar a entender que no durará mucho la cosa por ser rara.

[130] *más vale a quien Dios ayuda, que al que mucho madruga.*

[131] *sobrado,* piso encima de otro; *solana,* parte de la casa donde da el sol.

[132] *el arca de los lizos,* arca con hilos.

[133] *enfinjas,* te hinches, manifiestes soberbia.

[134] *étnicos montes,* el monte Etna de Sicilia.

[135] *Estigie y Dite;* Estigie es la laguna del infierno; Dite el nombre latino de Plutón, rey del infierno.

[136] *cliéntula,* cliente.

[137] *pongo mi persona al tablero,* pongo la vida en peligro y aventura; del tablero de juego.

[138] *¿Adónde irá el buey que no are? A la carnicería.*

[139] *encorozada,* de encorozar, poner coroza o gorro puntiagudo, burlesca y afrentosa; castigo de alcahuetas.

[140] *haldeando,* de haldear, andar de prisa las personas que llevan faldas.

[141] *nunca metes aguja sin sacar reja,* Celestina da poco para sacar mucho.

[142] *empicotaron,* pusieron en la picota u horca hecha de piedra, a la vergüenza.

[143] *cuentas,* las cuentas del rosario.

[144] *pepita,* un tumorcillo que le sale a la gallina debajo de la lengua.

[145] *a cada cabo hay tres leguas de mal quebranto,* que en todo hay sus quiebras.

[146] *albañares,* albañales, canales que dan salida a las aguas inmundas.

[147] *su Dios os salve,* la cicatriz en la cara.

[148] *por amor de la madre,* por causa de la matriz.

[149] *con mal está el huso, cuando la barba no anda de suso,* es decir, que la mujer necesita al hombre; *de suso,* arriba.

[150] *el aparejo,* la disposición.

[151] Fábulas de los bestiarios medievales.

[152] *empecible,* dañoso.

[153] *me fino,* me muero.

[154] *Santa Apolonia,* patrona del mal de muelas. Fue martirizada en Alejandría, quemándola viva después de arrancarle los dientes.

[155] *me arreo,* me visto y como.

[156] *Trastrócame esas palabras,* se refiere a la ambigüedad de las palabras de Celestina.

[157] *con que pares,* con que tiñas.

[158] *En cargo te es,* te está obligado.

[159] *atamientos,* maleficios, hechicerías.

[160] *estrecho,* trance.

[161] *Válala,* válgala.

[162] *raleza,* rareza.

[163] *agujetas,* correas o cintas con un herrete en cada punta, que sirve para atar los calzones y otras prendas; *torce,* collar.

[164] *aojando,* mirando.

[165] *hecho mostrenco,* sin pedir permiso.

[166] *en achaque de trama, ¿está acá nuestra ama?*

[167] *royendo las haldas,* hablando entre dientes detrás de Celestina.

[168] *Pelechar,* medrar, mejorarse, echar el primer pelo.

[169] El refrán suele ser: «el abad de do canta, de allí yanta».

[170] *desechar todo el pelo malo,* salir de pobreza.

[171] *te castigó,* te enseñó.

[172] *pele,* quite los bienes con engaño.

[173] *rijoso,* furioso.

[174] *zahareñas,* desdeñosas.

[175] *mándote,* te prometo.

[176] *escurre eslabones,* sale de seso, dice porradas, como *se desconciertan sus badajadas;* las badajadas son los golpes de campana.

177 *aviniendo el hilado*, arreglando Melibea la compra con la vieja.

178 *Tusca Adeleta*, una astróloga toscana que predijo la muerte de su familia; de un cuento de Petrarca.

179 *ascánica forma*, se refiere a la treta de Venus en la *Eneida*, donde la diosa causa que la amada de Eneas, Dido (o Elisa) se enamore de Cupido en forma de Ascanio.

180 *contray*, paño fino de Flandes; *frisado*, tejido de seda cuyo pelo se frisaba, o levantaba y retorcía por el envés.

181 Dos cuentos tomados de Petrarca, acerca del filósofo Sócrates y su contemporáneo ateniense, el gran estadista Alcibíades.

182 *un solo hombre ganó a Troya*, se refiere a Sinón, que preparó la trampa del caballo de madera.

183 *caxquillo*, hierro que iba en la punta de la saeta.

184 *afístoles*, de afistular, hacer que una llaga pase a ser fístula.

185 *Pulicena*, hija de Príamo, rey de Troya, de quien se enamoró Aquiles.

186 *tenacicas, pegones, cordelejos*, instrumentos depilatorios.

187 *posturas*, cosméticos.

188 *de Dios en ayuso*, además de Dios; *ayuso*, abajo.

189 *palanciano*, cortés, de palacio.

190 *que no se toman truchas a bragas enjutas*.

191 *conciértame esos amigos*, se dice de cosas disparatadas u opuestas entre sí.

192 *tutriz*, femenino de tutor, aya.

193 *un cerco*, cerco mágico, para invocar al diablo.

194 *Tumbando*, rodando por tierra.

195 *quien yerra y se enmienda, a Dios se encomienda*.

196 *¿A las verdades nos andamos?* Decimos las verdades, aunque amargas.

197 *encrucijada*, en ese tiempo se creía que los hechiceros hacían conjuros en las encrucijadas.

198 *rocadero*, mitra del condenado a la vergüenza pública.

199 Cuento popular medieval acerca de una burla de que fue objeto Virgilio. La hija de un emperador de Roma fingió estar enamorada de él, con el resultado que cuenta aquí Celestina.

200 *a tuerto*, injustamente, contra razón.

201 *desfucia*, desconfianza.

202 *huestantigua*, de hueste antigua, fantasma.

203 *Hierba pace quien lo cumple*, por «asno pace quien lo cumple».

204 *la madre*, la matriz.

205 *el perro del hortelano ni quiere las manzanas para sí ni para su amo*.

206 *ajiensos*, ajenjo.

207 *no quiero arrendar tus escamochos*, no tienes cosa que valga.

208 *el mur que no sabe sino un horado, presto le toma el gato*. Mur, ratón; *horado*, agujero.

209 *de cosario a cosario, no se pierden sino los barriles*, se dice

cuando no se quedan debiendo nada los que riñen. *Cosario*, trajinero, el que acarrea mercancías.

[210]   *manilla*, pulsera, adorno de muñeca.

[211]   *vito*, comida. *Día y vito*, el sustento de cada día.

[212]   *que se eche otra sardina*, expresión con que se mofa de la llegada de una persona.

[213]   *tablilla de mesón*, la mesa que se colocaba a la puerta de los mesones. «Tablilla de mesón, que a todos alberga y ella quédase a la puerta», dice el refrán.

[214]   *arrepiso*, arrepentido.

[215]   *horaca* u *horada*, agujerea.

[216]   *quien a buen árbol se arrima, buena sombra le cobija.*

[217]   *¡vaya el diablo para ruin!*, se dice para concertar amistad.

[218]   *cuestión de San Juan*, se refiere a la costumbre de hacer contratos de alquiler o de servicio el día de San Juan. Las condiciones concertadas, regían todo el año.

[219]   *el gran Antipater Sidonio*, filósofo y poeta griego, del siglo II antes de Jesucristo; en la Edad Media se le citaba como dotado de la facultad de hablar en verso.

[220]   *encandelado, como perdiz con la calderuela*, deslumbrado. Se refiere a la caza de pájaros con luz.

[221]   *el mozo del escudero gallego*, que andaba todo el año descalzo y por un día quería matar al zapatero.

[222]   *amanojada*, cogida como en un manojo, un ramillete de flores.

[223]   *a buen entendedor, pocas palabras.*

[224]   *diacitrón*, acitrón, corteza de la cidra confitada.

[225]   *Apuleyo* se refiere al joven de las *Metamorfosis* o *El asno de oro* de Lucius Apuleius, que, deseando convertirse en pájaro, se untó, equivocadamente, con un ungüento que le transformó en asno.

[226]   *arpadas*, dícese de los pájaros de canto agradable.

[227]   *aforro*, forro.

[228]   *anélito*, aliento.

[229]   *revesar*, vomitar, devolver la comida.

[230]   *lagañas*, legañas.

[231]   *cuando andan a pares los diez mandamientos*, es decir, nunca.

[232]   *mudas*, cosméticos.

[233]   *enviste*, enmascara, adorna.

[234]   *bohonero*, buhonero, el que vende baratijas.

[235]   *arremango*, regazo de la saya.

[236]   *Buenas son mangas pasada la pascua*, siempre viene bien lo que se aprovecha, aunque sea pasada la ocasión.

[237]   *dando alboradas*, dando serenatas.

[238]   *momos*, gestos, muecas.

[239]   *el rey no la pone*, dicho para darse autoridad.

[240] *levántanles un caramillo,* hacen invenciones, embustes. *Caramillo* es la flauta del pastor.

[241] *habada,* pintada, de varios colores.

[242] *chapinazos,* golpes dados con el chapín, chanclo de corcho.

[243] *el bodigo,* panecillo hecho de la flor de la harina, que se suele llevar a la iglesia por ofrenda.

[244] *como piedras a tablado,* se refiere al juego del tablado, en que tiraban piedras a un madero alto para derribarlo.

[245] *quesido,* querido.

[246] Alejandro curó así a su criado Cratero, según la *Vida de Alejandro,* de Plutarco.

[247] *la melena,* melenera, almohadilla que se pone a los bueyes en la frente al uncirlos bajo el yugo.

[248] *descaecimiento,* desmayo.

[249] *oficiales,* los oficiales del sastre.

[250] *marco de oro,* moneda que era mitad de una libra.

[251] *higas,* gesto obsceno.

[252] *pagar,* contentar.

[253] *ruido hechizo,* rumor fingido.

[254] *zarazas,* pan hecho con vidrio, agujas, o veneno para matar perros.

[255] *tan aína,* tan presto.

[256] *los de Egipto,* los gitanos.

[257] *boezuelo,* figura que representa un buey y que se usa en la caza de perdices.

[258] *despegado,* quitado.

[259] *acuerdo,* estar despierto; cuidado.

[260] *mal ajeno de pelo cuelga,* que el mal ajeno no nos importa.

[261] *el hombre apercibido, medio combatido,* el hombre preparado tiene ganada la mitad de la batalla.

[262] *el viso,* la vista.

[263] *carne de buitrera,* cebo puesto por los cazadores de buitres.

[264] *incusarnos,* acusarnos.

[265] *adarga,* escudo de cuero.

[266] *caxquete,* pieza de armadura que cubría el casco de la cabeza; *capilla,* capucha sujeta al cuello de las capas.

[267] *a lumbre de pajas,* sin prevención.

[268] *retraimiento,* cámara.

[269] *no terná cera en el oído,* quedará muy pobre.

[270] *buena manderecha,* buen acierto.

[271] *si te vi, burléme,* se refiere al refrán, «si me viste, burléme, si no me viste, calléme».

[272] *dígole que se vaya y abájase las bragas,* expresión insultante.

[273] *guzques,* perros pequeños.

[274] *guarte,* guárdate.

[275] *sobrado,* demasiado audaz.

[276] *la capa del justo,* lo ajeno.

[277] *estada,* tardanza.

[278] *Viviendo con el conde, que no matase al hombre;* versión

del refrán, «En hoto del conde no mates al hombre, que morirá el conde y pagarás el hombre».

279 Aquí empieza la larga interpolación de cinco actos, que añadió el autor.

280 *adalid,* guía de ejército; la «gente en tierra de moros de noche» se refiere a las expediciones que hacían los cristianos para sacar botín y cautivos de los moros.

281 *incogitado,* no pensado.

282 *del monte sale con que se arde,* versión del refrán «Del monte sale quien el monte quema».

283 *Torcato,* cónsul romano del siglo iv a. de J. C.

284 *menstrua luna,* de fases mensuales.

285 *me acorre,* ayúdame, socórreme.

286 *granos de aljófar,* perlas de figura irregular.

287 *ronces,* caricias, halagos.

288 *a la segunda azadonada sacó agua,* del refrán, «A la primera azadonada queréis sacar agua».

289 *riñen las comadres, y dícense las verdades.*

290 *jarope,* jarabe, bebida azucarada, a veces medicinal.

291 *aparrochada,* aparroquiada, establecida en una parroquia.

292 *bandera,* bando, lado.

293 *fardeles,* fardos, sacos para el viaje.

294 *Por lo demás es la cítola en el molino cuando el molinero es sordo.* La *cítola* es la tablita de madera, pendiente de una cuerda sobre la piedra del molino harinero, para que la tolva vaya despidiendo la cibera y para saber que se ha parado el molino cuando deja de golpear.

295 *Mirra,* hija legendaria del rey Ciniro de Chipre, que se unió incestuosamente con su padre; los dioses la convirtieron en árbol para salvar su vida. De aquella unión nació Adonis. *Semíramis,* reina de Asiria en el siglo ix a. de J. C. Según la leyenda, ella mató a su marido, y tenía una pasión por su propio hijo, Ninias. *Cánace,* hija mitológica de Eolo y Enarete; cometió incesto con su hermano Macario. *Tamar* es la hija del rey David; la forzó su hermano Ammón.

296 *fictas,* falsas, engañosas.

297 *albayalde,* carbonato de plomo, de color blanco.

298 *o es loco o privado, quien llama apresurado.*

299 *el lobo es en la conseja,* está presente aquel de quien se habla.

300 *pelón,* pobrete que está pelado, sin dinero.

301 *en cerro,* en pelo.

302 *por rato y firme,* por confirmado y resuelto.

303 Dice el refrán, «Quien quiere a Beltrán, quiere a su can».

304 *levantar,* calumniar.

305 *que me tresquilen a mí a cruces,* sin orden, cruzándose las tijeradas; castigo de blasfemos y judíos.

306 *despidiente,* recurso insultante para despedirse de Sosia.

307   *se estiende,* ufana, pavonea.

308   *arpar,* marcar, arañar.

309   *majadero,* mano de mortero.

310   *ajuar de la frontera,* se refiere al refrán, «Ajuar de la frontera: dos estacas y una estera», es decir, los soldados fronterizos
llevan poco bagaje. *Jarro desbocado,* jarro desportillado.

311   *rimero,* conjunto.

312   *el santo martilogio,* el martirologio.

313   *capacetes,* pieza de armadura que defendía la cabeza.

314   *reportorio,* repertorio.

315   *revés,* golpe; *harnero,* criba; *tiro mortal,* estocada a fondo.

316   *buena manderecha,* habilidad.

317   *a manera de levada,* jugar de la espada para meter miedo.

318   *ojear,* ahuyentar, espantar.

319   *ármale trato doble,* hacerle traición.

320   *que quien engaña al engañador,* refrán desconocido.

321   *Contraminale,* de contramina, mina que se hace debajo de
la de los contrarios, para volarla.

322   *viciosas,* amenas, deleitosas.

323   *estrena,* regalo, albricias.

324   *venís por lana,* se refiere al refrán, «ir por lana y volver
trasquilado».

325   *A esotra puerta, que ésta no se abre,* se dice cuando uno
no responde.

326   Aquí se acaba la interpolación.

327   *jerga,* tela gruesa.

328   *arguye,* descubre.

329   Entre los personajes históricos y mitológicos que menciona
Melibea figuran *Bursia* o Prusias, rey de una región de Asia Menor en el siglo II a. de J. C., que murió asesinado por su hijo
Nicomedes; *Tolomeo IV,* rey de Egipto en el siglo II a. de J. C.;
su mujer Arsinoe III murió envenenada; *Orestes,* figura de la
mitología griega, hijo de Agamenón, que mató a su madre Clitemnestra por haber ella instigado la muerte de su marido; *Herodes*
el Grande, rey de Judea durante la infancia de Cristo, que decretó
la matanza de los santos Inocentes; *Constantino* I el Grande, que
mató a su hijo Crispo; *Laodice,* reina de Asia Menor, que mató
a su marido Antíoco II Theos; y la hechicera mitológica *Medea,*
que mató a sus hijos por vengarse de su amante, Jasón.

330   *envergonzantes,* los que piden limosna encubriéndose.

331   *a muertos y a idos, pocos amigos.*

332   *obsequias,* exequias.

333   *Fuertes,* muchos y duros.

334   *Paulo Emilio,* cónsul romano del siglo III a. de J. C.

335   *Pericles,* famoso general y estadista ateniense del siglo V
antes d. J. C.; constructor del Partenón. *Xenofón,* Jenofonte,
historiador griego y discípulo de Sócrates, escribió el *Anábasis* y
murió en el siglo IV a. de J. C.

336   *Anaxágoras,* filósofo griego del siglo V a. de J. C.; acudie-

ron a su escuela Pericles, Eurípides, y Sócrates.

[337] *Lambas de Auria,* duque de los genoveses; el asunto tuvo lugar en una batalla naval con los venecianos, y viene de Petrarca.

[338] *curaste,* cuidaste.

[339] *Hipermestra* o Hipermnestra, danaide que se negó a matar a su marido Linceo en la noche de sus bodas, contra lo ordenado por su padre, el rey Dánao de Argos. *Egisto,* mató a Agamenón a su vuelta de Troya y fue amante de Clitemnestra. Esto puede ser un error de Rojas, puesto que el sentido aquí pide Linceo y no Egisto. El padre de Linceo fue Aegyptus (Egisto); quizás de aquí (y dé Hipermnestra/Clitemnestra) la confusión. *Safo* de Lesbos, poetisa griega del siglo VI a. de J. C.; según una leyenda, se suicidó por amor del joven Faón. *Ariadna,* hija mitológica del rey Minos y Pasifae; se enamoró de Teseo y le ayudó a escapar del Laberinto de Creta. *Leandro,* según la leyenda poética de Museo, enamorado de Hero, sacerdotisa de Afrodita en Sestos, pasaba a nado el Helesponto cada noche para visitar a su amada, muriendo ahogado en las aguas del Estrecho.

[340] *potación,* bebida.

[341] *lamedor,* lisonja.

[342] *trufas,* invenciones.

[343] *granzones,* nudos de la paja que quedan cuando se criba.

[344] *froga,* fábrica de albañilería.

[345] *Nevio, Plauto,* dramaturgos latinos del siglo III a. de Jesucristo. *Crátino y Menandro y Magnes anciano,* poetas y comediógrafos griegos de los siglos V y IV a. de J. C., precursores y contemporáneos de Aristófanes.

[346] *los hijos de Leda,* Cástor y Pólux, hijos de Leda y Júpiter en forma de cisne. Al morir, su padre les convirtió en la constelación de Géminis. Proaza indica aquí fines de mayo o el mes de junio.

Notas de variantes correspondientes a las ediciones de la primitiva «Comedia de Calisto y Melibea» (1499, 1500, 1501).

(1) Título de la edición de Valencia, 1514. Faltan las primeras páginas de la edición *princeps* de Burgos, 1499. En las otras ediciones de 1500 y 1501, «Comedia de Calisto y Melibea, *con sus argumentos nuevamente añadidos*. La cual contiene, demás de su agradable y dulce estilo, muchas sentencias filosofales y avisos muy necesarios para mancebos, mostrándoles los engaños que están encerrados en sirvientes y alcahuetas».

(2) Esta carta aparece por primera vez en la edición de Toledo, 1500.

(3) «y era la causa que estaba por acabar...» en vez de «el cual... Cota».

(4) «celo su nombre» en vez de «quiso... nombre».

(5) «y acaban las del antiguo autor, en la margen hallaréis una cruz; y es el fin de la primera cena. Vale»; en vez de «acordé... Vale».

(6) Aparecen estas estrofas por primera vez en la edición de 1500.

(7) «Las faltas de ingenio y las torpes lenguas.»

(8) «No disimulando con los que arguyen.»

(9) «aquí escribiendo» en vez de «de escribir».

(10) «Y así navegando los puertos seguros.»

(11) «discernéis» en vez de «queréis ver».

(12) «Amor apacible o desamor esquivo.»

(13) «O huye, o recela», en vez de «O la recela».

(14) «Este mi deseo, cargado de antojos.»

(15) «acordó de» en vez de «acordé».

(16)   «Lo más fino oro que vio con sus ojos.»
(17)   «La otra que oí su inventor ser sciente.»
(18)   «de mal» en vez de «falso».
(19)   «a mi flaco entender» en vez de «en el proceder».
(20)   «No hizo Dédalo en su oficio y saber.»
(21)   «Corta: un gran hombre y de mucho valer.»
(22)   «Jamás yo no vi [sino] Terenciana.»
(23)   «En lengua común vulgar castellana.»
(24)   «tiene» en vez de «trae».
(25)   «vanas» en vez de «malas».
(26)   En vez de esta estrofa, en las ediciones primitivas aparece la siguiente:

> Olvidemos los vicios que asi nos prendieron,
> No confiemos en vana esperanza;
> Temamos aquel que espinas y lanza
> Azotes y clavos su sangre vertieron.
> La su santa faz herida escupieron,
> Vinagre con hiel fue su potación;
> A cada santo lado <costado> consintió un ladrón
> Nos lleve le ruego con los que *él* creyeron.

(27)   Este prólogo no aparece en la *Comedia*. Su fuente es el
segundo libro del *De remediis utriusque fortunae* de Francisco
Petrarca.
(28)   El «Síguese» y el «Argumento» de toda la obra aparecen
por primera vez en la edición de 1500.
(29)   La mayoría de las ediciones de la *Tragicomedia* dicen
«soy».
(30)   «Eras y Crato» en vez de «Crato y Galieno», y «Oh piedad de silencio» en vez de «Oh piedad de Celeuco». Sin duda,
«Eras y Crato» es errata por «Erasístrato», médico del rey Seleu-
co. Supone la crítica moderna que Rojas desconocía este cuento
del médico y el rey, y copió mal la cita del primitivo autor, haciendo otro cambio errado en las ediciones posteriores. «Celeuco»
en las *Tragicomedias* de Valencia, «celestial» en los otros.
(31)   «a» en vez de «en».
(32)   «quema un alma» aparece en Valencia 1514 y otras ediciones de la *Tragicomedia*.
(33)   «son aparejadas».
(34)   «es» en la mayoría de las ediciones de la *Tragicomedia*.
(35)   «vejez», en vez de «vieja».
(36)   «un mes» en vez de «un poco tiempo».
(37)   «de» en vez de «en».
(38)   «eres mozo».
(39)   En algunas ediciones de la *Tragicomedia*, «como Marón»
(Virgilio Marón, autor de la cita siguiente).
(40)   «canten», en vez de «cantemos».

(41) «saetas», en vez de «sectas» en la edición de 1501.

(42) «de» en lugar de «en».

(43) «si» en vez de «su mandar».

(44) «pues sabe(te)» en vez de «sabiendo».

(45) *Cristóbal fue borracho,* sólo existe en la edición de 1501.

(46) «saber» en vez de «que yo sepa».

(47) En algunas ediciones posteriores, «Yo me voy, Sempronio, arriba».

(48) «querer» en lugar de «amor».

(49) «Bien conozco que dice cada uno de la feria, según le va en ella: así que otra canción cantarán los ricos.»

(50) «casa» en vez de «morada».

(51) «cuatro» en vez de «un cuarto» en la mayoría de las ediciones de la *Tragicomedia*.

(52) En algunas ediciones posteriores, «¡mal pecado!».

(53) «y el que te da le recibe, cuando a persona digna de él le hace. Y demás de esto, dicen que...» en vez de «y más que el que hace... a persona que le merece y...»

(54) «en tan pocas» en vez de «por tales».

(55) «menos» en vez de «otras cualesquier».

(56) «seas» en vez de «semejes».

(57) «tantos» en vez de «tales».

(58) «torcerá a» en lugar de «hará».

(59) «mía» en vez de «Celestina».

(60) «linaje» en algunas ediciones de la *Tragicomedia*.

(61) «decir» en lugar de «bajar». .

(62) «tanta» en vez de «tan grande».

(63) «quería no».

(64) Después de «postrimería»: «Yo, que en este tiempo no dejaba mis pensamientos vagos ni ociosos, viendo cuanto almacén gastaba su ira, agravando mi osadía, llamándome hechicera, alcahueta, vieja falsa y otros muchos ignominiosos nombres, con cuyos títulos asombran a los niños, tuve lugar de salvar lo dicho.»

(65) «dicen» en vez de «se dice».

(66) «a mí» en lugar de «me».

(67) «variarán tus costumbres variando el cabello» en vez de «serás... variación».

(68) «os puede faltar esta florecilla de juventud».

(69) «entraba» en vez de «entrar».

(70) «que tan» en vez de «en cuan» (Zaragoza 1507: «en que tan»).

(71) «Alábame» en vez de «alahé».

(72) «este mal y dolor que agora» en vez de «este mal de <que> agora».

(73) «piensas» en vez de «temes».

(74) En algunas ediciones de la *Tragicomedia*, «ánima».

(75) «Dejada la dificultad con que me lo has concedido aparte».

(76) «ánima» en las más ediciones de la *Tragicomedia*.

(77) «nace» en vez de «nazca» en la mayoría de las ediciones de la *Tragicomedia*.

(78) «digas» en vez de «digo».

(79) «pudiera» en lugar de «podrá».

(80) En la edición de 1501, «puedo». También está bien esta lectura si es un 'aparte' de Sempronio.

(81) «Verdad es que nunca» en vez de «Aunque dicen que no».

(82) «providencia» en lugar de «prudencia».

(83) En la edición de 1499, «quería», en las de 1500 y 1501, «querrie.»

(84) «hay en la ciudad» en vez de «le dan... estraña».

(85) «su» en vez de «la».

(86) «envueltas» en lugar de «revueltas»; desaliñadas.

(87) «en» en vez de «a».

(88) «mal cáncer» en la mayoría de las ediciones de la *Tragicomedia*.

(89) «muy» en vez de «más».

(90) «no abastase», en vez. de «te impidiese».

(91) «sosiego» en vez de «silencio».

(92) «Lo que digo es» en vez de «Pero... claro».

(93) «traigas» en la mayoría de las ediciones de la *Tragicomedia*.

(94) «Temperancia» en vez de «ten paciencia.»

(95) «a» en vez de «en».

(96) «buena» en la mayoría de las ediciones de la *Tragicomedia*.

(97) «hablaba» en la edición de Valencia 1514 y algunas otras.

(98) «lugar» en vez de «grado»; agradecimiento.

(99) «Antes de agora lo he sentido y me ha pesado» en vez de «Señora... lisonja».

(100) En vez de «y... Melibea» aparece «que te traigo muchas buenas palabras de Melibea y la...» en las ediciones de la primitiva *Comedia*.

(101) «de» en lugar de «en».

(102) Después de «cuestiones»: «Ve, señor, bien apercibido, serás medio combatido.»

(103) «Pues» en la mayoría de las ediciones de la *Tragicomedia*.

(104) «alcanzar» en lugar de «alzar».

(105) «aquí más».

(106) «corriese» en lugar de «huyese».

(107) «por qué» en vez de «poder».

(108) «quitárleslas».

(109) Así en las ediciones primitivas. En la *Tragicomedia*, «puedo», «puede».

(110) «en que caiga» en lugar de «aunque caiga».

(111) En algunas ediciones de la *Tragicomedia*, «bajo».

(112)   «se promete» en la mayoría de las ediciones de la *Tragicomedia*.

(113)   [«pasada vida».

(113a) «se cumplirán».

(113b) «dirás».

(114)   [«pagaré» en vez de «purgaré».

(115)   «Esperando Melibea la venida de Calisto en la huerta, habla con Lucrecia. Viene Calisto con dos criados suyos Tristán y Sosia; pónenle el escalera, sube por ella y métese en la huerta donde halla a Melibea. Apártase Lucrecia; quedan los dos solos. Acabado su negocio, quiere salir Calisto, el cual por la escuridad de la noche erró la escala; cae y muere. Melibea por las voces y lamentos de sus criados sabe la desastrada muerte de su amado: amortece; Lucrecia la consuela.»

(116)   «es» en vez de «da».

(117)   «Mas escucha» en lugar de «Mas oye, oye.»

(118)   Así en las ediciones de 1499, 1500, 1507, 1514. Otras versiones dicen «padre».

(119)   «Visítenos» en vez de «vístenos» (Zaragoza 1507). En Valencia 1514, «vístanos».

(120)   «tarde alcanzado» en vez de «poco tiempo poseído».

(121)   «mío» en la mayoría de las ediciones de la *Tragicomedia*.

(122)   «ves» en lugar de «oyes».

(123)   «deçir», en vez de «descender» en las primitivas ediciones y también en Zaragoza, 1507.

(124)   «ánima» en la mayoría de las ediciones de la *Tragicomedia*.

(125)   En algunas ediciones, «llegada» o «allegada».

(126)   «sacases», en lugar de «secases».

(127)   «falacias» en vez de «falsías».

(128)   Aparece por primera vez en la *Tragicomedia*.

(129)   Aparece por primera vez en la edición de Toledo 1500.

(130)   Esta estrofa aparece en la edición de Valencia 1514.

(131)   Este verso con la fecha de publicación cambia con las distintas ediciones; así aparece en la edición de Valencia 1514. También cambia el último verso con el lugar. Aunque no existe ahora una edición de «Salamanca, 1500», algunos críticos opinan que quizá ésta sería la primera edición «completa» de la *Tragicomedia*, con todas las interpolaciones.

Cuadro cronológico

Vida y obra	Literatura/Arte/Cultura	Historia
1474	—Se imprime el primer libro en España (Valencia), *Les trobes en lahors de la Verge Marie.* Nacen Lucas Fernández y Ariosto.	—Muere Enrique IV: Isabel I, reina de Castilla.
1476 (?) posible fecha del nacimiento de Rojas.	—Caxton establece su prensa en Westminster. Fundación de la Universidad de Upsala.	—Reorganización de la Santa Hermandad.
1478		—Establecimiento de la Inquisición.
1479	—Jorge Manrique escribe: *Coplas por la muerte de su padre.* Fundación de la Universidad de Copenhague.	—Unión de Castilla y Aragón con la muerte de Juan II de Aragón. Fernando le sucede.
1485 los Franco, primos de Rojas, reconciliados con la Iglesia después de un proceso Inquisitorial.	—Apogeo de la poesía religiosa de la corte de Isabel (Fray Iñigo de Mendoza, el Comendador Román, etc.).	—Muerte de Ricardo III de Inglaterra.
1486	—Hernando de Pulgar escribe: *Claros varones de Castilla.*	—Conquista de Málaga. Maximiliano I, rey de los Romanos.
1487 un Hernando de Rojas, posiblemente el padre del autor, condenado por la Inquisición en Toledo. En el futuro, Rojas dirá que su padre es un Garci González Ponce de Rojas de Asturias que se trasladó a la Puebla de Montalbán, y que él mismo nació en la Puebla.	—Nace Juan Boscán.	—Bartolomé Díaz dobla el cabo de Buena Esperanza.
1490	—*Tirant lo Blanc.*	

1491	—Las siete partidas de Alfonso X impresas en Sevilla. Diego de San Pedro: Tratado de amores de Arnalte y Lucenda. Séneca, Cinco libros (trad. de Alfonso de Cartagena). Nace S. Ignacio de Loyola.	—Paz de Pressburg (Vladislav de Hungría cede la sucesión a Maximiliano). Expedición portuguesa a Angola.
1492	—Nebrija: Gramática castellana, Dictionarium. Diego de San Pedro: La cárcel de amor. Nace Juan Luis Vives. Las vidas de Plutarco (trad. Alfonso de Palencia).	—Caída de Granada. Colón descubre América. Expulsión de los judíos de España. Alejandro VI (Rodrigo Borgia), papa.
1493	—Brant: Narrenschiff (La nave de los locos). Muerte de Pico della Mirandola. Nace Rabelais.	—Segundo viaje de Colón (Jamaica). Alejandro VI, Bulas. Tratado de Barcelona entre Francia y España. Muerte de Federico III; le sucede Maximiliano.
1494-1502 (?), posibles años de su residencia en Salamanca.		—Tratado de Tordesillas: división del Nuevo Mundo entre España y Portugal. Colón descubre Puerto Rico.
1495	—Juan de Flores: Grimalte y Gradissa, Grisel y Mirabella (?). Boiardo: Orlando Innamorato.	—La Liga Santa contra Francia, invasora de Italia. Manuel I el Afortunado, rey de Portugal.
1496	—Juan del Encina: Cancionero. Fray Hernando de Talavera: Breve y muy provechosa doctrina christiana.	—Casamiento de Juana la Loca y Felipe el Hermoso.
1497 posible año en que escribe Fernando de Rojas LA COMEDIA DE CALISTO Y MELIBEA; según el autor, en este tiempo estudiaba derecho en la Universidad de Salamanca.	—Leonardo: La última cena.	—Expulsión de los judíos de Portugal. Vasco da Gama llega al Cabo. Juan II de Dinamarca derrota a los suecos. Caboto llega al Labrador. Muere el príncipe don Juan.

Vida y obra

1499 primera edición conocida de la COMEDIA en dieciséis «autos», publicada en Burgos por Fadrique de Basilea.

1500 segunda edición de la COMEDIA, de Toledo (Pedro Hagembach). Rojas añade la carta del «autor a un su amigo», los versos acrósticos, el «Síguese» el «argumento» de toda la obra, y las estrofas de Alonso de Proaza. En los versos acrósticos descubre su identidad: «El bachiller Fernando de Rojas acabó la Comedia de Calysto y Melybea y fve nascido en la Pvebla de Montalvan.» Es también la posible fecha de la supuesta edición, de «Salamanca, 1500»; según algunos críticos, esta edición podría ser la primera de la TRAGICOMEDIA de veintiún autos.

1501 edición de Sevilla de la COMEDIA. Reproduce el contenido de la edición de Toledo, 1500. De la prensa de Stanislao Polono.

1502 fecha de las «primeras» ediciones de la TRAGICOMEDIA, con el prólogo, cinco autos añadidos, «concluye el autor», y varias interpolaciones en el

Literatura/arte/cultura

—Luca Signorelli: Frescos en la catedral de Orvieto. Muere Marsilio Ficino. Nace Juan de Valdés.

—Erasmo: *Adagia.* Leonardo: *La Gioconda* (?). Vespucio: *Cartas.*

—Erasmo: *Enchiridion militis christiani.* Miguel Angel: *La piedad, David.*

—Fundación de la Universidad de Witenberg. León Hebreo redacta los *Dialoghi d'amore.*

Historia

—Américo Vespucio y Alonso Ojeda descubren Guayana y Venezuela. Paz de Basilea; se establece la independencia de Suiza. Queman a Savonarola.

—Cabral; descubrimiento de Brasil. Colón encarcelado. Alejandro VI proclama una cruzada contra los turcos. Nace Carlos, el futuro emperador.

—Conquista de Nápoles (Fernando y Luis XII). Descubrimiento del Darién.

—Cuarto viaje de Colón; guerra entre España y Francia.

texto primitivo. Es probable que existía una edición de «Sevilla, 1502», pero tres de las ediciones de «Sevilla, 1502» y la edición de «Toledo, 1502» fueron impresas en realidad entre 1510 y 1520. Es probable que desciendan de la edición, perdida de 1502, con su fecha y lugar en la última estrofa de los versos de Proaza. La cuarta edición de «Sevilla, 1502» es de Roma, ca. 1516; la edición de «Salamanca, 1502» es también de Roma, ca. 1520.

1504	—Sannazaro: *Arcadia*.	—Muere Isabel la Católica.
	—Descubrimiento del *Laoconte*.	—Mueren Colón y Felipe el Hermoso.
1506	traducción italiana de la TRAGICOMEDIA, publicada en Roma (Eucharius Silber). Es la primera edición sobreviviente del texto completo.	
1507	edición de Zaragoza de Jorge Coci. Es el primer ejemplar existente de la *Tragicomedia* en castellano, pero se ha perdido la introducción. Rojas se traslada a Talavera por causa de la plaga en la Puebla de Montalbán.	—Giorgione, Ticiano: Fondaco dei Tedeschi, Venecia.	—Waldseemüller da al Nuevo Mundo el nombre de América. Los portugueses llegan a Madagascar.
1508	—*Amadís de Gaula*, Ambrosio Montesino: *Cancionero*. Fundación de la Universidad de Alcalá.	—La liga de Cambray contra Venecia. Díaz de Solís en Yucatán.
1509	—Juan del Encina: *Auto del repelón*.	—Enrique VIII, rey de Inglaterra. Se casa con Catalina de Aragón.

Vida y obra	Literatura/Arte/Cultura	Historia
1510 posible fecha de la edición de «Toledo, 1502» (1510-1514).	—Garci Rodríguez de Montalvo, *Sergas de Esplandián*. Petrarca: *De los remedios contra próspera y adversa fortuna* (Valladolid).	—Desastre de los Gelves, conquista de Trípoli. Fundación de la primera ciudad en América, Santa María de la Antigua.
1511 primera edición de «Sevilla, 1502», del impresor Juan Cromberger en Sevilla.	—*Cancionero general* de Hernando del Castillo; Erasmo: *Elogio de la locura*. Palmerín de Oliva.	—Concilio de Pisa.
1512 Rojas compra un censo en la Puebla de Montalbán a la hermana de su suegro.	—*Primaleón*. Pérez de Guzmán: *Mar de istorias* (primera impresión). Nacen Tintoreto y Mercator.	—Guerra de Italia. Incorporación de Navarra.
1513 posible fecha de la segunda edición de «Sevilla, 1502» de Cromberger (1513-1515).	—*Cuestión de amor*, Juan de Padilla, *Retablo de la vida de Cristo* (impresa). Jiménez de Urrea: *Cancionero* (con una adaptación versificada de *La Celestina*).	—Balboa descubre el Pacífico. Alaminos observa la corriente del Golfo.
1514 edición de la TRAGICOMEDIA de Valencia (Juan Joffré). De esta edición se infiere la existencia de la edición de «Salamanca, 1500». Supone la crítica que esta edición de la TRAGICOMEDIA se relaciona con la versión más antigua de la obra completa, mientras las ediciones de «1502» son versiones más tardías. Edición de Milán, en italiano.	—Francisco Ximénez de Cisneros: *Biblia políglota complutense*. Juan Luis Vives: *Christi Jesu triumphans*, Lucas Fernández: *Farsas y églogas*. Maquiavelo: *El príncipe*. Durero: *Melancolía*.	—Bartolomé de las Casas defiende a los indios. Johann Tetzel empieza a vender indulgencias. Los turcos en Persia. Wolsey, arzobispo de York.
1515 edición de Mediolani, en italiano.	—Primera traducción española de la *Divina Comedia*. Nace Santa Teresa.	—Francisco I, rey de Francia.
1516 posible fecha de la tercera edición de «Sevilla, 1502», impresa en Roma por Marcellus Silber.	—*Cancionero general* de Resende. Tomás Moro: *Utopía*. Ariosto, *Orlando Furioso*.	—Muere Fernando el Católico.

...ISI Rojas da testimonio favorable en el proceso inquisitorial de Diego de Oropesa.	—Torres Naharro: *Propaladia.* Las noventa y cinco tesis de Lutero.	—Selim I en Egipto. Carlos I en España.
1518 otra edición de Valencia, y posible fecha de la cuarta edición de «Sevilla, 1502», de Cromberger (1518-1520).	—Erasmo:. *Colloquia familiaria.* Vives: *De initiis, sectis et laudibus philosophiae.* Tiziano: *La asunción.*	—Paz de Londres entre Inglaterra, Alemania, Francia y España. Papa León X. Lutero no reniega en Augsburgo. Exploración de las costas de México por Juan de Grijalva.
1519 ediciones italianas de Venecia, Milán.	—Muere Leonardo.	—Carlos V, emperador de Alemania. Conquista de México por Cortés; viaje de Magallanes.
1520 edición alemana de Augsburgo, y posible fecha de la edición de «Salamanca, 1502», del impresor Antonio de Salamanca en Roma.	—Muere Rafael. Encina: *Egloga de Plácida y Vitoriano.* Cortés: *Cartas de relación.* Maquiavelo: *Arte della guerra.* Ariosto: *El nigromante.* Miguel Angel: tumba de los Médici.	—Guerra de los comuneros; coronación de Carlos V. Lutero excomulgado. Reforma en los Países Bajos.
1525 se sabe que está casado Rojas con Leonor Alvarez. Proceso inquisitorial del padre de su mujer, Alvaro de Montalbán. Ediciones de Sevilla, Barcelona; edición italiana de Venecia.	—Holbein: *Danza de la muerte.* Miguel Angel: Biblioteca Laurenziana.	—Prisión de Francisco I en Pavía; se casa Lutero.
1526 edición de T o l e d o con el «Auto de Traso.»	—Francisco de Vitoria: *De Indis, de potestate civile.* Lutero: *De servo arbitrio.* Durero: *Los cuatro apóstoles.* Encuentro de Boscán con Navagero en Granada. Gonzalo Fernández de Oviedo: *Historia general y natural de las Indias.*	—Babar funda la dinastía mongol en Delhi. Fernando de Austria, rey de Bohemia. Sebastián Cabot en la Plata.
1527 edición de París, en francés.	—Castiglione: *El cortesano.* Muere Maquiavelo. Saa de Miranda: *Extranjeros.* Francesillo de Zúñiga completa la *Corónica istoria.*	—Saco de Roma. Reforma en Escandinavia. Nace Felipe II.

Vida y obra	Literatura/Arte/Cultura	Historia
1528 edición de Sevilla.	Erasmo: *Ciceronianus sive de optimo genere*. Muere Durero. Francisco Delicado: *La lozana andaluza*. Alfonso de Valdés: *Diálogo de Mercurio y Carón y Diálogo de las cosas ocurridas en Roma*.	Reforma en Berna. Se crea el Consejo de Indias. Cabeza de Vaca y Pánfilo de Narváez.
1529 ediciones francesas de Lyon y París. Edición de Valencia.	Antonio Guevara: *Marco Aurelio*. Mueren Castiglione, Encina. Juan de Valdés: *Diálogo de la doctrina cristiana*.	Paz de Cambray entre Carlos V y Francisco I. Guerra religiosa en Suiza. Tregua de Zaragoza. Se establece la frontera entre Portugal y España en el Pacífico. Juan de Grijalva llega a California. Los turcos en Viena.
1530 posible fecha de la edición de Medina del Campo.	Aparecen en Italia los diálogos de Alfonso de Valdés. Copérnico: *Pequeño comentario*. Paracelso: *Die Grosse Wundartznei*. Geo. Agrícola: *De re metallica*. Correggio: *Adoración de los pastores*. Muere Sannazaro. John Rastell, *An Interlude of Calisto and Melibea*, en verso (?).	Coronación imperial de Carlos V en Bolonia. Conquista de Bolivia. Dieta de Augsburgo; ruptura de católicos y luteranos.
1531 edición castellana de Venecia. Ediciones de Barcelona, Burgos.	Erasmo: ed. Aristóteles. Vives: *De disciplinis*. Servet: *Los errores de la Trinidad*. Muere Torres Naharro.	Se establece la Inquisición en Portugal. Enrique VIII se proclama jefe de la iglesia inglesa. Carlos V prohíbe la reforma en los Países Bajos. Pizarro conquista el Perú.
1533 edición alemana de Augsburgo.	Muere Ariosto.	Matrimonio de Enrique VIII con Ana Bolena. Iván el Terrible, zar de Rusia.
ʼ1534 edición castellana de Venecia.	Rabelais: *Gargantua*. Jerez: *Verdadera relación de la conquista del Perú*. Feliciano da Silva: *Segunda Celestina*.	Fundación de los jesuitas. Creación del Virreinato de Nueva España. Solimán ocupa Bagdad. Pablo III, papa.

gio.

		—Fundación de Buenos Aires y Lima. Liga entre los franceses y los turcos.
1535 edición de Barcelona; edición italiana de Venecia.	—Gonzalo Hernández de Oviedo: *Historia general y natural de las Indias*. Aretino: *Los razonamientos*. Muere Tomás Moro. Juan de Valdés: *Diálogo de la lengua*.	
1536 ediciones de Burgos, Salamanca, Sevilla.	—Mueren Erasmo, Garcilaso de la Vega. Cristóbal de Villalón: *Tragedia de Mirrha*. Publica su doctrina Calvino. Paracelso: *La gran cirugía*.	—Calvino va a Ginebra.
1538 Rojas es alcalde mayor. Edición de Toledo.	—Fundación de la Universidad de Santo Domingo. Juan Luis Vives: *De anima et vita*.	—Tregua de Niza entre Carlos V y Francisco I. Excomunión de Enrique VIII.
1539 edición de Sevilla; edición castellana de Amberes.	—Marot: *Odas*, Antonio de Guevara: *Menosprecio de corte, Epístolas familiares*. Boscán, trad. *El cortesano*.	—Hernando de Soto llega al Misisipí.
1540 edición de Salamanca; edición castellana de Lisboa.	—Muere Vives. Pedro Mexía: *Silva de varia lección*.	—Confirmación papal de los jesuitas. Vázquez de Coronado descubre el Gran Cañón.
1541 abril: muere Rojas en Talavera. Deja un testamento que incluye el catálogo de su biblioteca. Edición italiana de Venecia.	—Muere Paracelso. Miguel Ángel: *Juicio final* de la Capilla Sixtina. Florián de Ocampo: *Crónica general de España*. Nace El Greco.	—Fracaso de la expedición española en Argel; los Turcos en Hungría. Francisco de Orellana llega al río Amazonas. Ignacio de Loyola elegido primer general de los jesuitas; Calvino establece su iglesia en Ginebra; Knox en Escocia.
1542 el hijo mayor de Rojas, Francisco, es alcalde de Talavera. Edición francesa de París.		—Guerra entre Carlos V y Francisco I. San Francisco Javier en Japón. *Nuevas Leyes* para las Indias.
1543 edición de Salamanca. Edición italiana de Venecia.	—*Las obras de Boscán y algunas de Garcilaso de la Vega*. Copérnico: *De revolutione orbium celestium*.	—Alianza entre Carlos V y Enrique VIII. Sitio de Niza.
1544	—Bernardim Ribeiro: *Menina e moça*.	—Paz de Crespy entre Carlos V y Francisco I. Las minas de plata de Potosí.

Vida y obra	Literatura/arte/cultura	Historia
1545 ediciones de Zaragoza y Amberes. Edición italiana de Venecia.	—Primera edición completa de Lutero. Lope de Rueda, *La carátula*. Pedro de Medina: *Arte de navegar*.	—Concilio de Trento.
1546 muere Leonor Alvarez.	—Juan de Valdés: *Alphabeto christiano*. Micael de Carvajal: *Tragedia llamada Josefina*. Lope de Rueda: *El convidado*.	—Muere Lutero. Guerra entre Carlos V y los protestantes; paz con con los franceses.

Indice